Oscar bestsellers

di Margherita Oggero

nella collezione Oscar

L'amica americana
La collega tatuata
Un colpo all'altezza del cuore
L'ora di pietra
Una piccola bestia ferita
Qualcosa da tenere per sé
Risveglio a Parigi
Il rosso attira lo sguardo

nella collezione Libellule

Perduti tra le pagine

MARGHERITA OGGERO

UN COLPO ALL'ALTEZZA DEL CUORE

OSCAR MONDADORI

I edizione Omnibus ottobre 2012
I edizione Oscar bestsellers ottobre 2013

ISBN 978-88-04-63191-0

Questo volume è stato stampato
presso ELCOGRAF S.p.A.
Stabilimento - Cles (TN)
Stampato in Italia. Printed in Italy

Un colpo all'altezza del cuore

Le secret d'ennuyer est celui de tout dire.
VOLTAIRE, *Discours en vers sur l'homme*

Chivasso

Almeno nevicasse!, si augurò Francesca distrattamente.

La neve come risarcimento consolatorio, un tuffo fuori tempo nello stupore dell'infanzia. I tetti sotto una coperta bianca e soffice come nelle cartoline, lei che li guardava dalla finestra della cucina. Il tazzone azzurro della colazione con il caffelatte, il panino con burro e marmellata da intingerci dentro e la voce di sua madre: attenta a non sbrodolarti, Franci! Il tepore della casa e degli affetti, mentre al di là dei vetri i fiocchi continuavano a scendere pigri.

Ricostruzione caramellosa del passato, distorsione elegiaca della memoria, magari un ricordo seminventato. «*Mais où sont les neiges d'antan?*» sospirò quasi suo malgrado, e subito si indispettì a ricordare che Villon non rimpiangeva la neve, ma le lattee poppe delle belle donne della storia.

Da sola non ci sarei mai arrivata, rimuginò acida (sorda alla poesia!, aveva sentenziato Guido il Genio), e aveva dovuto spiegarmelo lui con un bel po' di sufficienza. Lui: studi classici, laurea in lettere antiche e cultura umanistica a largo raggio. Avrei dovuto chiedergli di parlarmi delle transaminasi, cosa sono e come funzionano, e vedere come se la cavava. Ah, dimenticavo, ha anche una predisposizione oltraggiosa per le lingue moderne.

«Non sei ebreo, non sei levantino: com'è che sei così dotato?» gli ho chiesto una volta e lui ha alzato leggermente le spalle, come a dire che la sua è una dote naturale. Ma pigliala più bassa!

Però nessun indizio lasciava presagire la neve. Troppo freddo: il termometro sull'insegna della farmacia segnava meno cinque. Ventate d'aria gelida che rasoiavano la faccia. E una patina di ghiaccio a rendere infidi marciapiedi e strade nei punti in cui non era stato sparso il sale. In giro poca gente a rischiare.

La donna, infagottata in un cappotto marron (marron diarrea, pensò Francesca), arrancava con passi corti e cauti, ma all'altezza del numero civico 36, dove il marciapiede era sbarrato da cavalletti con i nastri bianchi e rossi di plastica, fu costretta a scendere dal gradino e a camminare sul bordo della strada. Pochi secondi dopo, un'Audi A4, arrivando a velocità sostenuta, slittò sul ghiaccio e la colpì di fianco, buttandola in terra a corpo morto, senza la protezione delle braccia ad attutire il colpo. Francesca gettò istintivamente un grido, ma accorrendo in soccorso della donna ebbe la prontezza di spirito di memorizzare una parte della targa, perché la macchina non si era fermata, né aveva rallentato l'andatura.

Nera, un po' sovrappeso, sui trent'anni poco meno o poco più, svenuta, constatò tra sé, girando con competenza professionale e un po' di fatica il corpo dell'infortunata. Le sollevò delicatamente la testa appoggiandola sulla sua borsa, che giaceva riversa sull'asfalto come la proprietaria, estrasse dalla tasca del piumino il cellulare e chiamò un'ambulanza.

«Una donna investita da un'auto, via Cairoli 36. Sì, respira, non ha ferite evidenti, ma è svenuta. Fate presto, per favore.»

Intanto era sopraggiunto, attraversando la strada, un uomo sulla sessantina.

«La macchina era da signori, ma chi la guida è un miserabile. Ho preso l'inizio della targa, LX7, ma non so se basta.»

«Io ho preso la fine, GK, mancano solo due numeri, non sarà difficile beccarla. È disposto a testimoniare?»

«Sicuro. Siamo mica a Gomorra.»

«Bisogna chiamare i carabinieri. Ma sta poveretta col freddo che fa rischia uno shock termico» osservò Francesca, e subito si sfilò il piumino per coprire la donna.

«Adesso chi rischia lo shock termico è lei» commentò l'uomo.

«No, io posso muovermi» rispose, e cominciò a scalpitare e a mulinare le braccia.

Nel frattempo era arrivata altra gente.

«Spostiamola di lì» propose una donna.

«Sì, mettiamola sul marciapiede» aggiunse un'altra.

«Ferme!» s'intromise Francesca. «Sono un medico. Meglio non fare niente fino all'arrivo dell'ambulanza.»

«I carabinieri li ho avvertiti io» disse intanto l'uomo di prima. «Hanno una macchina in zona, dovrebbero arrivare subito.»

Invece la prima ad arrivare, con la sirena spiegata, fu l'ambulanza.

«Dottoressa Gariglio, l'ha soccorsa lei?» chiese uno dei barellieri dopo averla salutata con un cenno del capo.

«L'ho soltanto girata e coperta. Correte al pronto e fate in modo che si occupino subito di lei. Mi preoccupa perché non riprende conoscenza.»

«Il pronto è intasato.»

«Lo so. Sempre così, in questa stagione.»

«Vuole un passaggio, dottoressa, o non è di turno?»

«Dovrei cominciare più tardi, ma tanto vale...»

Si rimise il piumino, raccolse da terra la borsetta di plastica verdolina della donna, e salì sull'ambulanza.

Torino

«O mioddio mioddio» mormorò sbigottita Camilla, coprendosi la bocca con le mani.

Un'esecuzione, proprio un'esecuzione come nei film e telefilm su mafia e camorra, pensò. Un colpo all'altezza del cuore, il mio, roba da infarto. Qui, a Torino, in corso Regina Margherita, alle sette e mezzo del mattino, e la macchina adesso è finita di traverso sulle rotaie del tram oltre le strisce, e quelle dietro strombazzano perché nessuno sembra aver capito niente, ma dove diavolo guardavano autisti e passeggeri, e la moto è filata via col rosso, al riparo di un camion che svoltava, e di sicuro sulla Giulietta c'è un morto o un morituro.

Le tremavano le gambe, il cuore arrancava, le auto le sfrecciavano a fianco a destra e a sinistra, un cinquantenne pelato abbassò di poco il finestrino per urlarle «Balenga!» e quando finalmente il semaforo tornò verde per lei, si fidò ad attraversare una parte del corso e a mettersi in salvo sulla banchina del controviale. Chiamare la polizia, subito. No, la polizia no, meglio i carabinieri. Si frugò nella tasca del giaccone e tirò un mezzo sospiro di sollievo: il cellulare, una volta tanto, era lì invece di giacere dimenticato sul tavolino del soggiorno. Compose il 112 e si accorse che le tremavano anche le mani, come per la febbre. O per il Parkinson, pensò di striscio.

«Credo... credo che... c'è un morto... o un ferito» esalò, e si accorse di aver cannato il congiuntivo.

«Generalità, prego.»
«Non so, non lo conosco. Credo.»
«Le sue, di generalità.»
«Camilla Baudino.»
«Dove si trova?»
«Corso Regina Margherita angolo via Montebello.»
«E il morto?»
«Anche. Non so se è proprio morto, non ho il coraggio di guardare.» (E neppure di rischiare un'altra volta di essere stirata sull'asfalto, rifletté.)
«Si spieghi meglio, signora.»
«Una macchina era ferma al semaforo, si è affiancata una moto e gli ha sparato.»
«Chi gli ha sparato?»
«Il conducente della moto.»
«Resti lì, per favore, per la testimonianza.»
Nel frattempo qualcuno si era accorto che quell'auto, messa di traverso poco dopo le strisce, che non accennava a spostarsi nonostante il bailamme di clacson e di improperi, doveva avere qualcosa di anomalo e due ragazzi e una donna corpulenta sui quarant'anni le si erano avvicinati dopo aver attraversato parte della carreggiata.
«Minchia, l'hanno freddato!» esclamarono quasi all'unisono i primi.
«Gesummaria gesummaria!» strillò la seconda, e cadde a terra con una notevole grazia, malgrado l'esuberanza di carne. O forse proprio per via di quella. Subito dopo il traffico si bloccò del tutto.
Mai essere troppo diligenti, pensò Camilla, perché l'occhio maligno del destino ti punta subito. Se partivo di casa un po' dopo, mi risparmiavo l'ammazzamento in diretta. Anche se partivo prima, però. Ma volevo passare dal bar, cappuccino bello schiumoso e croissant au beurre per intasarmi le arterie, una colazione un po' rilassata, senza la solita fretta assassina.
A proposito di assassini, strano che sulla moto non fossero in due, come da prassi reale e cinematografica, uno alla guida pronto a schizzare a razzo e il passeggero a fare

il killer. La crisi colpisce anche il crimine, costretto a ridurre il personale. Un taglio del cinquanta per cento, un delinquente solo a fare il lavoro di due.

Mi tocca telefonare a scuola per dire che ritardo: "Con che giustificazione, professoressa Baudino?" chiederà acida madama la preside. "Mi dica, con quale giustificazione?". Neanche arrivassi abitualmente in ritardo, tipo Dorazio e Puglisi, che la parola puntualità non l'annoverano nel loro lessico e di conseguenza non possono metterla in pratica. Ma l'una e l'altro hanno orecchie da Dumbo e lingue serpentesche, come a dire che sono spioni e delatori della mutua, che basta uscire dai commenti sul tempo e loro vanno a riferire in presidenza. Magari anche i commenti sul tempo: "Sa, signora preside, cosa ha detto la Baudino? Ha detto che fa freddo, ma che lei non lo patisce, tanto per darsi delle arie da svedese o norvegese, perché figurarsi se non lo patisce come tutti i cristiani...".

Intanto si stava avvicinando l'ululato di una sirena e poco dopo, con una specie di testacoda, la gazzella dei caramba si bloccò in mezzo all'incrocio. Sbagliato: non era una gazzella ma una pantera, e sulla fiancata c'era scritto "Polizia". *Merde*, imprecò Camilla tra sé. Ma in francese, che le sembrava un po' più fine.

Chivasso

Il pronto soccorso dell'ospedale era davvero intasato. Capita sempre ogni inverno, quando l'influenza raggiunge il picco, pensava Francesca, e molti di questi malati starebbero meglio a casa loro, nell'ambiente solito, mantenendo i ritmi consueti di vita, colazione pranzo e cena all'ora giusta, qualche lettura e un po' di tele mentre il paracetamolo o un antibiotico leggero fanno il loro effetto, e invece no, arrivano qui, pretendono il ricovero e, se li rimandi indietro con le raccomandazioni e le prescrizioni del caso, i parenti si incazzano e se la prendono con il medico di turno, con la sanità in generale che fa schifo, peggio che nel Terzo Mondo, come se il Terzo Mondo lo bazzicassero tutti i giorni, e qualcuno telefona pure ai carabinieri, neanche si trattasse di un reato fare il proprio lavoro ignorando le pretese assurde.

Consegnò a un'infermiera la borsetta della donna, rispose alle domande del collega che stava valutando lo stato dell'infortunata.

«Non ha mai ripreso conoscenza?»

«No, la botta è stata forte.»

«Probabile politrauma, accertamenti come da routine. Si sa chi è?»

«No» s'intromise l'infermiera, «nel portafoglio ci sono venticinque euro e spiccioli, ma nessun documento. E nella borsa e nelle tasche del cappotto niente cellulare.»

«Strana, la mancanza dei documenti voglio dire. Clandestina, probabilmente. Nessuno da avvisare e nessuno che si farà vivo» disse il medico.

«Vado in reparto» si congedò Francesca. «Passo più tardi a vedere come sta.»

In reparto – medicina generale – c'era una duplice emergenza: un paziente anziano in fibrillazione atriale e un altro in preda a forti dolori addominali. Defibrillare, cercare di capire la causa del dolore (colica epatica, forse?), avvisare per un'ecografia d'urgenza, e poi il solito giro di visite, l'esame e l'aggiornamento delle cartelle cliniche, la conferma o la variazione dei farmaci, il colloquio coi parenti, mentre il carabiniere di turno aveva telefonato già tre volte per sollecitarla ad andare a testimoniare...

Dal caramba vado più tardi, decise quando poté ritagliarsi un quarto d'ora di pausa: prima un caffè, un caffè vero del bar e non della macchinetta, con un croissant alla crema, e dopo passo a vedere come sta la mia investita, se si è ripresa o no.

L'investita era ricoverata nel corridoio del pronto soccorso, aveva gli occhi aperti, la parte sinistra del volto tumefatta e livida, una flebo che stava finendo di gocciolarle in vena e delle buste gialle sistemate ai piedi della barella-letto. Guardava cautamente l'andirivieni affannato di medici e paramedici con l'espressione di una preda braccata, poi posò lo sguardo sulla targhetta di riconoscimento appesa sul bavero del camice di Francesca e quindi sulla sua faccia.

«Come va? Cosa le hanno detto?» s'informò lei.

«Non so. Non capisco. Posso andare adesso?»

«No. Assolutamente.»

«Adesso sto bene. Fammi andare via, per favore.»

Clandestina di sicuro, sgomenta e spaesata. Magari una prostituta. Atterrita dal magnaccia o dalla possibilità di finire in un CIE e di un rimpatrio forzato. Vediamo com'è messa, pensò Francesca esaminando le lastre nelle buste gialle e le annotazioni dei colleghi. Non sembrava messa malissimo, nessuna emorragia interna, niente di rotto, ma mancavano ancora i referti di una TAC alla testa e alla colonna vertebrale.

«Fa' che vado via, dottoressa. Non posso stare qui.»

«Perché non puoi?» chiese Francesca adottando anche lei il tu.

«Per il lavoro, e poi...», e lasciò la frase in sospeso.

«Hai battuto la testa. Mancano gli esiti di una TAC, cioè di un esame importante che ti hanno fatto. Speriamo di no, ma potrebbe esserci qualcosa che non va.»

«Niente che non va, per favore...»

«È un'imprudenza grossa, inoltre non hai i documenti, come facciamo ad avvertirti nel caso che...»

«Ti do indirizzo. Via Montanaro 13, sul citofono c'è Cena.»

«Il numero del tuo cellulare?»

«334... 3347... adesso non ricordo tutto.»

Mente, pensò Francesca, l'indirizzo è senza dubbio falso, però deve avere dei motivi gravi per volersene andare, più gravi ancora della preoccupazione per la sua salute. E comunque noi non possiamo trattenerla con la forza.

«Non puoi toglierlo?» domandò la donna indicando l'ago della flebo.

«No, non posso, non è compito mio. Magari te ne devono fare un'altra. Rilassati, cerca di stare tranquilla.»

Le fece una carezza leggera sui capelli sporchi di fanghiglia rappresa, aggiunse: «Torno dopo», e si allontanò.

Più tardi, a fine turno, passò dal carabiniere in servizio.

«Vengo a proposito della donna investita da un'auto pirata.»

«La nera senza documenti?»

«Proprio lei.»

«L'incartamento se l'è preso il collega di prima. Deve andare al comando dei carabinieri. Sa dov'è?»

«In via XXIV Maggio.»

«Giusto. Come sta la donna?»

«Non ne ho idea» mentì lei. Una menzogna a metà, pensò per consolarsi.

Torino

Alla prima pantera ne erano seguite altre due e i poliziotti sciamarono intorno alla Giulietta. Tra di loro, in borghese, c'era lui, il commissario Gaetano Berardi, e Camilla chiuse istintivamente gli occhi, come se, cancellandolo alla vista, potesse cancellarlo dalla scena. O come se, non vedendolo, potesse non essere vista. Quando li riaprì, lui la stava fissando, con un'espressione tra l'incredulità e il fastidio, e lei distolse subito lo sguardo. Un poliziotto con un blocco in mano le si avvicinò:

«È lei che ci ha chiamati?»

«Io ho chiamato i carabinieri.»

«Ci hanno passato il caso. È zona nostra. Baudino Camilla è lei?»

«Sì.»

«Deve testimoniare. Resti qui.»

«Non posso. Devo andare al lavoro e sono già in ritardo. È morto?»

«Pare.»

«Quello che ho visto l'ho già detto al telefono.»

«Non basta. Dovrà anche firmare un verbale.»

«Senta, ho la testa che mi gira, lo stomaco sconvolto e bisogno di un caffè. A testimoniare vengo oggi pomeriggio. In questura, presumo.»

«Devo chiedere se è possibile. Non si muova.»

Il poliziotto andò a confabulare con un superiore (il commissario) e lei, protetta dallo schermo di un gruppo di curiosi che le si erano assiepati davanti, ne approfittò per andarsene.

Fece trenta passi quasi di corsa e si infilò nel bar di Renato.

«Non sta bene, prof?» le chiese lui, che era stato suo allievo. Non tra i più brillanti, ma magnanimo nel non rinfacciarle la bocciatura.

«Ho appena assistito a una sparatoria. Lì, all'angolo.»

«Ci è scappato il morto?»

«Pare.»

«Ecco perché c'è tutta sta polizia. Pensavo al solito incidente e mi pareva esagerato.»

«Esagerato cosa?»

«Lo spiegamento di forze.»

«Me lo fai sto caffè? Doppio, magari.»

«Niente cappuccino cremoso?»

«Mi starebbe sullo stomaco.»

«E anche niente croissant, allora. Mi racconta cosa ha visto?»

«Domani.»

«Non vale. Volevo l'anteprima. Beva anche sto bicchiere d'acqua, così non mi sviene sul bancone.»

«Ti dispiace guardare se c'è un poliziotto che viene qui?»

«Perché? È lei la killer?»

«Me la sono svignata e avrei dovuto stare lì per testimoniare. Adesso invece devo andare a lavorare.»

«Per il lavoro è già in ritardo, cara prof, però non ha la pula alle calcagna.»

Siccome era già in ritardo, uscì dalla porta sul retro del bar e allungò la strada per non essere intercettata nel tragitto. E già che c'era, non telefonò a scuola e spense anche il cellulare.

Intanto in corso Regina Margherita il traffico era piombato nel caos totale: erano arrivate altre macchine (polizia, vigili urbani, ambulanza), poi parcheggiate alla bell'e meglio; un serpentone di tram si era inchiodato sulle rotaie; i passeggeri imbufaliti ne erano scesi ma non si erano risparmiati una sosta per sbirciare la scena del crimine; un automobilista impaziente e temerario, per aggirare l'ostacolo, aveva invaso la corsia opposta provocando un frontalino di media gravità.

«Corvetti!» chiamò il commissario.

«Eccomi, dica...» rispose l'agente.

«Dov'è la testimone?»

«Non la vedo più. Dev'essere andata via.»

Berardi non infierì verbalmente, ma gli rivolse uno sguardo di pura ferocia. Che – l'agente Corvetti non poteva saperlo – non dipendeva tanto dalla mancata testimonianza, ma dall'intrico di emozioni che la vista di Camilla gli aveva causato: stupore, risentimento, un sottile desiderio di vendetta e un confuso rammarico che assomigliava un po' alla nostalgia. Tre anni, pensava intanto, anzi due anni e undici mesi, me la ritrovo come testimone di un delitto, mi guarda come se fossi uno sconosciuto e poi scompare. Proprio come allora, senza una spiegazione, senza un perché, e rifiutava le chiamate al cellulare, come se le fosse capitato chissà che o avesse qualcosa da nascondere...

«Corvetti!»

«Sì, commissario...»

«Chiami la testimone a questo numero», e glielo ripeté due volte, «e le ordini di presentarsi in questura nel pomeriggio. Infallibilmente.»

L'agente eseguì, chiedendosi come facesse il suo capo a conoscere a memoria il numero di cellulare della testimone.

«Non risponde, commissario. Telefono spento o irraggiungibile.»

«Riprovi finché non lo trova acceso.»

Torino

Attorno al morto ammazzato si affannavano in molti: fotografi, giornalisti, esperti della scientifica, medico legale, poliziotti della omicidi e il piemme di turno. Che sbadigliava per essere stato tirato giù dal letto all'improvviso dopo una notte insonne per via delle colichette del figlio neonato, e non vedeva l'ora di andarsene. I vigili erano riusciti a ripristinare un minimo di viabilità a base di fischietto e gesti imperiosi, ma i tram erano sempre fermi in attesa che finissero i rilievi e gli autobus sostitutivi non assomigliavano a quelli di Bombay solo perché il clima torinese impediva ai viaggiatori di appendersi esternamente ai finestrini. Centinaia di persone smadonnavano più o meno apertamente al pensiero del ritardo sul lavoro e non potendo, una volta tanto, prendersela col governo centrale o locale, incubavano oscuri propositi di rivalsa su chiunque gli fosse capitato a tiro nelle ore successive.

Camilla, arrivando a scuola, incappò come previsto nella preside. Che la investì subito:

«Professoressa Baudino, ha per caso l'orologio fermo?»

«No, ma per caso mi sono imbattuta in un omicidio.»

«Un po' esagerata come scusa, mi pare.»

«Per niente. Può controllare, se lo ritiene opportuno.» E poi, presa da un rigurgito di antipatia velenosa: «Una scena tipo Casoria, o Secondigliano».

La preside, che da Secondigliano proveniva, la ricambiò

con un'occhiata altrettanto al veleno: «Vada, vada in classe, che gli studenti sono già arrivati tutti».

A smentirla ne arrivò proprio in quel momento un gruppone chiassoso:

«C'è tutto un casino sul corso, preside!»

«Hanno ammazzato uno su una macchina.»

«Stanno facendo i rilievi.»

«I tram non circolano.»

«Secondo me, roba di mafia.»

«O di camorra.»

«In classe! Di corsa!» strillò la preside incazzata nera, e quelli le rivolsero un sorrisetto sfottente e si trascinarono con indolenza dall'atrio alle scale.

All'una e mezzo Camilla rientrò a casa. Livietta, la figlia quindicenne, era stravaccata con i piedi sul sofà.

«Quante volte ti ho detto di toglierti le scarpe?» la rimproverò scorbutica.

«Perché lo dici solo a me e non al cane?» ribatté la ragazza.

«Perché il cane le scarpe non le ha.»

«Appunto. Per strada cammina scalzo, poi sul divano ci sale così com'è e tu non gli dici niente.»

«Be', è un cane... poi ho avuto una mattinata terribile. Pace?»

«Mmmh... ne hai troppe di mattinate terribili, cioè di merda. Ah, senti, c'è un cambiamento per il fine settimana.»

«Sarebbe?»

«Sarebbe che vado a Roma da papà, perché lui ha un impegno di lavoro sabato sera, una cena credo, poi lunedì parte e non sa quando torna.»

«E dove va?»

«Non me l'ha detto.»

Che fatica, pensò Camilla, mantenere dei rapporti neutri e tolleranti dopo una quasi separazione. No, per carità, non è una vera separazione, ma soltanto una pausa, e anche un'opportunità di lavoro, continua a dire lui. L'opportunità di lavoro – un distacco temporaneo al ministero dei Beni culturali – è reale, ma forse – anzi sicuramente – non l'avrebbe colta se tra noi non si fosse insinuata una persistente stanchezza nei rapporti (non solo di letto), una patina di noia che investiva ogni momento passato insieme e finiva con l'intristire le intere giornate di entrambi. Nessuna lite, nessuna esplosione di insofferenza, solo il tentativo di esorcizzare il malessere condiviso con caute battute ironiche. Male, molto male: sarebbe stato meglio sfogarsi con qualche urlo, qualche gesto avventato (piatti scagliati a terra, porte sbattute con violenza...), e invece abbiamo compresso il disagio sotto l'esile crosta dell'urbanità, in altre parole abbiamo buttato la spazzatura sotto il tappeto. Ma la spazzatura non scompare *motu proprio*, resta lì e prima o poi finisce col puzzare. E adesso che si fa? Si aspetta, io perlomeno, lui non so, lascio fare al tempo, il che può essere una decisione saggia, ma anche vigliacca. Adesso sono più inquieta, più ingrigita di prima, più infelice. Ecco, me lo sono detta, più infelice, e la solitudine mi pesa.

«Abbiamo combinato che parto venerdì col Frecciarossa delle quattro e venticinque, quello diretto che non c'è da cambiare, e torno lunedì con quello delle cinque e un quarto, che è ancora diretto.»

«Lunedì? E ti perdi un giorno di scuola?»

«Capirai che danno. Papà mi ha già mandato i biglietti via mail.»

Senza consultarmi. Una decisione tra loro due, come se io non esistessi. Una prova di forza, o una specie di porta aperta subdolamente, con chiavi rubate o false. O con una carta di credito, come fanno nei telefilm. Con la carta di credito con cui le ha pagato i biglietti. Di prima classe, magari. Adesso mi attacco al telefono e mi faccio sentire, la figlia non è soltanto sua. No, meglio di no in presenza di Livietta, il dissidio è tra noi, lei non c'entra. Cioè c'entra, ma non per colpa sua.

«Non c'è niente da mangiare in questa casa?»

«C'è, ma sono appena arrivata dopo cinque ore di scuola.»

«Solo quattro, secondo il tuo orario.»

«Cinque con l'ora di supplenza straordinaria che ho fatto in prima C.»

«Cinque le ho fatte anch'io.»

«E allora, siccome siamo pari, prepariamo la tavola insieme.»

«Io sono stanca.»

«Io riposata e fresca come una rosa in boccio. E con la splendida prospettiva di passare il pomeriggio in questura.»

«Perché?»

«Perché ho assistito a un omicidio.»

«Davvero? Che figata! Mai che capiti a me. Racconta.»

Torino

Nell'ufficio di Berardi erano in cinque.

«Allora, cosa abbiamo in mano?» chiese lui.

«Poco o niente, commissario. Le generalità del morto, Quarello Gabriele di anni cinquantotto, coniugato e con due figli; l'indirizzo, corso Galileo Ferraris 78; la professione, impresario edile. Incensurato.»

«Chi ha avvertito la moglie?»

«La Mastropasqua, con Genovesi.»

«Ma Genovesi avrà fatto al solito scena muta e a lei sarà toccata la parte sgradevole.»

«È una donna, commissario, e in certe cose le donne sono più brave.»

«Come l'ha presa?»

«La vedova?»

«Chi se no?»

«Genovesi ha detto che è impallidita, ma non ha fatto né un gemito né un pianto.»

«Compostezza subalpina.»

«Oppure non gliene frega niente, o poco assai.»

«Quando la sentiamo?»

«Nel pomeriggio, la Mastropasqua e Genovesi vanno a prenderla verso le cinque e mezzo.»

«Testimoni?»

«Nessuno, oltre alla signora che ha telefonato ai carabinieri e poi se n'è andata.»

«Corvetti, ha continuato a chiamarla?»
«Sì commissario, ma il cellulare risulta sempre staccato.»
«Provi a casa.»
«Non so il numero.»
«Poca fantasia, eh? E iniziativa zero», scrisse il numero su un foglietto, glielo passò, «e veda di sbrigarsi, stavolta.»
«Per quando le dico di venire?»
«Prima possibile. No, meglio alle sette. Anche se è l'unica che ha visto qualcosa, a quanto pare.»
«Da dove partiamo, commissario?»
«Dalla famiglia: moglie figli eventuale amante; dalle abitudini: alcol droga gioco d'azzardo; dalla situazione patrimoniale: debiti crediti prestiti insoluti; dall'ambiente di lavoro: soci maestranze eccetera; insomma la solita routine. Io voglio sentire la vedova e la Baudino.»
«La chi?»
«Camilla Baudino, la testimone.»

Chivasso

Di buono, nel lavorare a Chivasso, c'era parecchio: la dimensione della cittadina (ventiseimila abitanti), l'efficienza dell'ospedale Civico con i suoi duecento posti letto, la vicinanza a Torino (soli trenta chilometri), e l'autostrada non a pagamento, insieme con una superstrada e frequenti collegamenti ferroviari.

Di cattivo (oltre al fatto che il Comune era sotto osservazione della commissione antimafia per infiltrazioni di 'ndrangheta), per Francesca c'era il fatto di non essere ancora riuscita ad ambientarsi bene, di non amare il monolocale preso in affitto, e la fastidiosa sensazione di sentirsi sempre osservata e giudicata, anche se – ne conveniva lei stessa – più che di sensazione si trattava di fissazione.

Ma camminando di buon passo verso il comando dei carabinieri, ad acuire il sottofondo malmostoso della giornata, oltre a tutto il resto – il freddo sempre più pungente, la discussione al limite del diverbio col figlio di un ammalato, un lieve mal di testa –, c'era il timore di un incontro sgradito. Improbabile, si disse, non si occuperà certo lui del caso, e per distrarsi riportò il pensiero alla donna nera, che al pronto soccorso non c'era più, forse ricoverata in qualche reparto. O forse no, era scappata di nascosto, ma non aveva indagato – un po' per pigrizia, un po' perché medici e infermieri sembravano tutti vicini al collasso per sfinimento.

«Vengo per una testimonianza» disse al carabiniere che piantonava l'ingresso.

«Riguardo a cosa?»

«Una donna investita stamattina da un'auto pirata.»

«Ah sì. Se ne occupa il capitano Sartori. Corridoio a destra, porta in fondo. Lo avverto subito.»

Maledizione, pensò lei. Testaquadra d'un montanaro. Fa tutto lui. Oppure anche qui l'influenza ha sfoltito i ranghi. Oppure... oh no, la donna è morta, un'emorragia imprevista, una crisi cardiaca...

Scoprì di essere turbata, un piccolo colpo al cuore, mentre la professione avrebbe dovuto farle da scudo. Giornata sotto il segno della sfiga, pensò ancora calmandosi un poco, e adesso mi tocca pure rivederlo.

Con il capitano Sartori aveva fatto conoscenza l'anno prima, quando aveva cominciato a lavorare a Chivasso da poche settimane, e l'ultima cosa che desiderava – be', una delle ultime – era trovarselo davanti di nuovo. Non perché fosse arrogante o pieno di sé, ma perché non le piaceva ricordare il motivo per cui era avvenuto il loro primo incontro e quelli successivi. Una storia assurda, a cui ripensava spesso e che continuava a inquietarla. Così come continuava a turbarla l'educata diffidenza, al limite dell'incredulità, che Sartori aveva dimostrato nei suoi confronti. Dal punto di vista di lui, non senza ragione, ma da quello di lei senza alcuna ragione.

«Ci si rivede, dottoressa» disse il capitano alzandosi mentre un appuntato le teneva aperta la porta.

«Già» rispose lei senza nessun entusiasmo.

«Prego, si accomodi. Un altro caso strano, se non sbaglio.»

«Perché strano? Purtroppo di bastardi che se ne fregano di quel che hanno fatto ce ne sono anche troppi.»

«Strano perché stavolta la vittima è scomparsa.»

«Scomparsa? In che senso?» si stupì lei, ma soltanto a metà.

«Nel senso più ovvio, scomparsa perché non si trova e non si sa chi sia.»

«Dimessa dal pronto soccorso?»

«Non dimessa, dottoressa Gariglio, proprio scomparsa.

Dopo aver fornito generalità incontrollabili, cioè false. Se ne è andata approfittando evidentemente di un momento di disattenzione di medici e infermieri.»

«Se lei lavorasse al pronto soccorso non parlerebbe di disattenzione, ma di sovraccarico di lavoro. Personale sotto organico, e inoltre in questi giorni c'è il solito caos stagionale da picco di influenza.»

«La mia non era una critica, volevo solo informarla della situazione. Presumo che non ne fosse al corrente.»

«Che non avesse documenti lo sapevo, che fosse scomparsa no» affermò lei continuando a mentire a metà. Anzi a metà della metà, cioè a un quarto, si giustificò tra sé, visto che della fuga della donna aveva avuto soltanto il sospetto e non la certezza.

«Comunque, mi racconti tutto. Abbiamo anche la deposizione di un altro testimone oculare dell'incidente.»

«Meno male, così stavolta non passo da visionaria.»

«Non ho mai pensato che lei fosse una visionaria. Ma in assenza di riscontri oggettivi, di altre testimonianze eccetera, non avevamo potuto fare niente. Anche se lei non me lo ha mai perdonato, a quanto sembra.»

«Capitano, non rivanghiamo il passato. Nel presente c'è un farabutto che non ha neppure rallentato dopo l'incidente.»

«Già identificato però. Il proprietario dell'auto, voglio dire.»

«Identificato e beccato?»

«Non ancora. Per ora è irreperibile. E l'auto non risulta rubata, ossia al momento pare non ci sia nessuna denuncia di furto.»

«Bene, bel lavoro. E con due numeri della targa mancanti.»

«Uno solo mancante. L'altro testimone dell'incidente, il ragionier Corsini, Pietro Corsini, si è ricordato che dopo il 7 c'era un 3 o un 8.»

E bravo il ragioniere occhio di lince. Poi dicono che con l'età la prontezza di riflessi rallenta. Quattro a due per lui, pensò Francesca, e aggiunse: «Allora non c'è più bisogno di me».

«No, ci sono ancora particolari che deve confermare o chiarire e c'è un verbale da sottoscrivere.»

Francesca biascicò a denti stretti uno scorretto e antifemminista porcaeva. Il capitano le stava e le era stato sull'anima sin dal primo istante in cui l'aveva visto. Troppo sicuro di sé, troppo rigido, anche troppo bello. Diffidare degli uomini belli-belli, sono quelli che ti fregano sempre. Ma che sto pensando, si disse, mai avuto a che fare con fotomodelli da biancheria intima o da dopobarba. Sempre solo con quelli a metà graduatoria: occhi espressivi, sorriso contagioso, profilo intrigante, mani ben disegnate, corpo atletico, ma mai tutto insieme. Al massimo due elementi, non di più. Come Guido il Genio, che oltre ai due elementi è anche ironico intelligente e colto. Ma sfuggente come la saponetta nella doccia. Come potrei definirlo invece che sfuggente? Elusivo, evasivo, inafferrabile... Ambiguo o equivoco forse no, non riferito a Guido. O sì? Ambigui ed equivoci sono i bastardi di basso rango, quelli che sui pullman appoggiano una mano sulla chiappetta della studentessa o mia, quelli che al bar ti fanno gli occhi da triglia con l'aria di farti un favore. Ma forse...

«Dottoressa Gariglio...»

«Sì?»

«Non mi ha risposto. È sicura di non averla già vista da qualche parte?»

«L'infortunata?»

«Chi se no?»

«Ci stavo pensando. No, mai vista prima di stamattina.»

«E non ha avuto occasione di parlarle?»

«Neppure, era svenuta dopo l'urto e non aveva ancora ripreso conoscenza quando siamo arrivate al pronto soccorso.»

Bugia. Sette anni di purgatorio, secondo la vecchia dottrina cristiana, a bruciare in mezzo ai diavoli coi forconi. Secondo la nuova, il purgatorio è una metafora e il fuoco un tormento soltanto interiore. Il limbo l'hanno già abolito tempo fa, cancellato dalla carta topografica ultraterrena. Anzi, scancellato, con quella s iniziale che faceva sobbalzare la maestra Rinetti: «Quante volte te lo devo dire, Francesca? Cancellare, non scancellare!». E io, stronzetta che me lo ricordavo benissimo, due giorni dopo: «Maestra, posso scancellarla io la lavagna?». Il fatto era che scancellare, come parola, mi piaceva moltissimo, mi sembrava più adatta: una cosa scancellata è messa fuori dai cancelli della mente, esclusa, espulsa, come se non fosse mai esistita.

E dell'inferno che ne sarà? Anche lui, tra mezzo secolo magari, ridotto a figura retorica? Sarà un esercizio di enigmistica leggere e capire gli affreschi delle chiese e la *Divina Commedia*, ma per fortuna ci saranno sempre dei Guidi a spiegare. Tra mezzo secolo avrò ottant'anni e forse sarò intronata come la vecchietta del letto dodici, Marianna Cambursano, che mi chiama mamma e mi implora sempre di non darle l'olio di fegato di merluzzo. Ci dovrebbe essere un reparto geriatrico in ospedale, ma con tutti sti tagli di bilancio...

«... e senza dati le sarà impossibile essere risarcita.»

«Eh già.»

«Ma probabilmente deve aver avuto i suoi buoni motivi per...»

Sì certo, come no. Ma perché non capita un crimine minimo, che so un bancomat svuotato dalla gang dei rumeni, un tentato scippo a un rappresentante di commercio, un *vol à la portière* a un semaforo, così il testaquadra ha altro di cui occuparsi, visto che non delega nessuna incombenza?

In quel preciso istante il telefono sulla scrivania cominciò a squillare.

«Sì. Dove? Siamo sicuri? Telefonare immediatamente al medico legale, dirgli che ci raggiunga là. E subito anche al piemme.»

Poi rivolgendosi a lei:

«Un cadavere, cioè un omicidio. L'appuntato sta finendo di battere il verbale, basta che lo legga e lo firmi e poi può andare. Lieto di averla rivista, dottoressa!» disse, e tendendole la mano si alzò.

Torino

Quando riaccese il cellulare (il telefono di casa era incistato su Livietta), Camilla scoprì che c'erano sei chiamate tutte provenienti dallo stesso numero e dopo qualche minuto ne arrivò una nuova.

«Questura di Torino. Parlo con la signora Baudino Camilla?»

«Sì.»

«Il commissario Berardi l'aspetta per la testimonianza sull'omicidio di stamattina.»

«Non ho visto granché. Se vuole, le racconto tutto adesso in un minuto.»

«Al telefono?»

«Certo.»

«Ma cosa dice? Non è possibile!»

«Perché? Basta che lei registri la telefonata.»

«Deve venire di persona.»

«Nell'era digitale si fanno le raccomandate al computer e non si può testimoniare al telefono?»

«Signora, deve venire e basta.»

«Ah ecco, la voce del potere!»

«Il commissario l'aspetta alle sei.»

Lo so da sola che non si può testimoniare al telefono, ma ci ho provato lo stesso. Così, solo per il piacere di dare disturbo. Per tigna. Non ho voglia di rivedere Gaetano, non ho voglia di dare spiegazioni sulla mia fuga o sparizione di quasi tre anni fa. Anzi, non posso proprio, perché tirerei in ballo un'altra persona che deve restare nell'ombra. E soprattutto dovrei confessare che cosa ho fatto per lei, una cosa di cui non mi pento per niente ma che non rientra nella legalità. Questa glassa sulla torta indigesta dei miei guai non ci voleva proprio. Glassa avvelenata, o quanto meno intossicante.

Alle sei si era presentata puntuale in questura, e alle sette era ancora in attesa, seduta su una scomoda panca di legno al primo piano. Vendettina miserabile, almanaccava, quella di farmi fare tutta st'anticamera: da lui non me la sarei aspettata. Però però... forse, se fa pesare il suo ruolo per indispettirmi, significa che un po' gli rode ancora la mia sparizione, che un po' l'ha patita.

E a quell'ipotesi – che poi risultò sbagliata – ebbe un assurdo e insieme allegro sbalzo di umore.

Chivasso

Il capitano Sartori stava osservando un cadavere e la scena del delitto.

Il cadavere era quello di un uomo tra i sessantacinque e i settant'anni, un po' sovrappeso e con qualche residua vanità giovanilistica, testimoniata dai capelli orrendamente tinti in color mogano. Finto mogano, come nei mobili di segatura pressata dei vari mercatoni, venne incongruamente da pensare al capitano. Capelli che sulla parte sinistra della testa devastata erano impastati di sangue e materia cerebrale, schizzata e solidificata a lato: di morti ammazzati Sartori ne aveva visti abbastanza, ma nessuno in quel modo. Addio fritto di cervella e carciofi, pensò ancora, mi sa che non riuscirò più a mangiarlo, anche se è un piatto di stagione che mi piace, cioè *piaceva* tanto. Inconvenienti della professione. Magari capita anche ai neurochirurghi. E forse è meglio, così non ingurgitiamo colesterolo puro.

La scena del delitto era l'ingresso di un appartamento al secondo piano di un elegante stabile in via Berruti, non lontano dal tribunale. Il cognome indicato sulla targhetta di ottone lucidato a specchio era Torasso. Il medico legale, gli esperti del reparto scientifico e il piemme di turno non erano ancora arrivati.

Seduta sui gradini delle scale che dal pianerottolo portavano al terzo piano, una ragazza tra i venticinque e i trent'anni era intenta a studiarsi le unghie, opera di minuziosa e paziente nail art.

«È la nipote» lo informò sottovoce il maresciallo Giordano, che era arrivato un po' prima col brigadiere Palmieri, «è stata lei a trovare il morto e a telefonarci.»

«Sa se è entrata in casa?»

«Ha detto di no. Ha suonato, poi dato che nessuno rispondeva ha aperto con le sue chiavi.»

«Allora la scena del crimine non è inquinata. Sempre che la nipote non menta. Non pare troppo sconvolta, no?»

«Quando sono arrivato io piangeva. Però...»

«Però?»

«Mah, sembrava un pianto da televisione. Probabilmente è un mio pregiudizio, ma con le ragazze troppo ritoccate sono sempre diffidente. Comunque, le ho chiesto se voleva che Palmieri la accompagnasse al bar per un caffè o un cordiale, ma ha risposto di no.»

«I vicini?»

«Non ancora interrogati. Aspettavo il medico legale per sapere l'ora presunta della morte.»

«A occhio, direi da un bel po'.»

«Anch'io. Ieri sera, più o meno.»

Il capitano si avvicinò alla ragazza, si presentò e le chiese se se la sentiva di rispondere a qualche domanda. Se la sentiva. Per prima cosa fornì le sue generalità, che il brigadiere appuntò su un taccuino. Si chiamava Fiore Debora.

«Con l'acca o senza?» chiese Palmieri per scrupolo di precisione.

«Con.»

«In che grado di parentela è con la vittima?» si reinserì il capitano.

«Sono sua nipote, cioè lui è mio zio.»

«Fratello di sua madre?»

«No, fratellastro di mio padre.»

«Più giovane o più vecchio?»

«Di chi?»

«Di suo padre.»

«Più vecchio.»

«Lei gli era molto legata?»
«Be', sì. Abbastanza, cioè.»
«Abbastanza per avere le sue chiavi di casa.»
«Era solo. Non aveva nessuno.»
«Nessuno? Aveva come minimo un fratellastro.»
«Non ci andava d'accordo.»
«Con lei invece sì.»
«A me faceva pena. Per via della solitudine, gliel'ho già detto prima.»
«Perché stasera è venuta da lui?»
«Per una visita, no? Per sapere come stava, per starci un po' insieme.»
«A suo padre non dispiace?»
«Non credo, ma comunque non lo sapeva. Io vivo a Torino, non in famiglia.»
«Aveva avvisato suo zio della visita?»
«Sì. Cioè non proprio.»
«Si spieghi meglio.»
«Il martedì vengo sempre a trovarlo. Gli telefono solo se non posso.»
«Sa se suo zio aveva dei nemici, dei conti in sospeso con qualcuno?»
«No. Non ne so niente.»
«Domani mattina è necessario che si presenti al comando per verbalizzare la sua deposizione. E magari per rispondere a qualche altra domanda.»
«Io domani mattina ho lezione all'università.»
«Cosa studia?»
«Scienze della comunicazione.»
Un'altra, pensò Sartori. Tutte ansiose di fare le pierre o le addette stampa. Televisione, cinema, riviste di gossip, moda, organizzazione di eventi. Invece chimica mate e agraria non se le fila nessuno.
«A che punto è?»
«Mi mancano due esami e la tesi.»
«Per la specialistica?»
«No, per la triennale.»
Allora sei un po' fuori corso, ragazza mia, perché i ven-

tidue-ventitré li hai già passati, rifletté il capitano, che aveva una scarsa considerazione per i perdigiorno. Laurearsi in ritardo, a meno di non lavorare durante gli studi – cosa che, ne era sicuro, Deborah con l'acca non aveva mai fatto –, era per lui una grave colpa. Non inseribile nel casellario giudiziario, ma insomma...

Intanto erano arrivati i rinforzi: medico legale esperti della scientifica e piemme. Che era una donna, la dottoressa Alessandra Russo. Un aspetto rassicurante da madre di famiglia numerosa e, a contrasto, un carattere rigoroso ed esigente. Una napoletana anomala, secondo il capitano, che l'apprezzava molto. Foto, rilievi, ricerca di tracce.

«Posso andare?» chiese a un certo punto Deborah.

«Sì, certo. Però l'aspettiamo al comando domani mattina alle nove» rispose il maresciallo Giordano e poi, come di malavoglia: «Preferisce essere accompagnata a casa?»

«No, grazie. Ho la macchina poco distante. Ma mi andrebbe meglio alle undici, domani.»

Il maresciallo sospirò: la ragazza lo irritava, ma gli faceva anche compassione. Non doveva aver passato un bel momento alla vista dello zio col cranio fracassato.

«D'accordo, alle undici. Puntuale, però.»

Più tardi, finite le foto e i rilievi, portato via il cadavere, mentre il maresciallo e il brigadiere erano andati a interrogare i coinquilini della vittima, il capitano studiò a lungo per la seconda volta non soltanto la scena del crimine in senso stretto, ma l'intero appartamento.

Torino

Germana Molinari, vedova recente di Gabriele Quarello freddato in corso Regina Margherita angolo via Montebello, era una bella donna. Alta, capelli castani corti, taglia 42 tenuta sotto controllo da presumibili dieta e palestra, incedere da indossatrice. E infatti lo era stata in gioventù, come già avevano appurato gli inquirenti. Si sedette davanti al commissario Berardi e all'ispettore Vitello, incassò le condoglianze di rito e cercò di dissimulare l'agitazione interna con un atteggiamento di signorile compostezza.

«Signora, che lei sappia, suo marito aveva dei nemici?»

«No, lavorava, faceva una vita normale.»

«Ultimamente le era parso preoccupato, nervoso, diverso dal solito?»

«Un po' preoccupato sì, per la crisi. L'edilizia sta attraversando un brutto momento, ma lui aveva appena aperto due nuovi cantieri.»

«Problemi finanziari?»

«Non credo. Me ne avrebbe probabilmente messa al corrente, anche se del suo lavoro non parlava quasi mai.»

«E di cosa parlava?»

«Prego?»

«Se non parlava con lei del suo lavoro, quali erano gli argomenti di conversazione tra voi?»

Un quasi impercettibile accenno di disappunto, che al commissario e all'ispettore non sfuggì affatto.

«Mah... i soliti, il tempo il weekend la casa...»
Sai che meraviglia di conversazioni, pensarono Berardi e Vitello.
«Avete due figli, ci risulta, Michele di ventisette anni e Lorenzo di ventiquattro. Di loro non parlavate mai?»
«Sì, certo. Ma Michele vive per conto suo già da prima della laurea.»
«E lavora col padre. Nessuno screzio?»
«Nessuno. Magari qualche volta opinioni diverse, ma niente di più.»
«E Lorenzo?»
«Vive con noi.»
«Lo sappiamo. Ma cosa fa?»
«L'università.»
«Ingegneria come il fratello?»
«Sì.»
«Destinato quindi a entrare anche lui nella ditta di famiglia.»
«Be'... a tempo debito.»
«Signora, scusi la brutalità della domanda, ma lei e suo marito eravate una coppia felice?»
A Germana Molinari tremò un poco il mento: per un attimo la sua compostezza fu sul punto di infrangersi.
«Andavamo d'accordo. Ci piacevano i viaggi, la montagna, i concerti...»
«Felicità è una parola troppo grossa?»
«Alla nostra età, la mia e quella di Gabriele, direi di sì.»
«Dovremo interrogare anche i suoi figli. Michele, per sapere qualcosa di più sul lavoro, e Lorenzo...»
«Lorenzo è negli Stati Uniti. Tornerà domani sera, oggi non è riuscito a trovare un volo.»
«Lo sentiremo dopodomani, glielo comunichi. Grazie signora, può andare, ma probabilmente avremo ancora bisogno di lei.»
Non appena fu uscita, nell'ufficio del commissario si tenne una riunione di lavoro, il cosiddetto briefing del primo giorno, da cui spesso dipendeva il successo o l'insuccesso delle indagini.

Dagli accertamenti iniziali era risultato che le finanze del Quarello, pur non essendo troppo floride, non destavano ancora la preoccupazione delle banche. I due cantieri avviati – tra i pochi in città – lavoravano a ritmo molto ridotto ma lavoravano, e gli stipendi venivano pagati. Per appurare se in nero o regolarmente e per verificare le norme di sicurezza non c'era stato tempo: l'ingegner Michele Quarello aveva spedito tutti a casa in segno di lutto.

«Mi puzza» commentò l'ispettore Vitello.

«Anche a me» convenne il commissario. «Domani mattina prima delle sette voglio tre di voi a ogni cantiere.»

«Ma ci fermiamo con le altre indagini...» obiettò qualcuno.

«Non ci fermiamo affatto. Richiamiamo i due che sono in ferie ed eliminiamo i riposi. Il ferro va battuto finché è caldo.»

L'ispettore si permise uno sghignazzino.

«Che c'è, ispettore?»

«Niente.»

«È per via del proverbio?»

«Già. Un tempo non li poteva soffrire.»

«Dopo un tempo ne viene un altro» disse Berardi, e sghignazzò un po' anche lui.

I tempi però ritornano, pensò invece l'ispettore, ma non si permise di dirlo: entrando nell'ufficio del capo aveva visto la professoressa Baudino in attesa di essere ricevuta.

Chivasso

Nooo, un omicidio non me l'ero certo augurato!, si era detta Francesca, e comunque, quando ho invocato un reato provvidenziale, quello l'avevano già ammazzato. E non è neppure una coincidenza strana, dato che il crimine è pane quotidiano al comando dei carabinieri. Non gli omicidi, però, quelli per fortuna sono eventi rari, perché non siamo mica a Gomorra, come ha affermato giustamente Occhio di Lince. Però non sarebbe niente male essere un po' strega, far cadere qualche tegola al momento buono... ma sulla testa di chi? Be', magari non proprio sulla testa...

Dopo aver letto e firmato il verbale, era finalmente libera. Libera di far cosa? Di scancellare la giornata sfigata con un aperitivo in via Torino, al bar Bonfante, ritrovo della meglio gioventù del luogo, nonché di qualche attempato vitellone di provincia.

Quando rincasò era in preda a una leggera euforia alcolica. La vita, o almeno le restanti ore della giornata, le appariva più benigna, grazie al Negroni preparato con sicura professionalità dal barista, e anche ad alcune occhiate apprezzative rivolte alla sua persona. Occhiate maschili non seguite da maldestri tentativi di approccio e neppure da strusciamenti non richiesti. Bene così, pensò, guardare e non toccare, come diceva sempre mia mamma quando entravamo in un negozio o al supermercato. Diceva anche "tieni dritta la schiena", e "saluta la signora (o il signore)";

la schiena ce l'ho dritta causa nuoto e palestra, e in quanto a salutare sempre dipende: con chi bofonchia un salve a denti stretti basta, stop, ho chiuso. Educazione d'altri tempi, o meglio fuori tempo, perché le mie compagne e amiche avevano madri meno devote alla forma, che non sempre però corrisponde alla sostanza.

Bell'enigma mia mamma. Messa alla domenica e alle feste comandate, abbigliamento da brava signora borghese, in casa mai vista ciabattare in vestaglia, non parliamo di bigodini in testa o maschere spiaccicate sulla faccia. Sempre elegante, sempre tirata a lucido. Una padrona di casa da rivista femminile, gentile e premurosa con gli ospiti, tutta un prego si figuri si accomodi. E con mio padre, bacio alla partenza e arrivo dal lavoro, niente litigi porte sbattute discussioni concitate. Una moglie perfetta?

Mica tanto. Un'accorta frequentatrice di letti estranei, una che scopava fuori casa un paio di volte alla settimana, con una regolarità da ragioniera. Commissioni, diceva, oppure amiche malate da visitare come opera di misericordia, o un concerto benefico, la presentazione di un libro, l'inaugurazione di un negozio... Un repertorio di balle sciorinate con tranquilla leggerezza per anni e anni. Mio fratello Alessandro e io prima abbiamo sospettato, poi indagato e alla fine saputo per certo, nostro padre chissà. Forse preferiva non sapere.

E ora... ora dopo la morte di papà è invecchiata di colpo, è diventata una vedova inconsolabile, un salice piangente, adesso rimpiange tutto di lui, la loro comprensione, il loro amore, il loro stare così bene insieme... Adesso le telefono e faccio la brava, perché in fondo anche ai genitori bisogna concedere una piccola presunzione di buona fede.

Appese il piumino all'attaccapanni, si liberò delle scarpe e compose il numero di casa della zia Nicoletta, presso cui sua madre si era temporaneamente (o definitivamente) trasferita per condividere il lutto con la sorella. Anche lei vedova, ma di lungo corso, e già, per così dire, acclimatata nella vedovanza. Acclimatata a Bordighera, d'inverno allegra come una casa di riposo gestita da suore e nelle altre stagioni come un convalescenziario. «Perché non resti a Torino, mamma, nella nostra bella casa?» le aveva chiesto con insistenza lei, e la risposta era stata: «Perché non ce la faccio a stare sola: tu torni soltanto quando sei di riposo all'ospedale, e neppure sempre, tuo fratello vive in America e lo vedo una volta all'anno».

In un certo senso aveva ragione, pensò ancora Francesca: anche se qui non ci sto da dio, a casa tornavo poco per non dovermi sorbire lacrime ed esibizioni di lutto, per non continuare a chiedermi se ci è o ci fa. Ingratitudine filiale, ma dopo cinque o più giorni d'ospedale avevo e ho bisogno dell'ossigeno di una certa leggerezza d'umore e infatti, adesso che lei è via, per respirare quell'ossigeno a Torino ci torno appena posso.

Il telefono della zia suonava a vuoto e la segreteria era, come quasi sempre, staccata. In giro a quest'ora, e con sto freddo? Ma poi si ricordò che Bordighera è la Miami del Nord, non a caso prediletta dalla terza età con qualche risparmio in banca. Chiamo sul cellulare?

Ma no, più tardi, dopo cena, si disse. Dopo cena, ma non ho voglia di prepararla, la cena. Potevo comprarmi qualcosa di pronto alla gastronomia, senza bisogno di spignattare, così potevo aspettare la telefonata di Guido leggendo finalmente il giornale, bastava pensarci uscendo dal bar. Era incerta se uscire di nuovo o no, quando sentì il solito leggero raspare ai vetri della portafinestra sul balcone e scosse la testa sorridendo.

«Troppa fatica anche fare un miao?» chiese a Rambo, che semiassiderato si fiondò in casa per annidarsi subito a palla sotto il termosifone. «Pigrone come tutti i gatti, in più un po' scemo, come in genere i gatti non sono. E magari hai anche fame.»

Al rumore dello sportello del frigorifero che si apriva, Rambo sporse la testa, ma non accorse: il freddo evidentemente era superiore all'appetito. Francesca aspettò qualche minuto, si rimise scarpe e piumino poi lo snidò per riportarlo al proprietario, che abitava al piano di sotto.

«Scappato di nuovo» constatò questi, più rassegnato che

divertito. «Basta che lasci uno spiraglietto nella finestra del bagno e sto lazzarone se la fila. Mi dispiace averti disturbata di nuovo.»

«Nessun disturbo, stavo uscendo per comprarmi qualcosa da mangiare.»

«Io l'ho appena fatto e ho esagerato nelle dosi. Se ti va, fermati a cena. Ma è un po' così...»

«Così come?»

«Sgarruppata.»

«Sgarruppata va benissimo.»

«E non ho vino né birra.»

«Stai facendo marcia indietro?»

«Ma figurati! È solo che se invito una ragazza di solito mi preparo meglio.»

«Risalgo e il vino lo porto io.»

«Solo per te, io prima del lavoro non bevo alcolici.»

Torino

Erano le sette e mezzo passate quando finalmente fu il suo turno. All'impazienza e al nervosismo era subentrata l'apprensione, l'incertezza su come comportarsi, su quale tono assumere negli inevitabili convenevoli prima della testimonianza. La spontaneità è impossibile da imporsi, pensava, e neppure posso fingere di avere di fronte un estraneo: andrà come andrà, certo che se stamattina non facevo la mia telefonata da brava cittadina era meglio. Tanto, non sarò mica decisiva per individuare l'assassino.

«Si accomodi, professoressa» disse l'ispettore Vitello aprendole la porta.

«Grazie. Buonasera, ispettore» rispose lei.

Il commissario si era alzato, le stava tendendo la mano: «Ciao Camilla. Hai aspettato molto?».

«Ciao Gaetano. Un'ora e mezzo.»

«Come un'ora e mezzo? Avevo detto di convocarti intorno alle sette.»

«A me hanno detto alle sei.»

«Scusa, mi dispiace.»

Pare sincero, pensò lei. Oppure ha imparato a fingere bene, come è necessario nel suo mestiere. Ha una ruga nuova, verticale, in mezzo alla fronte. Che non gli nuoce affatto, anzi. Lui ha una fronte da rughe, io invece no. Del resto, le rughe sono esiziali solo per le donne, agli uomini aggiungono fascino.

«Sembri stanca, stai bene?» chiese lui.

«Non al meglio. Assistere a un omicidio non giova all'aspetto.» (E grazie del complimento, disse tra sé.)

«Raccontaci.»

«Stavo attraversando il corso sulle strisce, ovviamente a semaforo verde. Ero a un quarto circa del percorso: dall'altra parte della strada erano ferme due macchine e una moto in prima fila, ma le guardavo distrattamente, pensando ai fatti miei. Così non so se il motociclista abbia finto di chiedere un'informazione all'autista della macchina a lui più vicina per fargli abbassare il finestrino, so solo che ho sentito uno sparo, sono trasalita e ho visto la moto partire di scatto, passare col rosso ed evitare di misura un camion che stava svoltando. Sono rimasta imbambolata per qualche secondo, ho avuto una visione brevissima di una faccia sporca di sangue mentre la macchina dello... dello sparato, voglio dire della vittima, dopo aver fatto un sobbalzo è finita di traverso dopo le strisce. Poi ho rischiato di essere investita, perché il semaforo era diventato rosso nella mia direzione e io ero ancora in mezzo alla strada.»

«Quindi non hai visto il motociclista nell'atto di sparare.»

«No, quando l'ho guardato aveva già le mani sul manubrio e stava partendo.»

«Targa della moto?»

«Mi dispiace, non l'ho presa. Ero troppo sbalordita, con i riflessi rallentati.»

«Marca, tipo della moto?»

«Non conosco le marche. Una moto comunque, non uno scooter, tutta nera.»

Il commissario e l'ispettore si scambiarono un'occhiata. Poi il primo estrasse un paio di foto da una cartellina: «Potrebbe essere questa?» chiese.

Camilla la osservò con attenzione: «Mah, non so... però non mi pare».

«Rubata due notti fa a Settimo. Abbandonata in sosta vietata in via Vanchiglia, quasi sicuramente stamattina. La scientifica ci lavorerà sopra, ma dubito che ci siano impronte utili.»

«Be', chi ha sparato secondo me non era un dilettante» azzardò lei. «Nessun altro ha visto la scena?»

«No, anche se sembra impossibile. C'erano altre persone che attraversavano la strada con te?»

«Fammi pensare. No. Il semaforo era verde già da un po', tanto che mi sono chiesta se ce l'avrei fatta ad arrivare dall'altra parte del corso o almeno sulla banchina del controviale. Gli altri pedoni, quando c'è stato lo sparo, erano già oltre, sul marciapiede opposto, direi.»

«E hanno tirato dritto. Quando siamo arrivati c'era un mucchio di gente, ma nessuno che fosse presente al momento dello sparo.»

«Chi è il morto? Uno della mala, armi, droga, racket?»

«Perché lo chiedi?»

«Be', non è un delitto d'impulso. Ma devo mica insegnarvi il mestiere. Chi ha sparato, o il mandante, doveva avercela brutta e dura con lui.»

«Era un impresario edile.»

«Tutto casa e famiglia?»

«Non lo sappiamo ancora.»

«Auguri, allora. Basta così? Dato che sono le otto passate...»

«L'ispettore ha preso appunti, ma c'è da battere il verbale e da firmarlo. Vieni domani o dopodomani, quando puoi.»

«D'accordo. Arrivederci.»

«Arrivederci. E salutami Renzo.»

«Certo. Appena lo vedo.»

Chivasso

Il capitano e il maresciallo, rientrati al comando, stavano cominciando a fare il punto della situazione.

«Dai coinquilini, Palmieri ha tirato fuori la solita minchia, per dirla volgarmente. Il Torasso brava persona, gentile con tutti eccetera. Mai uno screzio, neppure per questioni condominiali, mai viavai sospetti, o rumori molesti. E ieri sera, tra le sette e le dieci, ora presunta della morte secondo la prima impressione del medico legale, nessuno ha sentito o visto niente» riassunse Giordano sulla scorta della relazione del brigadiere.

«Televisioni accese per i telegiornali o i quiz o quel che c'era, non avrebbero sentito neppure un colpo di pistola.»

«E le sprangate sulla testa fanno molto meno rumore.»

«Sprangate probabilmente inferte da un uomo.»

«Concordo. Una donna non credo possa avere tanta forza.»

«Non è detto. Adesso con tutta la palestra che fanno...»

«La nipote?»

«Troppo esilina. Tipo da dieta e jogging, più che da palestra. Comunque domani le chiediamo cosa ha fatto l'altro ieri sera.»

«E convochiamo subito il fratellastro, che non andava d'accordo con il morto.»

«Ma lei, Giordano, che di Chivasso sa tutto, non ha niente da dirmi riguardo alla vittima?»

«Be', forse qualcosa, gliene avrei parlato tra poco, ma non

sono sicuro che c'entri. Dunque: due anni e mezzo fa, prima che lei arrivasse, si era suicidato un certo Airaudo Giacomo, titolare di una piccola fabbrica di stampaggio in gomma. Sul suicidio, nessun dubbio: biglietto autografo con richiesta di perdono alla moglie e al figlio, e un colpo di pistola, regolarmente denunciata, diretto al cuore. Di sera, nella fabbrica vuota, dopo essere passato nel bar vicino a stordirsi con tre cognac. Era fortemente indebitato con le banche e non sapeva come uscirne, a causa della crisi che aveva falcidiato le commesse. La moglie non era esattamente al corrente della gravità della situazione, ma aveva il sospetto che il marito si fosse rivolto a un cravattaro, per via di una telefonata che aveva origliato, diretta a un certo ragionier Torassi o Torasso. Abbiamo fatto le nostre brave indagini sui vari Torassi e Torasso, quindi anche sul nostro Torasso Domenico, che però non è ragioniere, ma non è saltato fuori niente.»

«Niente niente?»

«Proprio niente. Torasso Domenico era un ex funzionario di banca, allora in pensione da qualche anno, con un ottimo curriculum, e nessuna macchia o sospetto sulla reputazione.»

«Però era un funzionario di banca...»

«Proprio per questo lo avevamo passato al pettine stretto. Ma la moglie del suicida non era sicura di quanto aveva sentito, l'Airaudo non aveva fatto né ricevuto telefonate dai vari Torassi o Torasso... insomma, abbiamo dovuto lasciar perdere.»

«Di che cosa si occupava in banca il nostro Torasso, che titolo di studio aveva?»

«Di questioni legali. Era laureato in legge, liceo classico e poi facoltà di giurisprudenza.»

«Già. Che sia stato uno strozzino, ammesso che lo sia stato, sarà difficile da provare. A meno che tra le sue carte non salti fuori qualcosa.»

«Se qualcosa c'è, la Cavallari non se lo fa scappare di sicuro.»

«In ogni caso Torasso conosceva il suo assassino, perché gli ha aperto. Oppure l'assassino aveva le chiavi, come la nipote. Domani mattina bisognerà torchiarla un po'.»

«Per intanto diamo un'occhiata all'agenda telefonica e ordiniamo un controllo su telefono di casa e cellulare.»

Aprirono l'agenda e alla prima pagina si imbatterono in una sorpresa.

Torino

Si è sempre più stupidi di quanto si creda, pensa Camilla tornando a casa. Oppure Freud e i poeti hanno ragione: le parole dal sen fuggite ci tradiscono. Che bisogno avevo di aggiungere "appena lo vedo" alla sua raccomandazione di salutare Renzo? Però che bisogno aveva lui di farmi sta raccomandazione, dato che non si sono mai frequentati molto e comunque sempre con un certo imbarazzo. Oppure più o meno consciamente ci siamo scambiati un messaggio in codice, che decrittato suonerebbe così:

Lui: "Come va il tuo matrimonio?".

Io: "Siamo (al momento) quasi separati".

Insomma, tutti e due ancora un po' emotivamente inceppati in una storia che non è mai andata oltre l'attrazione reciproca, ma che resiste nel tempo. Forse proprio perché si è fermata *prima* di quanto ciascuno di noi avesse, anzi aveva, fantasticato. Ma così ora devo sopportare anche questo incremento di malinconia sulle rose che non colsi eccetera.

Se andassi in palestra, se mi sfiancassi un minimo, avrei la mente un po' più sgombra da rimestamenti mentali su passato e presente, sarei (forse) più allegra, peccato che la palestra mi attragga quanto il mal di schiena e la psoriasi. E adesso: coraggio!, resta da superare il match serale con la figlia, poi la giornata è quasi finita.

Chivasso

La cena era in effetti sgarruppata – vaschette di cibo cinese da supermercato, formaggi tipo plastica fusa, macedonia in barattolo –, ma l'appartamento non lo era affatto. Un bilocale, arredato con un certo gusto, in perfetto ordine e senza nessun sottofondo di odore felino. «Chi ti tiene la casa?» aveva chiesto Francesca, e lui aveva risposto con un accenno di stupore: «Io, perché?». La realtà è sempre imprevedibile, aveva pensato lei. Avrei scommesso su un lavello pieno di piatti sporchi, su jeans felpe e boxer buttati sulle sedie o per terra, su sneakers occhieggianti da sotto il divano, e invece niente. Un soggiorno-angolo cottura dove sono transitati Mastrolindo e Chillit Bang, vetri senza ditate, ripiani senza polvere. La camera da letto sarà identica, da manuale della casalinga televisiva. Ma perché mi ostino a ragionare per stereotipi antiquati, le donne pulitine ordinate meticolose, gli uomini zozzerelli smandrappati e casinisti. Basterebbero già le stanze d'ospedale a smentire i miei preconcetti, con certi pazienti maschi che sistemano la vestaglia ai piedi del letto come maggiordomi della real casa, e certe pazienti femmine che sul letto stanno stravaccate come odalische, senza però averne il fisico.

«Che lavoro fai?» gli chiese all'improvviso, come se il tipo di lavoro avesse una qualche attinenza con l'ambiente domestico, ma anche per soddisfare una curiosità latente da tempo, cioè da quando per la prima volta, quasi un anno prima, gli aveva riportato il fuggiasco e inetto Rambo. Capace di arrampicarsi sino al balcone soprastante, ma incapace di tornare a casa. Da allora in poi, altre restituzioni gattesche, altri incontri sulle scale, altri ciao e auguri per Natale e Pasqua, ma niente di più.

«Addetto alla sicurezza. Ai Muri. Ci vai mai?»

I Muri, cioè i Murazzi, un susseguirsi di locali notturni sulle due rive del Po a discreto indice di pericolosità, con dj famosi, buona musica e supermarket di ogni aiutino o aiutone per lo sballo. Folla di giovani e meno giovani in cerca di divertimento e ordinarie trasgressioni, bande di minorenni magrebini dalle mani leste e dal coltello facile.

«Qualche volta, d'estate.»

«Non ti ho mai vista. Ma c'è sempre un pienone di gente.»

«Perché abiti qui?»

«Perché in che senso?»

«Nel senso che ti devi fare sessanta chilometri al giorno per andare e tornare dal lavoro.»

«Io sono di qui, e Chivasso è la mia terra. Senza contare che un bilocale come questo a Torino costerebbe tre volte tanto.»

"La mia terra": che espressione antiquata. O da leghista. Però in qualche modo commovente, in uno che ha poco più della mia età. Del resto io sono radicata a Torino, perché mi stupisco?, si chiese ragionevolmente lei.

«In cambio però ti costa la benzina.»

«Andare in macchina mi piace. Soprattutto di notte.»

«Per correre ai duecento all'ora?»

«Ma figurati, nessuna voglia di schiantarmi. E poi la mia macchina non ci arriva a quella velocità. Tu invece lavori qui?»

«Sì, all'ospedale.»

«Dottoressa, infermiera, impiegata?»

«Dottoressa.»

«Ti piace?»

«Cosa, il mio lavoro?»

«No, Chivasso.»

«Sì e no.»

«Perché no?»

«Non mi sono ancora ambientata, non ho fatto amicizie.»

«Neanche in ospedale?»

«Non tanto. Per questo quando sono di riposo torno a Torino.»

«Sai una cosa? Non ci siamo mai presentati.»

«Vero. So che di cognome fai Cena perché c'è scritto accanto al campanello, ma il tuo nome non lo so.»

«Mezza Chivasso fa Cena di cognome. Mi chiamo Sergio. E tu sei Gariglio, c'è scritto sulla buca delle lettere. Gariglio e poi?»

«Francesca.»

«Bel nome. Ti piacciono gli involtini?»

«Buoni.»

«Dalla faccia non si direbbe.»

«Be'...»

«Come dire che ne hai mangiati di migliori.»

«In effetti sì.»

«Allora ti devo invitare una volta a mangiare come si deve. Al ristorante o qui. Sono bravo a cucinare, quando mi metto. Poi, sai, a proposito di lavoro, forse tra un po' cambio.»

«E cosa farai?»

«Cambio di posto. Il lavoro resta lo stesso, ma meno stressante. Però non sono ancora sicuro.»

«Allora in bocca al lupo.»

Verso le dieci e mezzo lui cominciò ad agitarsi sulla sedia e diede una sbirciatina all'orologio.

«Devi andare?»

«Be' sì, scusa.»

«No, scusami tu. È che con le chiacchiere e il cibo non mi ero accorta dell'ora.»

«C'è una festa di compleanno. Gente della Torino bene. Ne arriverà una valanga.»

«Se è gente bene, non avrai da penare troppo.»

«Mica è detto, sai... certe volte... Una di queste sere salgo e ti invito a cena.»

«Veramente toccherebbe a me.»

«A te la volta dopo. Ciao, buonanotte.»

«Ciao e grazie.»

Salendo le scale e poi tornata a casa, Francesca si stupì del fatto che non ci fosse stato neppure un indizio di carineria o corteggiamento e subito dopo si rimproverò per essere ricaduta negli stereotipi. Siamo vicini di casa, pensò, e i nostri sono soltanto rapporti di civile convivenza: io gli riporto il gatto tutte le volte che scappa e lui stavolta, come ringraziamento, mi invita a cena. Non una gran cena, ma rilassante proprio perché non ha fatto il minimo approccio sessuale. Gentile, educato e niente di più. Addetto alla sicurezza: chissà se è lo stesso che buttafuori. Di fisico non è un armadio a tre ante, ben messo sì ma senza muscoli da culturista. Un fisico che trasmette un senso di protezione, più che di timore. Magari li assumono in coppia, con due ruoli diversi, tipo poliziotto buono e poliziotto cattivo: quelli con la stazza da gorilla per spaventare, quelli come lui per rassicurare. Chissà se ha sempre fatto sto mestiere. Comunque non è un tamarro di ultima, sa parlare decentemente e si comporta da signore. Magari non è neppure sordo alla poesia e io sono solo una stronza classista e americanizzata, da *"what is your job?"*, come negli incontri tra sconosciuti a New York.

Vabbè, passiamo ad altro. Adesso chiamo mia mamma e poi Guido, dato che lui non si è fatto sentire.

Cercò il cellulare, ma inutilmente. Sta' a vedere che l'ho dimenticato giù, si disse.

Scese le scale di corsa, suonò alla porta, ma lui se n'era già andato.

Chivasso

Ermanno Minesio, quarantadue anni, di professione industriale, residente a Chivasso in frazione Boschetto, era stato invitato a presentarsi urgentemente al comando dei carabinieri, in qualità di proprietario dell'auto che aveva investito una donna e proseguito la sua corsa. Seduto di fronte agli inquirenti, ostentava una tranquilla sicurezza, forte della denuncia di furto della sua Audi presentata il giorno prima alle ore undici presso il commissariato di polizia Borgo Dora di Torino. Denuncia che ai carabinieri era arrivata in ritardo.

Lo stava interrogando il maresciallo Giordano, con l'aiuto di un vicebrigadiere.

«Qui dichiara che l'auto era stata parcheggiata in corso Regina Margherita più o meno all'altezza del civico 131, esatto?»

«Sì.»

«Può precisare meglio?»

«In che senso?»

«Sa, non sono così pratico di Torino, e vorrei capire a che punto è il 131.»

«Tra via della Consolata e Porta Palazzo, cioè in una brutta zona.»

«Alle ore sette e quarantacinque.»

«Sì.»

«Le spiacerebbe dirci cosa ha fatto tra le sette e quarantacinque e le undici?»

«Prima ho fatto colazione in un bar, poi sono andato dal mio commercialista, che ha lo studio lì vicino. E quando abbiamo finito e ho scoperto che la macchina era sparita, sono andato a denunciare il furto. Ma che c'entra, scusi?»

«Domande di rito, non si allarmi. Mi fornisca, per cortesia, le generalità e l'indirizzo del commercialista.»

«Dottor Giampaolo Gherza, via delle Orfane 56 bis.»

«Mattiniero.»

«Come ha detto, scusi?»

«Ho detto che il suo commercialista è ben mattiniero, come del resto lei, geometra Minesio.»

«Ho una fabbrica, cioè una fabbrichetta, e per mandarla avanti comincio a lavorare presto e smetto tardi. Cosa crede, che siano tempi facili questi?»

«No, credo di no. Aveva chiuso le portiere e inserito l'antifurto?»

«Ma si capisce, data la zona.»

«È davvero così brutta?»

«Sì, in giro si vedono certe facce...»

«Bene, per il momento basta così. Ovviamente dovremo chiedere conferma al suo commercialista.»

«Non c'è problema. Posso andare?»

«Certo, e buona giornata.»

«Anche a voi.»

Non appena fu uscito, vicebrigadiere e maresciallo scossero contemporaneamente la testa.

«Conta balle» disse il primo.

«Grosse come una casa. La stranezza incredibile del ladro che ha fatto una scampagnata con investimento proprio a Chivasso, da dove Minesio era partito poco prima, e poi tutta st'insistenza sulla brutta zona, che di mattina, per via del mercato, è piena di vigili con in mano il blocchetto rovente delle multe.»

«Tanto più che lì, sempre di mattina, c'è un continuo passaggio di esercito carabinieri e polizia. Senza contare poi che il presunto ladro avrebbe avuto un quarto d'ora scarso per puntare la macchina e fregarla, visto che alle nove meno un quarto era già qui a stendere la nera...»

«Solo che il commercialista gli terrà bordone.»

«Ovvio, ma nello studio è probabile che ci lavori qualcun altro.»

«Bisogna andarci di persona, e al più presto. Certo che sta grana non ci voleva, insieme con l'omicidio del Torasso. Occupatene tu, Scuderi, che io mi sposto dal capitano.»

«Con piacere.»

«Con piacere?»

«Il geometra mi sta sulle balle, impettito com'è. E pure convinto che il furbo è lui e i fessi noi.»

Torino

«Ma davvero non hai visto la targa?»

«Davvero.»

«Lenta di riflessi, la mia mammina.»

«Avrei voluto vedere te.»

«Magari! A me non ne capitano mai, di avventure del genere.»

«Guarda che ne avrei fatto volentieri a meno. Ho ancora lo stomaco chiuso.»

«Be', così dimagrisci un po'. Perdi quei due tre quattro chili che non riesci mai a squagliarti di dosso.»

Una figlia adolescente è un castigo quotidiano, pensò lei. Ma castigo per cosa? Che colpe devo espiare? D'accordo, nessuno ne è esente e io non aspiro alla santità, ma una sottile tortura giornaliera fiacca davvero lo spirito. E poi, domanda fondamentale: quanto durerà ancora la contesa madre-figlia? Non è già più un *Blitzkrieg*, dato che va avanti da mesi e mesi, ma non vorrei che sconfinasse nella guerra dei trent'anni. Dei cent'anni non è possibile, per fortuna, perché io chiuderò molto prima.

«... cosa mi dici?»

«A che proposito?»

«Ma mi stai a sentire sì o no? Oppure l'attenzione la presti solo al cane?»

«Il cane non mi aggredisce mai, è sempre discreto nelle sue richieste.»

«Sèèè! Mister discrezione sta tirando la tovaglia per far franare i piatti per terra e arrivare al formaggio.»

«Essere gelosi di un cane non mi pare un grande indice di maturità. Di un cane vecchiotto, perdipiù.»

«Di un cane viziato, vorrai dire. Che in questa casa può fare quello che vuole, mentre io no.»

«Verso il cane non ho tante responsabilità educative, verso di te invece sì.»

«Allora diciamo che non sono gelosa del cane, ma che preferirei essere un cane.»

«Un cane qualunque? Uno di quelli che i padroni infami abbandonano sull'autostrada, che sbolognano al canile quando non li diverte più, che imprigionano sul balcone rovente in agosto?»

«Non un cane qualunque, ma questo cane qua.»

«Allora è proprio gelosia. Allora vuol dire che sotto sotto vuoi ancora coccole e carezze, anche se non ti lasci mai abbracciare e tantomeno baciare.»

«Stavamo parlando d'altro, mi sembra.»

«Di cosa?»

«Della moto del killer. Inutile chiederti la marca, ma a parte il colore non ti ricordi, che so, di un particolare tipo parafango ammaccato, specchietto rotto...»

«No. La moto era una moto e basta. Però... aspetta... fammi ripensare... sì, ecco, aveva come l'adesivo di una freccia, o di un lampo rosso, sul parafango posteriore.»

«E scommetto che non gliel'hai detto, al tuo commissario.»

«Mio in che senso, scusa?»

«Nel senso che lo conosci, no?»

«Sì, lo conosco e lo conosci anche tu, e no, non gliel'ho detto.»

Chivasso

La sera prima Francesca era risalita in casa e poi ridiscesa di nuovo per appiccicare un post-it sulla porta di Sergio: "Ho dimenticato da te il cellulare. Spegnilo, così non ti disturba mentre riposi. Passo a prenderlo dopo il lavoro. Ciao, Francesca". Al fidanzato Guido (ma siamo proprio fidanzati?, si era chiesta più tardi mettendosi al computer) aveva scritto una mail, raccontandogli gli eventi dell'accidentata giornata, quasi a scusarsi della dimenticanza del cellulare. Sua madre invece non l'aveva chiamata, perché non aveva avuto voglia di uscire alla ricerca di un telefono pubblico. Che ormai sono spariti o in via di sparizione, come le musicassette, i videoregistratori, le lampadine a incandescenza, Gesù Bambino e le letterine al medesimo, aveva pensato. Passerà una notte agitata, immaginando tutte le evenienze possibili e impossibili, meno la più ovvia, cioè quella che mi è capitata. Ma porcaeva, sto per compiere trent'anni, e il cordone ombelicale che era stato reciso alla nascita, adesso lei ha deciso unilateralmente di riattaccarlo. Sentirci va bene, e anche spesso, ma non con quest'obbligo di regolarità, che se sgarro per un motivo o per l'altro entra subito in fibrillazione e pensa alle peggiori disgrazie. Lei, che prima non si allarmava per nessun ritardo – fosse mio di Ale o di papà –, adesso è un monumento alle lacrime, senza un minimo di distacco o lucidità. Che poi però nevrotica è soltanto nei miei confronti e non riguardo ad Alessandro, che in quanto maschio e primogenito dovrebbe godere di un rapporto diciamo privilegiato, cioè essere tampinato molto più di me. Invece no, lui lo lascia in pace, una telefonata ogni dieci giorni o giù di lì e non perché vive in America e le intercontinentali costano una cifra, insomma non per tirchieria, ma per rispetto dei suoi spazi. E i miei spazi, invece, perché non li rispetta? E poi, tutta sta preoccupazione è autentica o cine? Saperlo...

Il mattino dopo, andando al lavoro, vide che il post-it era sparito.

«Dottoressa Gariglio» la informò la caposala appena entrò in corsia, «chiami subito sua madre, ha già telefonato tre volte, dice che non riesce a contattarla e ha paura...»

«... che mi sia successa una disgrazia, invece ho solo dimenticato il cellulare in giro. Grazie, comunque.»

«E la paziente del letto dodici è molto agitata, ha rifiutato la colazione, scalcia le lenzuola, continua a chiamare sua mamma...»

«Cioè me. Ci vado subito. Non l'avrete mica sedata?»

«No, il dottor Guglielmone ha preferito non farlo.»

«Ha fatto bene.»

Chiamò prima la madre al telefono («Scusa mamma, tutto bene.» / «Come tutto bene! Ma lo sai che notte mi hai fatto passare?» / «Mi dispiace, ti spiego poi.» / «Cosa vuoi spiegare, è che...» / «È che avevo dimenticato il cellulare in giro.» / «A Chivasso non c'era un altro telefono per chiamarmi?» / «Mamma, mettiti un po' tranquilla...» / «Tranquilla se ti trovassi quando ti cerco, tranquilla se...» / «Adesso basta, scusami ma devo cominciare a lavorare.»), chiuse la conversazione sentendosi vessata e in colpa nello stesso tempo, poi si precipitò al letto dodici, da Marianna Cambursano, novantaquattro anni, uno scricciolo di ossa fragili e pelle avvizzita.

«Su su, cosa sono sti capricci? Oppure stai male?»

«Ho che sei sempre via.»

«Ma adesso sono qui.»

«E adesso mi dai l'olio di fegato di merluzzo. Lo sai che non mi piace, te l'ho detto tante volte.»

«Non ne hai più bisogno. Ti ha fatto bene, ma ora basta. Però devi mangiare qualcosa. Vuoi il budino, la crema di mele o lo yogurt?»

«Budino. Alla vaniglia. Quando l'hai fatto?»

«Ieri sera, poi l'ho messo in frigo e adesso è bello fresco.»

«Cos'è che guardi?»

«La tua cartella clinica. Vedo che hai un po' di febbre. Torno subito.»

Andò nella cucinetta, aprì il frigo: budini alla vaniglia non ce n'erano. Solo uno al pistacchio, color verde ramarro. Poi dall'infermeria prese una compressa di paracetamolo.

«Eccomi qua. Ti aiuto a metterti seduta per bene, poi mangi il budino e prendi questa pastiglia per la febbre.»

«Cosa ci hai messo dentro?» chiese poco dopo la Cambursano scucchiaiando il dolce. «Ha un colore diverso.»

«Ci ho messo la vaniglia del Madagascar, che è un po' verdolina.»

«Però buona. Fammelo sempre così, il budino alla vaniglia.»

«Sì. Ora bevi un sorso d'acqua e manda giù questa.»

«Va bene. Perché non stai un po' con me?»

«Perché ho tante cose da fare. Devo lavorare, capisci?»

«Eh sì, se no senza soldi come si fa? Non si mangia.»

«Giusto. Ciao Marianna. Non scoprirti più, che altrimenti ti ammali.»

«Sì mamma.»

Uscita dalla stanza, Francesca inghiottì pure lei una compressa di paracetamolo: le era montato un fastidioso mal di testa.

Verso le due e mezzo, mentre il mal di testa continuava a infastidirla, la caposala la raggiunse nella sala medica: «Dottoressa, dalla portineria hanno mandato su questo per lei».

«Grazie.»

"Questo" era una busta gialla imbottita, con sopra il suo nome e cognome e la scritta FRAGILE sottolineata due volte. Dentro c'erano il cellulare e un biglietto: "Più tardi non sarò a casa e penso che tu ne abbia bisogno. Grazie per la bella serata. Sergio". Gentile, pensò, si è scomodato per me. E garbato anche il biglietto, una dimostrazione di buon vicinato.

E adesso vediamo quante chiamate senza risposta. Sette di mia madre, l'ultima stamattina alle sei e mezzo, una di Guido, che non si è scomodato troppo. Del resto gli avevo scritto la mail, sapeva che era inutile riprovarci. Però alla mail non ha risposto, mi sono ricollegata verso mezzanotte, prima di dormire, e non c'erano nuovi messaggi. Troppo o troppo poco, mai il giusto mezzo. E poi due chiamate da un numero privato irrintracciabile.

«Dottoressa...», era ancora la caposala.

«Cosa c'è? La Cambursano?»

«No, è tranquilla, ma ha chiesto alla Ginetta quand'è che sua mamma torna a trovarla. Adesso la stanno cercando al telefono.»

«Chi?»

«I carabinieri.»

«Uffa! Ci ho già passato più di un'ora ieri per quell'incidente, cosa vogliono di nuovo?»

«Non lo chieda a me.»

Il carabiniere con cui parlò disse che il capitano Sartori desiderava risentirla, se possibile in giornata.

Represse l'abituale porcaeva e chiese se andava bene verso le cinque. Non andava bene, fu la risposta, sarebbe stato meglio verso le sette, così non avrebbe dovuto aspettare. D'accordo per le sette, disse, e riattaccò senza salutare, perché era sull'orlo dello sbrocco.

Cosa vuole sapere ancora, si chiese. Ho già detto e sottoscritto tutto quello che so. Sì tutto, perché il nome e l'indirizzo che mi ha dato la nera sono di sicuro opera di fantasia, come quelli che ha rifilato ai caramba. Figurarsi: via Montanaro 13, al citofono suonare a Cena. Cena come il cognome di Sergio, cioè come mezza Chivasso, ben trovata come balla. Deve solo sperare che la seconda TAC alla testa non riveli niente di serio, perché in quel caso...

Inghiottì un'altra compressa di paracetamolo, andò dalla Cambursano (si era tolta la dentiera, aveva un sorriso da bambina, se ci si limitava a guardarle la bocca), le diede un bacio sulla guancia destra (poco o molto professionale?, si chiese), le disse: «Ciao Marianna, mi raccomando fai la brava, vengo a trovarti domani», scese al pronto soccorso e studiò la TAC della ragazza scomparsa.

Chivasso

«Signorina Fiore, può dirci dov'era e cos'ha fatto l'altro ieri sera tra le diciannove e le ventidue?»

«Chi se lo ricorda. Comunque, ero a Torino. Ma a che vi serve?»

«È routine, signorina. Così si sgombra il campo dai sospetti.»

«Sospetti? Mica l'ho ammazzato io lo zio Domenico! Ma siete matti?»

«Se risponde alle domande facciamo prima.»

«Si può fumare qui dentro?»

«No. Allora dov'era?»

«All'aperitivo, mi pare. Sì, all'aperitivo cioè all'apericena al Quadrilatero.»

«In che bar?»

«Al Bacaro, che fanno delle polpette da sballo. E anche le frittatine verdi, di cipolle, col salame. E l'insalata di pollo...»

«Era da sola?»

«All'inizio sì, perché Alex mi ha telefonato all'ultimo per darmi buca, e allora mi sono seduta con gente che conosco. Poi però ci siamo visti dopo.»

«Chi è Alex e come fa di cognome?»

«È il mio fidanzato. Alex Ferrarotti.»

«E quando vi siete incontrati?»

«Boh... alle dieci, più o meno. Nove e mezzo, dieci diciamo.»

«Dove?»

«A casa mia, cioè sotto.»
«Dove abita?»
«In via della Rocca.»
«A che altezza?»
«Angolo piazza Vittorio.»
«Bella zona. Chissà che affitto.»
«Boh, non tanto. La casa è vecchia, non c'è neppure l'ascensore. Poi è solo un monolocale. Però bellino.»
«Ricapitolando: verso le sette lei è al Bacaro. Quanto ci resta?»
«Boh... un'oretta, più o meno.»
«Poi che fa? Torna a casa?»
«Sì.»
«A piedi, in macchina?»
«In macchina. Però era parcheggiata lontano.»
«Sola?»
«No, con un'amica.»
«Che si chiama...»
«Marlene.»
«Marlene e poi?»
«Carrubba.»
«Marlene Carrubba sale con lei?»
«No. Cioè sì, perché doveva andare in bagno, poi mi ha letto i tarocchi.»
«Poi lei resta sola e verso le nove e mezzo, dieci, si incontra con Alex sotto casa. Cosa fate dopo?»
«Siccome in piazza Vittorio non c'era vita, siamo andati da Martin, in corso Cairoli.»
«Chi è Martin?»
«È un pub, no?»
Il capitano sentì una contrazione allo stomaco. Laureanda in scienze della comunicazione. Stupida come una mucca. Però bellina come il suo monolocale. Il padre fa il magazziniere alla FIAMCA, chi glielo paga l'affitto? E poi un buco nell'alibi. Controllare con la Carrubba e indagare su Alex.
«Maresciallo, continui lei. Le mando Palmieri. Io vado a vedere cosa ha trovato di interessante la Cavallari.»

Chivasso

Su "La Stampa" e "la Repubblica" la notizia dell'investimento di una sconosciuta da parte di un'auto pirata aveva occupato un brevissimo trafiletto, ma un risalto ben maggiore era stato dato all'omicidio di Domenico Torasso, stimato ex funzionario di banca, divorziato da più di vent'anni e senza figli. I cronisti di nera di entrambi i giornali, non presenti al momento del ritrovamento del cadavere (c'era già stato un omicidio a Torino, chi andava a immaginarsi che nella stessa giornata e a pochi chilometri di distanza si scoprisse un altro morto ammazzato?), avevano ovviato all'assenza con una serie di interrogativi ovviamente senza risposta e con supposizioni altrettanto ovvie. L'assassino doveva ricercarsi nella ristretta cerchia di amici o conoscenti, dal momento che il Torasso aveva aperto la porta senza timore, dopo aver sicuramente controllato l'identità del visitatore attraverso lo spioncino, e questi lo aveva colpito alla testa con un oggetto contundente senza incontrare resistenza. Probabilmente al primo colpo la vittima si era accasciata a terra, e su quel corpo indifeso l'assassino si era accanito. Un omicidio dettato dall'odio e non dall'avidità, perché l'appartamento non era stato messo a soqquadro e sembrava non fosse stato rubato nulla. I carabinieri indagavano a trecentosessanta gradi.

Invece sul giornale chivassese "La Nuova Periferia" i due crimini campeggiavano quasi a pari merito, perché la vicenda dell'investimento era già stata impaginata, con tanto di foto di un testimone, il ragionier Pietro Corsini – promotore di incontri culturali presso il circolo Arci, nonché appassionato e noto studioso di storia locale. (A lui si doveva la divulgazione dell'intrigante scoperta che il famosissimo whisky Chivas era stato così chiamato, dal proprietario della distilleria di Keith in Scozia, in onore del luogo d'origine del casato, Chivasso appunto, che in dialetto suona Civas.) Chi se la sentiva di rimaneggiare quella pagina? Nessuno, e allora via le notiziole piccanti di presunti o reali festini – che hanno sempre i loro affezionati lettori e cultori –, di miss della zona lasciate dal fidanzato o assunte nell'empireo delle discoteche come ragazze immagine, via le foto di amministratori e politici all'inaugurazione di scuole centri commerciali corsi di yoga, via tutto e al loro posto l'efferato delitto di via Berruti.

Francesca Gariglio non aveva ancora letto la stampa nazionale – quella locale in genere se la risparmiava per ragioni di tempo – e l'idea di posticiparne la lettura per via della nuova convocazione l'aveva indispettita non poco, anche perché il freddo continuava a essere feroce, di passeggiare per vedere vetrine non ne aveva voglia e la palestra era chiusa a causa di un'infiltrazione d'acqua. Però, dopo aver studiato la TAC dell'infortunata e letto il referto del radiologo, si impose di provare a stanarla, anche se la missione più che improbabile sembrava impossibile.

E invece.

Invece, tanto per cominciare, in via Montanaro al civico 13 sulla pulsantiera del citofono una targhetta riportava i cognomi Cena-Romano. Speriamo, si disse, poi suonò e una voce distorta di donna chiese: «Chi è?». «Sono la dottoressa Gariglio dell'ospedale» rispose lei, e inaspettatamente il portone si aprì. Al secondo piano una porta era accostata, dietro allo spiraglio si intravedeva la fettina verticale di un corpo e subito dopo, all'apertura, il corpo intero di una donna: l'infortunata fuggitiva.

«Entra» disse, e Francesca entrò. In un decoroso appartamentino, in cui, sotto l'aroma artificiale di un deodorante al mughetto, si avvertiva il naturale e inconfondibile odore di vecchiaia.

«Vieni» la invitò l'altra, e la condusse in un salottino invaso da centrini ninnoli e peluche, dominato da un grande televisore acceso con l'audio azzerato, davanti a cui, su una sedia a rotelle, stava seduta una vecchietta, una specie di copia conforme, per età e aspetto, di Marianna Cambursano.

«Buonasera» salutò Francesca avvicinandosi e tendendole la mano. «Mi chiamo Francesca Gariglio, sono una conoscente di...»

«Alina» completò la donna nera. La vecchietta, che aveva voltato la testa, si limitò a sorridere vagamente e tornò a fissare lo schermo.

«Sono contenta di averti trovata, Alina» disse Francesca.

«Veramente mi chiamo Halimah, Halimah Gowon, ma Alina è più facile.»

«Nigeriana?»

«Sì. Zona di Benue. Conosci?»

«No.»

«Siediti. Vuoi un caffè, o da bere?»

«Niente, grazie. Sono qui per dirti una cosa.»

«Brutta?»

«Non proprio brutta brutta, ma insomma...»

«Dimmi.»

«Ho guardato la seconda TAC che ti hanno fatto alla testa. Ci sono delle petecchie emorragiche encefaliche.»

«Non capisco.»

«Scusa, hai ragione. Ci sono delle macchioline di sangue, dovute alla caduta. Bisogna che tu ti faccia rivedere in ospedale.»

«Non posso.»

«Perché?»

«Perché... storia lunga.»

«Raccontamela, di me ti puoi fidare.»

«Già fidata.»

«Come mai?»

«Ti conosco, ho letto tuo nome sul giornale.»

«Quando?»

«Anno passato.»

Chivasso

Giacomo Fiore, padre di Deborah e fratellastro di Domenico Torasso, aveva un alibi di ferro: il compleanno di uno dei colleghi e la conseguente pizza da Rubino. Dodici persone in tutto, mogli comprese. Era uscito dalla FIAMCA alle sei, un salto a casa e alle sette e un quarto appuntamento davanti alla pizzeria.

«Sa» aveva spiegato, «volevamo stare un po' tranquilli ed essere serviti bene, perché dopo, con tutta la gente che c'è, si rischia di aspettare e intanto la birra va giù liscia liscia, che però quando uno si alza se ne accorge.»

«In che rapporti era con... con il defunto?»

«Be', non andavamo tanto d'accordo e ci vedevamo poco, cioè quasi per niente.»

«Perché?»

«Caratteri diversi, e poi già da bambino Domenico, sia pace all'anima sua, col fatto che era più grande di dieci anni, la faceva da padrone e mi trattava come una merda, con licenza parlando.»

«E dopo? Da adulti?»

«Dopo lo stesso, perché lui riusciva bene a scuola e aveva studiato, era andato all'università, e io invece mi ero fermato alle professionali.»

«Però con sua figlia Deborah aveva un buon rapporto.»

«Sì, era anche suo padrino di battesimo.»

«Come mai, se tra voi non correva buon sangue?»

«Be' sa, lui non aveva figli e quando a noi ci è nata la bambina, abbiamo pensato che magari potevamo riavvicinarci...»

Già, rifletteva tra sé il capitano, un padrino abbiente per la propria figlia può sempre tornare utile, ad esempio per pagarle l'affitto del monolocale a Torino. Come se gli avesse letto nel pensiero, Giacomo Fiore aggiunse: «A lei Domenico voleva bene, da bambina le ha sempre fatto dei regali».

«E adesso che è grande?»

«Be', adesso l'aiuta un po' con le spese. Sa, l'affitto a Torino è caro, noi già ci sveniamo a pagarlo e non è che poi possiamo passarle molto.»

«Ma Chivasso non è lontana da Torino. Come mai sua figlia si è stabilita lì?»

«Eh, sa come sono le ragazze oggigiorno! Vogliono le loro comodità, non prendere i treni che sono sporchi e sempre in ritardo... e poi così ha più tempo per studiare.»

Non ne passa molto di tempo a studiare, se a ventisette anni non ha ancora finito la triennale, pensarono simultaneamente e separatamente il capitano e il maresciallo.

«Anche per la macchina l'ha aiutata lo zio?»

«Ma Deborah non ha la macchina. Gliela presta una sua amica, e solo quando ne ha bisogno per venire a trovarci.»

«A noi risulta che sua figlia possiede una Yaris da tre anni.»

«Non so, non ce l'ha mai detto. Forse per non farci stare in pena. Sa, con tutti gli incidenti che capitano ai giovani...»

Appena Giacomo Fiore uscì dalla stanza, il maresciallo chiese: «Ma secondo lei, capitano, quello ci è o ci fa?».

«Tutt'e due. Un po' ruffiano per convenienza e un po' ingenuo per vivere in pace.»

«E il Torasso, sempre secondo lei, faceva beneficenza gratis alla nipote?»

«Non so, non l'ho ancora inquadrato.»

«Io invece sì.»

«E allora?»

«Allora la nipote gliela dava.»

«Sempre a pensar male, eh Giordano?»

«Conviene. Nove volte su dieci la si imbrocca. Statisticamente un bel risparmio di tempo.»

«Del giro stretto ci restano da sentire la ex moglie e il fidanzato di Deborah, quell'Alex, Alex come?»

«Ferrarotti, di professione tatuatore. Ha dei piccoli precedenti.»

«Andiamo bene.»

«E poi la dottoressa.»

«Già, la dottoressa.»

Chivasso

La dottoressa stava bevendo una tisana, cioè un intruglio di erbe nigeriane, che Alina aveva voluto a tutti i costi versarle in un tazzone.

«Raccontami la storia lunga, adesso» le aveva detto.

«Prima la tisana, poi la storia. Nonnetta vuole sempre mia tisana.»

(Infatti la tisana le aveva strappato un sorriso e un lieve brillio negli occhi appannati dalla cataratta.)

«Tisana con miele, molto molto buona, vero?»

«Sì, buona. A cosa serve?»

«Serve che è buona, no?»

Già, chissà perché tutto deve sempre servire a qualcosa, si chiese Francesca scaldandosi le mani con il tazzone e sorseggiando lentamente la bevanda.

«Perché vuoi sapere storia lunga?»

«Per capire la tua paura.»

«Hai indovinato mio mestiere di prima?»

«Credo di sì.»

«Puttana, cinque anni di puttana. Fermata tre volte, poi decreto di espulsione.»

«Ma adesso fai la badante.»

«Per fortuna.»

«Come hai fatto a uscire dal giro?»

«Gino. Lui mi ha comprata.»

«Comprata?»

«Lui mio cliente, veniva sempre. Invece Oluwa era mio pappa. Non tanto cattivo, picchiava poco. Carabinieri sempre con occhi puntati, lui paura di arresto, bisogno di soldi per andare via e comprare altri documenti, così Gino ha dato soldi per me. Anche pagato il mio debito.»

«Che debito?»

«Soldi del viaggio, e anche soldi che avevano dato ai miei. Ma non era più tanto grosso, il debito.»

«Perché l'avevi pagato tu col tuo lavoro.»

«Già.»

«E chi è Gino?»

«Figlio di nonnetta. Sta con sua moglie. A nonnetta altre badanti non piacevano, sempre pianti e agitata. Con me no.»

«Non è che la impasticchi?»

«Non capisco.»

«Non è che le dai delle pastiglie o delle tisane come questa per farla stare calma?»

Alina la guardò con aria stupita e addolorata: «Tu credi questo?».

«Non so, non ti conosco.»

«Voglio bene a nonnetta, non faccio questo mai mai.»

«E Gino ti paga per il tuo lavoro?»

«Sì. Brava persona. Io contenta, senza clienti, senza notti su strada, senza freddo e senza botte.»

«Ti paga il giusto?»

«Meno. Soldi però tutti miei, senza pappa. Così risparmio.»

«Risparmi e mandi i soldi a casa.»

«No, mia sorella Nabilah sposata, mia mamma morta.»

«Non hai più nessuno al tuo paese?»

«Tre fratelli.»

«Non gli mandi soldi?»

«No. Sono grandi. Basta mantenere uomini che non lavorano.»

«Giusto.»

«Adesso capisci perché sono scappata da ospedale?»

«Per paura del CIE e dell'espulsione.»

«Brava.»

«Ma Gino non ti può mettere in regola?»

«No. Io schedata, capisci? Non danno permesso a ex puttana.»

«Non so. Forse sì, bisognerebbe informarsi.»

«Vuoi mangiare con noi?»

«Non posso, devo andare dai carabinieri.»

«Per dire di me?»

«Ma no, figurati! Credo per testimoniare ancora sul tuo incidente.»

«Però di me non parli. Giura.»

«Giuro. Fidati.»

«Già fidata, lo sai.»

«E perché ti sei fidata di me, solo perché hai letto il mio nome sul giornale?»

«Altra storia lunga. Racconto un'altra volta. Adesso preparo mangiare per nonnetta.»

Torino

Alex si stava rollando una cannetta con aria pensierosa.

«Ma cosa volevano di nuovo sti carabinieri?» chiese a Deborah.

«Rompere, soprattutto.»

«Cioè?»

«Dove abito, cosa ho fatto l'altra sera, cose così.»

«L'altra sera quale?»

«Quella dell'assassinio, no?»

«Cosa gli hai detto?»

«Che sono andata al Quadrilatero per l'aperitivo, che tu mi hai dato buca, che sei venuto a prendermi verso le nove e mezzo dieci e poi... poi che siamo andati da Martin.»

«Ma sei tutta scema!»

«Mica potevo dirgli che abbiamo girato mezza Torino in cerca di roba, che sembrava che i ragazzi giusti fossero spariti tutti! Che poi abbiamo trovato solo Bilal che ci ha mezzo fregati...»

«Chi se ne frega di Martin... Quello che non dovevi dirgli è di prima.»

«Cioè?»

«Del Quadrilatero eccetera.»

«Ma è la verità!»

«E perché mi hai tirato in ballo?»

«Me l'hanno chiesto, no? E comunque mi hanno convocata pure domani.»

«Cooosa? E perché?»
«Boh, dovrò firmare la deposizione, e poi che t'importa, scusa?»
«M'importa, m'importa, coi caramba sono sempre grane.»
«Ma te la fumi tutta tu, sta canna?»
«Sì.»
«E io?»
«Ma vaffanculo.»

Chivasso

L'ex moglie di Domenico Torasso, sessant'anni ben portati, con un corpo asciutto e agile che smentiva l'età, si era presentata puntuale, ma aveva dovuto aspettare più di mezz'ora per essere interrogata.

«Signora Comba» aveva esordito il capitano che cominciava ad accusare la fatica della giornata, «scusi la brutalità della domanda, ma è solo routine, così poi ci concentriamo su altro. Dov'era lei lunedì sera tra le diciannove e le ventidue?»

«Dalle sette alle otto ero in palestra, al Pardo, in via Accademia Albertina a Torino, poi, dopo la doccia, siamo andati a cena dai Parola, che erano in palestra con noi.»

«Ha detto "noi".»

«Sì, io e il mio compagno, o se preferisce convivente. Andiamo in palestra due volte alla settimana, insieme con i Parola, al lunedì e al giovedì, e dopo mangiamo un boccone, una cena leggera al ristorante oppure da noi o da loro.»

«Da quanti anni è divorziata, signora?»

«Ventotto.»

«In che rapporti era con il suo ex marito?»

«Nessun rapporto. Da ventisette anni non lo vedevo né lo sentivo.»

«Per quale motivo vi siete separati?»

«Non sopportavo più le sue scappate extraconiugali.»

«Aveva un'amante?»

«No. Aveva rapporti prezzolati. Con prostitute di ogni età e colore. A un certo punto ho detto basta.»

«E lui come ha reagito?»

«Si è sorpreso. Secondo lui erano storie senza importanza, solo sesso, e io non dovevo essere gelosa. Solo che io non ero più gelosa, a quel punto ero schifata.»

«Ha detto di essere divorziata da ventotto anni e di non avere più avuto contatti con il suo ex marito da ventisette. Ci può dire perché?»

«La separazione e il divorzio non erano stati burrascosi. A Natale e per i compleanni ci sentivamo. Io avevo chiesto il trasferimento a Torino, la situazione era tranquilla, ma quando Domenico ha saputo che ero andata a convivere con un collega di lavoro, si è imbestialito.»

«Che lavoro fa, signora?»

«Insegnavo educazione fisica, sono appena andata in pensione. Il mio compagno insegna ancora matematica nella stessa scuola.»

«Sicché il suo ex marito si era ingelosito.»

«No, la gelosia era un pretesto, si trattava invece di soldi. Sosteneva che, con la convivenza, avevo meno spese e quindi lui poteva ridurre l'assegno. Abbiamo battagliato un po', poi ho lasciato perdere.»

«In che senso?»

«Gli ho permesso di passarmi un terzo in meno di quanto stabilito dal tribunale. Pur di non avere più a che fare con lui.»

«A proposito di soldi, sa se suo marito avesse altri introiti oltre allo stipendio della banca?»

«No, penso proprio di no. Però all'epoca avevamo conti separati, perché lui aveva voluto così.»

«Lei lo dipinge come taccagno, però con la nipote Deborah ci risulta che fosse generoso.»

«Possibile. Vede, non poteva avere figli e se ne faceva un cruccio. Prima, ovviamente, aveva dato la colpa a me, poi dagli esami medici è risultato che io ero a posto – e infatti più tardi ho avuto una figlia dal mio compagno –, così quando è nata Deborah si è attaccato a lei.»

«Lei ha mantenuto rapporti con il fratellastro e la famiglia del suo ex marito?»
«No.»
«Neppure con Deborah?»
«Neppure. Quando ho divorziato da Domenico, non era ancora nata.»
«Sa se il suo ex marito avesse altri parenti, magari alla lontana, con cui avesse rapporti?»
«Mi faccia pensare. C'è, o c'era, una zia o prozia o una parente di cui mi aveva parlato un paio di volte...»
«Sa come si chiama?»
«Di nome Clementina, il cognome non lo ricordo. Forse parente alla lontana di suo padre, magari non proprio parente, diciamo parente putativa, ma non l'ho mai conosciuta.»
«Abita qui a Chivasso?»
«Non ne ho idea.»
«Per oggi basta così, ma può darsi che avremo ancora bisogno di lei per qualche dettaglio.»

Chivasso

La vicebrigadiere Carmen Cavallari, detta la cartomante per la sua abilità nello studiare e interpretare carte di ogni genere, aveva espresso le sue perplessità al brigadiere Palmieri.

«Cos'hai trovato?» aveva chiesto lui.

«Troppo poco.»

«In che senso?»

«In quello più ovvio. La vittima aveva sessantasette anni, abitava lì da quaranta e di materiale cartaceo ce n'era pochissimo. Nessuna lettera o cartolina, nessun documento, neppure di quelli che tutti conservano, tipo il contratto della luce del gas e del telefono, l'atto di acquisto della casa eccetera, solo il libretto degli assegni, l'ultima ricevuta della rata delle spese condominiali e l'agenda del telefono che avevate già preso voi.»

«Quindi?»

«Quindi le carte doveva tenerle da un'altra parte.»

«In una cassetta di sicurezza, magari.»

«Non ce l'aveva.»

«Sicura?»

«Non ce l'aveva nella banca in cui aveva lavorato e presso cui aveva il conto.»

«Magari ce l'aveva in un'altra banca.»

«Possibile. Ma manca la chiave.»

«E allora?»

«Allora sarebbe meglio andare ancora a darci un'occhiata, in quell'appartamento.»

«Per trovare il nascondiglio segreto, sotto il pavimento o sopra la controsoffittatura?»

«Hai poco da sfottere. Manca troppa roba: o è lì o è da un'altra parte. In ogni caso è roba che in qualche modo deve scottare. Vado a parlarne col capitano.»

Chivasso

Francesca consultava l'orologio ogni paio di minuti, continuando ad alimentare la propria incazzatura. Mi considerano al loro servizio, mugugnava tra sé, come se non avessi di meglio da fare che appiattirmi il culo su questa panca di legno. Almeno mi fossi portata dietro il giornale, e invece no, dimenticato. E Guido, di quante cose si dimentica lui? Ho chiamato due volte oggi, e parlato solo con la segreteria, figurarsi che piacere. Mi sa che siamo ai saldi di stagione, con la nostra storia. D'accordo, lui deve fare carriera, deve sempre essere agli ordini dell'ambasciatore, signorsì comandi, ma il tempo di una telefonata, magari quando va al cesso, potrebbe pure trovarlo, no? O l'ambasciatore gli contingenta pure minzioni e defecazioni? Eppure non è l'unico addetto culturale, i rapporti tra l'intellighenzia italofrancese non è che gravino tutti sulle sue spalle. Uno straccio di vita privata per parlare con la fidanzata (fidanzata?) avrebbe tutti i diritti di averlo, se lo volesse. Se lo volesse: il punto è questo. Mi sta allegramente scaricando. Allegramente per lui, si capisce. Poche telefonate, che tra l'altro a lui non costano, pochissime mail, niente Skype. E sono due mesi che non ci vediamo. Una volta un convegno, un'altra una mostra da inaugurare, un'altra ancora una conferenza. L'unica volta in cui avrei potuto raggiungerlo io per un weekend, lui non era a Parigi, ma in un paesucolo della Normandia a rappresentare la patria per non so quale menata culturale, eh no è meglio che tu non venga, passeresti quasi tutto il tempo in viaggio, aveva consigliato il Genio. Va bene, capito il messaggio implicito: hai incontrato una parigina meno sorda di me alla poesia, una che a sei anni aveva già letto tutto Villon e capito subito che *les neiges d'antan* erano poppe bianche. Sai che faccio? Adesso telefono a mia mamma, conto la balla che ho mal di testa – un po' ce l'ho ancora, non è neppure una balla –, che ho bisogno di dormire e che perciò stacco il cellulare, poi lo stacco davvero. Eh no, signorino, io non sono a tua disposizione, non sono la tua schiavetta, niente sì sahib comandi buana...

«Dottoressa Gariglio... dottoressa...»

«Sì?»

«Il capitano Sartori la attende.»

«Veramente ad attendere sono io» rispose lei piccata spegnendo il telefonino, e sedendosi di fronte al capitano inalberò la bandiera di guerra.

«Mi dispiace di averla fatta aspettare» esordì lui alzandosi e porgendole la mano.

«Dispiace di più a me. Sono stanca e ho voglia di andare a casa.»

«A chi lo dice. Ma quando c'è di mezzo un omicidio...»

«Che omicidio?»

«Non ha letto i giornali, visto la tele?»

«Non ne ho avuto il tempo. Comunque mi dica.»

«Lei conosceva Domenico Torasso?»

«Sì. Ma che c'entra con l'incidente?»

«Nulla. Non l'ho fatta chiamare per quello. Domenico Torasso è stato assassinato e sulla sua agenda telefonica, precisamente sulla prima pagina, quella che precede la rubrica alfabetica, sono segnati il suo nome e il suo numero di cellulare.»

«Ah, ecco.»

«Ci può spiegare il perché?»

«Certo. Tempo fa era stato ricoverato nel mio reparto. Una diagnosi difficile, quindi un ricovero abbastanza lungo. Di lui mi ero occupata in particolare io. Il giorno dopo in cui è stato dimesso mi ha mandato un mazzo di fiori in ospedale, con biglietto da visita e ringraziamenti. E lì ho commesso un errore: per ringraziarlo gli ho telefonato col mio cellulare, invece che col telefono dell'ospedale. Dopo di allora mi ha chiamata quattro o cinque volte, per chiedermi se potevo visitarlo, dato che aveva di nuovo dei disturbi e si fidava, a suo dire, solo di me. Gli ho sempre detto di no, e l'ultima volta in modo un po' deciso, dato che non faccio attività privata e che la sua mi sembrava un'insistenza eccessiva.»

«Lei non l'ha più chiamato dopo quella prima volta?»

«No, non ne avevo motivo né voglia. Quando l'hanno ucciso?»

«L'altro ieri sera. Tra le diciannove e le ventidue. A proposito, mi scusi ma...»

«Ma devo dichiarare dov'ero al momento del delitto.»

«È solo routine, prassi...»

Francesca sorrise: l'imbarazzo del capitano le aveva di colpo migliorato l'umore. Lo guardò con più attenzione: aveva l'aria stropicciata di chi non dorme da parecchie ore. Con l'aria stropicciata sembra meno granitico, meno Mount Rushmore, pensò vagamente.

«Lunedì sera ho fatto tardi in ospedale per sostituire un collega, Roberto Ceredi, che aveva avuto un contrattempo. Ho lasciato il reparto quando lui è finalmente arrivato, cioè alle undici. Gli infermieri in servizio possono confermarlo. Nonché il mio tesserino magnetico.»

«Grazie. Mi deve scusare, ma...»

«Fa solo il suo lavoro. Povero Torasso, com'è che l'hanno ammazzato?»

«Con una spranga di ferro. Abbiamo trovato tracce di ruggine sulle ferite.»

«Chi l'ha ammazzato non si preoccupava dell'eventuale tetano.»

Stavolta a sorridere fu il capitano.

«Ha detto che il ricovero in ospedale era stato lungo. Mi può dire qualcosa di lui, del suo carattere, dei suoi visitatori...»

«Di visitatori, che io ricordi, ne ho visto solo uno, anzi una. Una nipote o pronipote, che lui aveva indicato come persona da avvertire in caso di bisogno. Però so che ogni tanto veniva una donna, presumo la sua colf, a portargli il cambio di biancheria.»

«Che tipo era?»

«La nipote?»

«Sì.»

«Mah... come dire?, una sgallettata. Invece di informarsi dello stato di salute dello zio o quel che era, voleva solo sapere quando l'avremmo dimesso. Superficiale e un po' ottusa.»

«Insomma le stava antipatica.»

«Vede capitano, io sono umorale e ci tengo anche un minimo alla forma. Non mi piace che quando qualcuno è a colloquio con me faccia contemporaneamente le bolle con il chewing-gum.»

«E della vittima, che ne pensava?»

«In ospedale mi faceva pena. Era molto spaventato, ansioso, cosa che accade spesso, soprattutto ai pazienti di una certa età.»

«A quelli più giovani no?»

«Fino a un certo punto della vita la malattia è sentita perlopiù come un incidente passeggero e prevale la convinzione di immortalità, più avanti invece si affaccia la prospettiva della morte.»

«Sicché il Torasso aveva paura di morire...»

«Penso di sì. Era giustamente preoccupato perché non riuscivamo a individuare la diagnosi, gli esami davano esiti contraddittori, lui era inappetente, con sbalzi improvvisi e incomprensibili di temperatura e pressione... Inoltre, tranne la nipote, nessun parente o amico era mai venuto a trovarlo, insomma era un derelitto, nonostante sulla cartella dei dati personali risultasse essere stato un funzionario di banca, con tanto di laurea in legge... Ecco, avevo pensato, neppure un ex collega, neppure un vicino di casa, un conoscente che si ricordi di lui, solo la sgallettata pallonara... Ed ero anche rimasta un po' commossa, proprio commossa no, ma colpita sì, dal mazzo di rose bianche con i ringraziamenti. Poi invece...»

«Invece?»

«Non alla prima, e neppure alla seconda, ma alla terza

telefonata ho cominciato a seccarmi. Avevo compilato io la cartella di dimissioni, era tutto spiegato lì, e qualunque laureato in medicina, anche alle prime armi, avrebbe saputo orientarsi per tamponare le eventuali recidive. Non faccio attività privata, non visito a domicilio, gliel'ho già detto, e l'avevo detto anche a lui, sicché era inutile che insistesse.»

«Nelle sue richieste poteva esserci un secondo fine?»

«Tipo avance sessuali?»

«Tipo.»

«Non so. Durante la degenza non si era mai preso nessuna libertà. Nessun sorrisetto ambiguo, nessuno strofinamento apparentemente casuale, niente di meno che corretto.»

«E dei rapporti con la nipote, che mi dice?»

«Insieme non li ho mai osservati molto. Lei, se non ricordo male, arrivava una volta alla settimana, stava una decina di minuti con lui, poi veniva da me a rompere. Ho avuto l'impressione che desiderasse una dimissione rapida per non dover tornare a fargli visita. Però, capitano, tenga presente che verso di lei sono prevenuta, sono, come si dice?, una teste ostile.»

«Appassionata di gialli?»

«Abbastanza. E lei?»

«No. Fanno già parte del mio mestiere. Nel tempo libero leggo altro.»

«Cosa?»

«Saggi, e soprattutto poesia.»

«Ah.»

«Sembra stupita.»

«No, affatto. Adesso, se non deve chiedermi altro, me ne andrei. Ho un certo appetito.»

«Anch'io. Oggi ho saltato il pranzo. Mi sa che salterò anche la cena. Però mi chiedevo se...»

«Se?»

«Se una di queste sere avesse voglia di... cenare con me.»

Oddio, anche con i puntini di sospensione e la voce un po' incerta. Non è poi così male, e se la conversazione languisse, potrei sempre slittare su Villon.

«Grazie, perché no?»

Chivasso

«Cavallari, ancora qui?» chiese il brigadiere Palmieri.

«Tu invece dove sei, alle Maldive?»

«Alle Maldive non ci andrei mai.»

«Perché?»

«Non so nuotare.»

«Davvero? Non ci posso credere!»

«Credici, credici, e se ti pare fatti quattro risate. Lo so che è stupido, ma l'acqua mi spaventa, mi sento subito affogare.»

«Io invece sono terrorizzata dai ragni. Se ne vedo uno mi paralizzo.»

«Ah... allora è per quello che come entri in ufficio spruzzi la bomboletta.»

«Già, solo che poi c'è quella puzza orrenda e dovrei aprire la finestra per farla sparire, ma se la apro siamo daccapo, perché potrebbe entrarne uno di soppiatto.»

«Ma non vanno in letargo d'inverno, i ragni?»

«Macché. Sempre vispi. Che fa il capitano?»

«Continua a lavorare. Che ne dici se invece noi chiudiamo baracca?»

«Dico di sì. Non capisco quasi più niente.»

«Mi chiedevo...»

«Cosa?»

«Se ti andrebbe di cenare con me.»

«Certo che mi andrebbe. Cominciavo a pensare che non

me lo avresti mai chiesto. E di argomenti per chiacchierare tra un piatto e l'altro, ne abbiamo.»
«Acqua e ragni?»
«Ma no, stupido, qualcosa di meglio.»

Torino

Be', un po' sciupata lo è proprio. Forse sciupata non è la parola adatta, ma insomma me la ricordavo diversa. Più reattiva, per esempio, più divertita nei confronti della vita. È anche vero che ieri ha assistito a un omicidio. Di uno sconosciuto però, e da lontano, e dodici ore prima di venire a testimoniare. Senza avere la prontezza di badare alla targa...

Il commissario Berardi guida verso casa, e fatica a tenere gli occhi aperti. I pensieri su Camilla si intrecciano senza ordine con la visione della testa della vittima devastata da un colpo di pistola. Sparato da vicino, calibro 38, come ai tempi del terrorismo. Solo che questa volta non è terrorismo, per fortuna. Lei... rispuntata dal nulla, nel modo più impensato. E ieri mattina un abbozzo di fuga, subito dopo che abbiamo incrociato gli sguardi. Per prendere tempo, per prepararsi all'incontro? Per inventare una storia più o meno plausibile riguardo all'eclissi di tre anni fa? Due anni e undici mesi, un particolare a ingombrare inutilmente la memoria. Un delitto con modalità di mafia o camorra, a prima vista, ma c'è il dettaglio dell'esecutore solitario. Che stride e non è un dettaglio. Il killer ha corso un rischio enorme: insegue il suo bersaglio, gli si affianca, gli fa abbassare il finestrino, gli spara, riparte. Ma dove sistema la pistola prima di dare gas e allontanarsi? Attimi persi, per metterla al sicuro, sangue freddo da assassino professionista. Però... però un assassino che lavora su commissione avrebbe dovuto scegliere un modo meno pericoloso per far fuori un bersaglio dalla vita abbastanza abitudinaria, stando almeno alle prime risultanze. Delitto contraddittorio, una bella sfida venirne a capo. Invece di cercarla soltanto al telefono, quasi tre anni fa, due anni e undici mesi fa, avrei dovuto affrontarla di persona, metterla con le spalle al muro, chiederle a che gioco stava giocando. L'orgoglio qualche volta bisognerebbe buttarlo nel water, invece no, preferiamo nascondere le ferite sotto strati di bende giusto per farle infettare. Si è comportata da stronza, eppure niente lo faceva supporre. E le impronte digitali sulla moto ritrovata. Non cancellate con cura. Frammenti di impronte diverse qua e là su serbatoio e parafanghi. Nessuna utilizzabile, d'accordo, ma che killer è quello che non ripulisce maniacalmente il veicolo usato per il colpo. Con tutte le donne che ci sono, certe anche troppo disponibili, io mi ero intestardito su di lei, e lo smacco brucia ancora un po'. Le partite perse sono difficili da dimenticare, riaffiorano nel ricordo come bocconi indigesti. Ma con lei non era soltanto una partita, era una cosa seria. Cioè, avrebbe potuto esserlo. E adesso, che cerco di far funzionare un rapporto difficile e pieno di ombre, dopo gli incontri senza seguito di questi anni, ecco che ricompare, non di proposito, d'accordo, ricompare e un bel po' di emozioni e ricordi tornano a galla. Nel momento più sbagliato possibile. Come se di momenti sbagliati non ne avessi già vissuti abbastanza. E cosa voleva dire quel suo "quando lo vedo" a proposito di Renzo? Che non stanno più insieme? Domani si ricomincia con gli interrogatori, le verifiche, i riscontri di tutti i tipi, e io ho solo voglia di dormire un sonno lungo un giorno, un sonno senza sogni.

Torino

«I due cantieri del Quarello sembrano abbastanza a posto» riassunse uno dei poliziotti che erano andati a ispezionarli.

«Abbastanza a posto cosa vuol dire? O lo sono o non lo sono» ribatté il commissario. Il tono era quello dei giorni storti.

«Be'... ponteggi a norma, indumenti e caschi da lavoro anche... però quattro soli extracomunitari al lavoro.»

«Regolari, col permesso di soggiorno?»

«Sì sì, però solo quattro è strano, non trova? Due nel cantiere di via Pergolesi e gli altri in quello di corso Giambone. Albanesi i primi, moldavi i secondi.»

«Interrogati?»

«Certo, ma fargli sputare le risposte è stato peggio che cavargli i denti.»

«Bisogna risalire indietro negli anni, vedere dove il Quarello ha costruito, se ha avuto grane, incidenti, ricatti, problemi di pizzo eccetera.»

«Se ne sta già occupando Ruotolo, commissario, ho pensato che non era male partire da lì» si inserì l'ispettore Vitello.

«Bene. Chi abbiamo da sentire stamattina?»

«Il figlio minore del morto, la segretaria, il direttore dei lavori e una certa Nevissano Diana.»

«Sarebbe?»

«Una signora a cui il defunto telefonava spesso e da cui riceveva altrettante chiamate. Benedetti i cellulari che sono una manna per le indagini. In più stavolta le compagnie telefoniche si sono sbrigate a darci nomi e cognomi. La Nevissano ha trentanove anni è divorziata e abita in corso Francia.»

«Professione?»

«È comproprietaria di un negozio di moda in via Garibaldi.»

«Che tipo di moda?»

«Il negozio apre alle dieci. Ci ho mandato la Savelli a dare un'occhiata.»

«L'altro proprietario o proprietaria del negozio si sa chi è?»

«Aspetti un attimo. Ecco... Ruffini Ivano... ah, ma allora è l'ex marito della Nevissano. Un balordo mi sembra. Vado di là a controllare» sospirò l'ispettore alzandosi.

«Guardi che la voglio qui per gli interrogatori» disse il commissario.

«Torno subito, roba di due minuti.»

E quando tornò aveva la stampata dei precedenti del Ruffini. Una sfilza di reati: furto, rissa, tentato ricatto, estorsione e droga.

«È dentro o fuori il balordo?» chiese Berardi.

«Fuori, purtroppo.»

«Lo voglio qui, oggi.»

«Se riusciamo a trovarlo. Uno così è peggio di un'anguilla. Soprattutto se c'entra col delitto.»

Chivasso

L'anno prima, in un tardo pomeriggio lattiginoso di nebbia a banchi, Francesca era seduta al finestrino di un treno regionale, sporco, puzzolente e quasi deserto. Nella sua carrozza era lei l'unica occupante; in quella vicina, da cui era passata, oltre a tre nere sonnecchianti, probabilmente prostitute avviate al lavoro verso Milano, c'era una chiazza di vomito violetto da cui aveva distolto subito gli occhi prima di andare oltre. Il riscaldamento funzionava a singhiozzo e lei, abbracciandosi stretta nel piumino, guardava oziosamente fuori. Pensava a Guido, al lavoro in ospedale, al monolocale di Chivasso in cui sarebbe rientrata tra poco, a un'unghia della mano sinistra che si era scheggiata e non vedeva l'ora di limare. Il treno aveva rallentato, si era fermato per pochi istanti mentre sul binario vicino sfrecciava un Intercity, e quando si era rimesso in marcia un banco di nebbia si era alzato all'improvviso e in uno spiazzo al di là della ferrovia, lungo una strada sterrata da appuntamenti col sesso in vendita, aveva avuto la visione veloce e nettissima di un uomo che sferrava una coltellata a una donna. Un colpo diretto all'altezza del cuore. Nera lei e nero lui, alto e grosso. Del coltello, del movimento rapido e violento, era più che sicura, l'aveva fotografato nella retina con precisione assoluta. Probabilmente diede un grido – di questo non si ricordava –, poi estrasse il cellulare per chiamare subito i carabinieri. Cellulare spento, no non spento, scarico.

Col respiro affannato, tornò nella carrozza da cui era passata prima, brandendo il telefonino per spiegarsi anche con l'aiuto dei gesti, ma le nere la guardarono un attimo senza interesse, poi spostarono lo sguardo altrove. Andò oltre, barcollando per gli scossoni e l'agitazione, ma i due ragazzi cui si rivolse, isolati da tutto grazie alle cuffie dell'iPod, avevano gli occhi chiusi e ballonzolavano da seduti al ritmo della musica. Che mondo schifoso, pensò fuggevolmente lei, mentre il treno rallentava per entrare nella stazione di Chivasso, poi appena fu fermo si precipitò giù, corse al più vicino telefono pubblico e chiamò i carabinieri.

Il seguito della vicenda non lo ricordava volentieri. Neppure la parte precedente, del resto, con il senso di sdegno, di impotenza, di solitudine, di smarrimento da cui era stata colta.

Un'auto dei carabinieri, con a bordo il capitano Sartori, e due appuntati – il maresciallo Giordano era di riposo –, la prelevò alla stazione, ma le indicazioni che diede sullo spiazzo al di là della ferrovia furono imprecise, perché era a Chivasso da poco, non conosceva i dintorni, c'era la nebbia, e persero parecchio tempo prima di arrivare sul luogo. Che era deserto. Senza traccia alcuna, senza indizi di presenze recenti e tantomeno di sangue, per quanto si poteva vedere nella scarsa luce del crepuscolo avanzante.

«È sicura che sia questo il posto?» le chiese il capitano.

«Sicurissima.»

«Altrettanto sicura di quello che ci ha raccontato?»

«Non sono una visionaria. E le ripeto che non dormivo e quindi non sognavo.»

Il capitano fece una serie di telefonate, poi quando giunsero i rinforzi – due altre macchine e un furgone attrezzato per i rilievi – si fece riaccompagnare insieme con lei al comando per la testimonianza scritta.

Domande su domande. Il treno era fermo o in movimento. In quale esatta posizione erano l'uomo e la donna. Com'erano vestiti. È certa che si trattasse di un coltello. La donna è rimasta in piedi, si è piegata, è caduta a terra. Era ancora abbastanza chiaro. In quante carrozze è passata per tentare di chiamarci. Ha visto un'auto nelle vicinanze...

Il capitano formulava le domande con gentilezza formale, da cui trapelava però una cauta diffidenza, e nel frattempo arrivavano telefonate a cui rispondeva a monosillabi. Un carabiniere giovane prendeva appunti e di tanto in tanto le lanciava occhiate ansiose. Vorrà andarsene e tornare dove diavolo abita, pensò lei, e io pure, ma il capitano si intestardisce a pretendere dettagli che non ho colto, a richiedere precisazioni che non sono in grado di fornire. Se guardavo da un'altra parte era meglio, si disse anche, ma subito si vergognò, perché il coltello era proprio un coltello e l'aveva visto affondare negli abiti della donna, all'altezza del cuore.

E quando finalmente il capitano la congedò, ordinandole – più che pregandola – di ripassare il giorno dopo per firmare la testimonianza, dovette affrontare l'assalto di un fotografo e di due giornalisti e insieme dominare un attacco furibondo di rabbia nei confronti delle forze dell'ordine, degli addetti all'informazione e dell'universo intero.

Torino

Diana Nevissano non aveva l'aria dell'ex pupa di un malavitoso di mezza tacca. Statura media, corporatura esile senza ridondanze artefatte, abbigliamento sobrio, un viso grazioso che rivelava tracce di un dolore recente. Sapeva benissimo perché l'avevano convocata e non si rifugiò dietro falsi stupori.

«In che rapporti era con l'ingegner Quarello?» esordì il commissario Berardi dopo le presentazioni e le formalità di rito. Avrebbe voluto, visto l'aspetto della donna, tentare un approccio meno burocratico, ma stanchezza e routine avevano preso il sopravvento.

«Ero la sua amante, commissario.»

«Da quanto tempo?»

«Da quattro anni.»

«Era già divorziata?»

«Sì, da un paio d'anni.»

«Come vi siete conosciuti?»

«Al bar. Cappuccino e croissant, e dopo qualche giorno lui mi ha rivolto la parola.»

«La moglie era al corrente della vostra relazione?»

«Credo sapesse che lui aveva una relazione, ma non mi pare che lo spiasse.»

«Vuol dire che alla moglie non importava?»

«Stavano insieme, in modo civile, come molte coppie sposate da tanto.»

«Lui le aveva mai manifestato l'intenzione di separarsi?»

«Mai. E io non gliel'ho mai chiesto.»

«Perché?»

La donna sospirò e scosse leggermente la testa, come a cercare le parole giuste.

«Perché sapevo che sarebbe stato inutile. Io gli volevo bene, lui mi voleva bene, ci bastava questo.»

«Strano.»

«No, non strano ma ragionevole. Lui non se la sarebbe sentita di buttare all'aria la sua vita, e io avevo trovato un compagno gentile e fidato.»

«Al contrario del suo ex marito.»

«Esatto.»

«Però col Ruffini ha ancora rapporti d'affari.»

«Purtroppo. Non ho abbastanza soldi per rilevare la sua parte della società e comunque lui non me la cederebbe.»

«Perché?»

«Perché io lavoro e lui si limita a intascare.»

«Ed era al corrente della sua relazione col Quarello?»

Diana Nevissano non riuscì a nascondere la sua agitazione, frugò nella borsetta alla ricerca di un fazzoletto per prendere tempo e decidere cosa rispondere. Berardi e Vitello si scambiarono un'occhiata d'intesa.

«Sì, ne era al corrente.»

«Gliel'aveva detto lei?»

«No. Ci aveva visti insieme.»

«La sorveglia, si intromette nella sua vita?»

«Non gliene importa niente di me, a lui basta che il negozio renda.»

«Dopo che vi aveva visti insieme che cosa ha fatto?»

Altro momento d'imbarazzo. Diana Nevissano era piuttosto trasparente.

«Quando ci vedevamo, sempre per faccende di lavoro, faceva allusioni, battute cattive. Allora ho rotto del tutto i rapporti. La vita me l'aveva già rovinata abbastanza durante il matrimonio e subito dopo. Io adesso mando avanti il negozio, e lui incassa tramite il commercialista.»

«Nessun altro strascico?»

«No.»

Un no poco convinto. Su quel no esitante si concentrarono Berardi e Vitello quando la donna fu congedata.

Chivasso

Nella rubrica telefonica e nella memoria del cellulare di Domenico Torasso i nomi con relativi numeri erano pochi, troppo pochi, non solo a parere della cartomante vicebrigadiere Carmen Cavallari, ma a detta di tutti. E su quei nomi lei e il collega Palmieri avevano indagato, ma senza ricavarne notizie o spunti interessanti: una gastronomia a cui spesso veniva ordinato qualche piatto pronto, il medico della mutua, l'infermiera per le iniezioni, la funzionaria di banca che gestiva il modesto deposito titoli del defunto, il proprietario di un'officina di riparazioni auto, Deborah...

«O l'assassino si è portato via un'altra agenda, quella compromettente, oppure bisogna cercare dove sta imboscata» aveva ripetuto la Cavallari al capitano.

«Secondo lei ce n'è di sicuro un'altra?»

«Sì, e sono convinta che ci sia anche un altro cellulare, con una scheda intestata a chissà chi.»

«Secondo i tecnici della scientifica l'assassino non è andato in giro per l'appartamento ma si è fermato nell'ingresso, quindi agenda e cellulare non li ha presi lui.»

«Capitano» era intervenuto il maresciallo Giordano, «non abbiamo ancora rintracciato la colf, e una colf ci doveva essere per forza, perché la casa era bella lustra.»

«E le camicie stirate senza grinze» aggiunse la vicebrigadiere.

«I vicini cosa dicono?»

«Niente. Fanno il gioco delle tre scimmiette. C'è da dire però che lavorano tutti, mariti mogli e figli e stanno via buona parte della giornata. Una bella fortuna per loro, di questi tempi.»

«Provate a chiedere all'INPS: se aveva una colf, le avrà messo i contributi.»

«Sèèè, figurarsi... sarebbe uno dei pochi.»

Ma non ci fu bisogno di rivolgersi all'Istituto di previdenza, perché proprio in quel momento un appuntato venne a riferire che una certa Actis Cesira voleva parlare con qualcuno a proposito del Torasso.

«Falla passare» disse il capitano.

«Subito?»

«Sì subito, sbrigati.»

L'appuntato se ne andò a eseguire malcontento: secondo lui troppa solerzia minava l'autorità.

Torino

Il dettaglio del lampo rosso sul parafango della moto dell'assassino aveva inquietato Camilla al punto che si era dimenticata di telefonare al marito per protestare sulla trasferta di Livietta. Sto invecchiando troppo in fretta e male, pensava: non faccio quello che avevo deciso di fare, non ricordo particolari forse importanti, mi manca la prontezza di riflessi e, come ha detto Gaetano?, ah sì, sembro stanca, eufemismo abbastanza gentile per osservare che ho l'aria sciupata.

Si era concessa la dilazione di un giorno e stava andando in questura a firmare la testimonianza e a riferire sul lampo rosso, sperando di cavarsela in fretta e soprattutto di non rivedere Gaetano, perché non desiderava altri scossoni emotivi dopo quelli già avuti. In fondo, rimuginò ancora, è un vero sollievo che Livietta faccia un bel weekend prolungato: quasi tre giorni di tregua, tre giorni a badare soltanto a me stessa, e al cane, d'accordo, che però per fortuna non parla e non mi contesta, venerdì e lunedì mattina lavoro, ma in mezzo ci sono due giorni di delizia pura. Non cucino e mi compro le leccornie della gastronomia di via Po, care ma pazienza, esco solo per le necessità di Potti e per i giornali, in casa sto in ciabatte e tuta, e mi spalmo una maschera idratante nutriente esfoliante rinfrescante rassodante ringiovanente. Alla faccia di quella venti-venticinquenne in tiro che l'altro giorno sull'autobus mi ha ceduto il posto: «Prego, si accomodi signora», come se avessi settant'anni e un bastone da sciancata. E io mi sono accomodata, credendo che si fosse alzata perché doveva scendere, e invece no, se ne è stata appesa al corrimano come un'aringa all'affumicatoio proprio davanti a me, a godersi la sua buona azione (buona azione?) e a inghiottirsi lo stomaco a ogni scossone. Mi sono augurata una frenata violenta da incidente evitato al pelo, una di quelle che ti scaraventano e ammassano sul fondo magari col culo per terra, e invece l'autista era uno prudente e serafico, forse sedato da una dose massiccia di Prozac, però il pavé per fortuna non lo poteva evitare.

In questura fu fatta entrare in un ufficetto affumicato nonostante la porta e la finestra aperte e le fu subito portato il verbale della testimonianza da firmare. Leggendolo piuttosto distrattamente stava scendendo a patti con la sua coscienza: un lampo rosso sul parafango, ma sono proprio sicura? E poi cosa cambia se la moto non è quella che ho visto in foto? Non cambia niente, ché anche se quella giusta la ritrovano, mica c'è sopra un biglietto da visita col nome del killer. Il lampo rosso è un particolare irrilevante ai fini dell'indagine.

Il patteggiamento era abbastanza laborioso e con la testa china sul foglio da firmare non si accorse che alle sue spalle si era materializzato qualcuno.

«Ciao Camilla.»

Sobbalzò come se fosse stata beccata con le dita nel naso, poi si voltò.

«Ciao Gaetano.»

«Ti è tornato in mente qualcosa?»

«Be' no... cioè sì.»

«No o sì?» chiese lui cercando di nascondere un mezzo sorriso stupito.

«Riguarda la moto, ma non credo sia importante.»

«Perché non lo lasci decidere a noi?»

«Certo, agli ordini.»

«Dài vieni di là, così mi dici.»

Chivasso

Chissà qual è l'altra storia lunga di Alina, si era chiesta per tutto il giorno Francesca, sia pure a intermittenza. Poi, per soddisfare la curiosità, ma soprattutto per far sbollire la rabbia che le era montata dopo l'ultima telefonata con Guido, aveva deciso di tornare a trovarla.

«Che domanda retorica! Certo che sei importante per me» aveva detto lui.

«Se sono importante, perché non vieni qui per il fine settimana?»

«Non posso. Sono oberato di lavoro. Devo finire di stendere il progetto per un meeting italo-francese sul marketing dei prodotti alimentari di nicchia.»

«Marketing? Da quando in qua è il tuo campo?»

«Il collega che doveva occuparsene è all'ospedale. Intossicazione acuta.»

«Di prodotti non di nicchia, presumo. Andouillette e choucroute, magari. Ma non puoi stenderlo qui il suo/tuo progetto?»

«Potrei, ma non ce la farei a finirlo col viaggio e tutto. E poi mi hai detto che tu lavori sia sabato sia domenica.»

«Non ventiquattro ore al giorno però. Mi manchi, lo sai.»

«Anche tu mi manchi. Ma purtroppo ci sono delle priorità...»

«Capito. Io non sono una priorità. Ma va' a farti fottere, Guido!», e aveva riattaccato.

E poco dopo, per una storia complicata di eredità notaio e riunioni di famiglia, un collega le aveva proposto di sostituirla nel weekend, in modo da essere libero il martedì e mercoledì successivi, ma a quel punto lei Guido non l'avrebbe richiamato neppure se moribonda.

Alina non si mostrò stupita nel vedersela ricomparire a casa.

«Incazzata?» si limitò a chiedere non appena la guardò in faccia.

«Si nota tanto?»

«Incazzata con me?»

«Ma no, figurati.»

«Ti faccio tisana.»

«Lascia perdere.»

«Tisana contro incazzatura. Passa subito. Tu guarda tele con nonnetta.»

Nonnetta profumava di talco, aveva i capelli freschi di shampoo e piega, indossava un bel golfino lilla con margherite bianche ricamate: Alina la tiene bene, constatò Francesca, la preserva come una sciarpetta in naftalina, come un calice di Murano nella teca. Ma è ancora vita la sua?

Alina tornò con una tazza di tisana. Una sola. La vecchina si agitò sulla poltrona.

«Per te dopo. Questa troppo amara» le disse per tranquillizzarla.

«Cosa ci hai messo dentro?» chiese Francesca.

«Roba buona. Non droga, solo erbe.»

«Anche la cicuta è un'erba.»

«Cicuta? Non conosco.»

«Meno male. Mi racconti l'altra storia lunga?»

«Storia di Nasir Achebe e Zainab Okri.»

«Chi sono?»

«Li hai visti. C'era scritto sui giornali. C'era il tuo nome con foto.»

«L'uomo col coltello? E la donna che lui...»

«Sì, loro.»

«I carabinieri non mi hanno creduta.»

«Loro andati via subito, in macchina.»
«Lei era viva, allora!»
«Quasi viva. Ma due giorni dopo morta.»
«Dove l'ha portata?»
«Prima da Mama Kubra. Poi in un posto che ha detto lei.»
«Che posto?»
«Non so.»
«Non lo sai?»
«Non so davvero, giuro.»
«E dopo?»
«Dopo, Nasir l'ha... come si dice?, *buried*.»
«Seppellita.»
«Sì, seppellita. Dopo Nasir scappato. I carabinieri sempre a cercare pappa e puttane, a fare domande, a portare al comando, a mandare al CIE.»
«E voi sempre zitte.»
«Per paura. Paura per noi, per parenti a casa. Tu non capisci.»
«Capisco benissimo. Cosa aveva fatto Zainab?»
«Niente. Ma non voleva più andare con uomini. Aveva male sotto, tanto male. Forse voleva andare in ospedale.»
«E lui l'ha ammazzata.»
«Per dare una lezione, dicono.»
«Con una coltellata al petto. Schifoso bastardo. Che ne è di lui?»
«Andato via. Chissà dove.»
«Davvero non sai dove?»
«Davvero. E poi lui... lui tanti nomi.»
«L'avevano mai identificato, arrestato?»
«Sì, due volte. Ma lui ha tanti nomi. Pochi giorni, poi libero.»
«Però devono avere le sue impronte digitali. Se tu lo denunci, ti danno di sicuro il permesso di soggiorno e vivi tranquilla.»
Alina scosse violentemente la testa. Sulla fronte le apparvero minuscole gocce di sudore.
«Tu mia amica?»
«Sì, certo.»

«Non posso fare denuncia, no. Troppo pericoloso. Per me, per Gino. Per mia sorella in Nigeria.»

«Così sto bastardo assassino può ammazzare qualche altra disgraziata.»

«Forse no.»

«Perché no? Credi che sia diventato un agnello, che non continui a fare il pappa?»

«Zainab aveva tanti fratelli, otto o dieci.»

«Sarebbe a dire che ci penseranno loro?»

«Non so, forse. Tu mia amica, hai detto.»

«Sì.»

«Allora dimentica tutto, per favore per favore.»

Chivasso

Cesira Actis era la colf di Domenico Torasso e voleva sapere chi le avrebbe pagato le ore di lavoro delle ultime settimane nonché la liquidazione. Quando i carabinieri le dissero che se aveva lavorato in nero difficilmente sarebbe stata risarcita, si infuriò di brutto e passò rapidamente dal compiangere il suo ex padrone a inveire contro di lui. Che fosse spilorcio lo aveva sempre saputo, mai che le avesse chiesto se voleva un caffè, che le avesse fatto un pensierino, tipo una scatola di cioccolatini o una bottiglia di vino buono per Natale, ché anche la tredicesima la scuciva da stitico, un biglietto da dieci euro sopra l'altro come se lo scorticassero, eppure di soldi ne aveva, altroché se ne aveva, perché non si lesinava mica niente nel mangiare, chiedete alla gastronomia cosa si comprava, roba di lusso, non palline di spinaci o semolino, e un paio di volte all'anno se ne andava al mare, in Francia, non in una pensioncina ma in un albergo di quelli da film, un albergo che una volta a lui gli era scappato il nome, Negroni Negretto Negrello, insomma un nome così e Betty la pettinatrice le aveva detto che quello era proprio un posto da attori famosi e principesse e si capisce che la moglie aveva fatto più che bene tanti anni prima a dargli il blu, che di sicuro non era solo taccagno con gli altri ma anche con lei, e sempre la Betty le aveva detto che lui da giovane era un puttaniere, andava a cercarsele alla Pellerina a Torino, non come adesso che ce ne sono un mucchio anche qui e di tutti i colori, bianche nere e gialle. Adesso? Adesso aveva i suoi anni e o non gli tirava più, oppure era la nipote a fargli i servizietti, quella Deborah che lui le telefonava ogni tanto, perché il lupo perde il pelo ma non il vizio. Comunque adesso come adesso lei andava al sindacato, che ci pensassero loro a far valere le sue ragioni di lavoratrice, visto che i carabinieri dei suoi diritti se ne lavavano le mani, perché anche l'Arma come tutto il resto non è più quella di una volta.

Uscita la colf, il capitano e il maresciallo si scambiarono un mezzo sorriso di soddisfazione.

«Un paio di cose le abbiamo sapute» disse il primo.

«Sì, che la nipote, come supponevo, gliela dava e che il Torasso era pieno di soldi» chiosò il secondo.

«E il Negresco sta a Nizza, cioè a due passi da Montecarlo.»

«Posto ideale per imboscare soldi illeciti. Tipo quelli provenienti da usura. Adesso torchiamo un po' la nipote, che è di là che aspetta. Chi fa il buono e chi il cattivo?»

Deborah Fiore esibiva un catalogo di griffe, scarpe pantaloni cintura felpa giubbotto borsa: tutto un DG, un GF, un LV, un CK come targhe automobilistiche di città ipotetiche.

«Si accomodi, signorina. Com'è elegante!» esordì il capitano che aveva deciso per la parte del buono.

«Grazie. Ma l'eleganza è un diritto, lo dice anche la pubblicità.»

«Davvero? Non lo sapevo» commentò neutro il maresciallo. «E mi dica, di sera per caso lei fa la cameriera in qualche ristorante birreria o pub?»

«No, perché?»

«Ha ragione, era una domanda stupida. Anche con le mance, non ce la farebbe.»

«A fare cosa?»

«A comprarsi tutta l'eleganza che le spetta di diritto.»

Il capitano taceva e pensava allo spreco, all'inutilità di tanta bellezza. Deborah era più che graziosa, era proprio bella, ma irrimediabilmente stupida. Tredici anni di scuola più l'università non avevano neppure scalfito la crosta della sua pochezza. In un certo senso gli faceva pena. In un altro rabbia.

«Be', io...» boccheggiò lei, a corto di argomenti.

«Chi gliela paga la sua eleganza, l'università, gli apericena e tutto il resto?»

«Ma scusi... che c'entra?»

«C'entra, c'entra. Suo zio è stato assassinato, non lo dimentichi. Lei aveva le chiavi di casa, lei andava a trovarlo una volta alla settimana.»

«Ma io... gliel'ho già detto, era perché lui era solo...»

«E perché le aveva comprato la macchina, perché le allungava dei bei bigliettoni per il resto. Tutto gratis?»

«Non capisco.»

«Davvero? Suo zio, stando alle testimonianze, era uno spilorcio, uno che non pagava neppure i contributi alla colf. Come mi spiega che con lei era tanto generoso?»

«Mi voleva bene.»

«E lei?»

«Anch'io.»

«E come glielo dimostrava?»

«Io... ecco...»

A Deborah si era incrinata la voce.

Non ce ne importa niente dei suoi servizietti sessuali, pensò il capitano, ma bisogna metterla in imbarazzo e poi farla sentire un verme per costringerla a scucire qualche informazione utile. Il metodo non mi piace, ma è quello più produttivo per arrivare a un risultato. Giustificazione di tutti noi sbirri, che per cercare di beccare i cattivi, diventiamo cattivi pure noi.

«Lei... ecco...» incrudelì il maresciallo, «si faceva scopare, dico bene?»

«Io... io sono fidanzata!»

«Una cosa non esclude l'altra. Martedì era il vostro giorno fisso, vero?»

«...»

«Le ripeto la domanda: martedì era il vostro giorno fisso, vero?»

«Sì.»

«Quanto sganciava lo zio ogni volta?»
Il viso di lei si contrasse. Un paio di lacrime cominciarono a scendere silenziose.
«Mi dica quanto.»
«Trecento.»
«E la macchina?»
«Un regalo di compleanno.»
Fazzoletto per asciugare le lacrime. Per soffiarsi il naso. Il maresciallo impassibile, il capitano rassegnato.
«Era ricco suo zio. Ma i soldi dove li teneva?»
«In banca, no?»
«Lei come la pagava? Assegni, contanti?»
«Contanti.»
«Già. Che non provenivano dal conto in banca, perché i prelievi erano modesti. E allora?»
«Non... non so.»
«Invece lo sa benissimo. E se ci fa ancora perdere tempo, la trattengo in stato di fermo per reticenza. Stato di fermo vuol dire cella, cioè galera, caso mai non l'avesse imparato a scienze della comunicazione.»
Il fattore tempo, rimuginava intanto il capitano. Decisivo per risolvere i casi di omicidio. Il maresciallo lo sa quanto e meglio di me e infierisce non a caso. Ferocia giustificata? Forse sì. Meglio dargli una mano.
«Io ho ancora tempo cinque minuti, non di più» si inserì con durezza. «Poi procediamo pure col fermo, maresciallo.»
«Lui, mio zio voglio dire, aveva ancora degli affari...»
«E dove li trattava?»
«Fuori. A casa di una sua parente.»
«Nome, indirizzo.»
«Non li so.»
«Come vuole. Appuntato, la faccia accompagnare in camera di sicurezza.»
«No no... per favore. La parente è una zia o prozia, si chiama Tina, il cognome non lo so e l'indirizzo neppure, so solo che sta in una frazione di Chivasso...»
«Lei lo accompagnava?»
«No, mai.»

«Però ci è andata. Con chi, col suo fidanzato?»

Deborah sgranò gli occhi e sbatté le ciglia: neppure come attrice avrebbe avuto un futuro.

«Non l'ho mai vista la zia Tina, non so neppure che faccia abbia. Chiedetelo a lei, se non mi credete.»

Torino

Alex Ferrarotti aveva aspettato il ritorno di Deborah rosicchiandosi unghie e pellicine delle dita, poi per darsi una calmata era sceso a cercare del fumo. Mai che tenesse una canna di scorta quella scema. E soprattutto chissà cosa aveva detto ai caramba. Capace che aveva sbroccato, che le era sfuggito chissà che. Ci aveva messo due ore quella mattina a imbeccarla e lei invece di starlo a sentire si pitturava come se avessero dovuto provinarla per una fiction. Che poi anche ai provini sgamavano subito che era scema e al massimo la sceglievano per farla camminare in strada o stare seduta al bar per una scena in esterno. Ma figurati!, gli aveva detto giuliva, cosa stai a preoccuparti, mica ho fatto niente, e poi i soldi lui me li dava di sua volontà, mai chiesto niente io, cioè insomma si capisce che non lo facevo per amore, normale no? Con uno della sua età chi è che ci va senza regalini, però loro non lo possono sapere, i soldi sono sempre stati cash. E dopotutto era mio zio, normale che allungasse qualcosa all'unica nipote, a una certa età uno pensa che i soldi non se li può portare nella tomba e allora diventa un po' più largo, smette di fare il rabbino genovese e scuce. E lui, Alex, a insistere perché stesse in campana, ché i carabinieri non sono solo quelli delle barzellette, tipo che si mettono in cinque per svitare una lampadina, uno sul tavolo e quattro a farlo girare, insomma stesse attenta a non esagerare, perché era pericoloso. Ma lei, mentre si faceva gli occhi e se li lustrinava, continuava a ripetere ma dài ma figurati sta' tranquillo. Tranquillo una mazza, il fatto è che non le ho detto tutto, per prudenza si capisce, perché raccontare una cosa a lei è peggio che metterla su YouTube che dopo mezz'ora ne parlano pure in Australia.

Torino

«Oltre al lampo rosso sul parafango non ricordi nient'altro di nuovo?»

«Mi dispiace Gaetano, niente.»

«E ovviamente non sapresti riconoscere il killer.»

«Come potrei? Era seduto sulla moto, aveva il casco.»

«La corporatura, almeno.»

«Di sicuro non era piccolo, e neppure mingherlino mi pare. Ma è inverno, ad andare in moto fa un freddo cane, chissà quant'era imbottito. Comunque una bella stazza.»

«Giovane?»

«Ma che domande impossibili mi fai! Certo non poteva avere settant'anni, e neppure cinquanta direi: troppo scattante, troppo pronto di riflessi. Dai venti ai quaranta, come ipotesi. Che tipo era il morto?»

«Stiamo indagando.»

«Mmmh... bocca cucita, non disturbare il manovratore.»

«Aveva un'amante, questo te lo posso dire.»

«Sai che notizia! Sarebbe stato strano il contrario. Ce l'hanno quasi tutti, a una certa età.»

«Tuo marito ce l'ha?»

Camilla ebbe un sobbalzo interno. Il colloquio, sino ad allora improntato a una educata routine professionale, d'improvviso scartava nel privato, rispolverando una vecchia familiarità complice. E lo faceva in modo brutale, oltre tutto.

«Non lo so, non credo.»

«Non lo sai o non vuoi saperlo?»

«Tutt'e due.»

«Vigliaccheria, rassegnazione?»

«Né l'una né l'altra, credo, solo una specie di pausa.»

«In attesa di cosa?»

«Che passi un po' di tempo. Che qualcosa si chiarisca.»

«E con me non hai niente da chiarire?»

Ci siamo, pensò lei. Che memoria testarda, che deformazione professionale. A meno che si tratti di qualcos'altro, di una ferita nell'orgoglio che ogni tanto dà una stilettata, o almeno prude.

«No.»

«Non ti facevo così stronza. Scusa il termine, ma è appropriato.»

Stilettata, non è solo prurito. Il guaio è che ha ragione, ma ce l'ho anch'io. E di questo nuovo tsunami emotivo non ne sentivo proprio il bisogno. No, non è vero, in qualche modo me lo aspettavo. O me lo auguravo?

«Dal tuo punto di vista sì, hai ragione. Mi dispiace molto. Ma non è stato per capriccio, né per volubilità.»

«Per cosa allora?»

«Certe volte le decisioni le prende il caso. Certe volte non dipendono da noi. Credimi, per favore.»

«Sarebbe più facile se ti spiegassi meglio. Le parole sono il tuo mestiere.»

«Ma qui non lo sto facendo. E neanche tu stai facendo il tuo in questo momento.»

«Cos'è? Una nota in condotta?»

«Solo un tentativo di alleggerire la situazione. E ti faccio presente che non ho neppure protestato quando mi hai definita stronza.»

«Perché convieni di esserlo o sei più che convinta di non esserlo?»

«È buona la seconda. Che ne dici se ti offro un aperitivo?»

Chivasso

Per rintracciare indirizzo e informazioni circa la zia o prozia Tina cioè Clementina Careggio c'erano voluti un'ora e parecchi clic di computer. Non era zia o prozia o parente putativa del Torasso, ma pro-prozia, cioè parente vera attraverso un bisnonno. Ottantaquattro anni, nubile e pensionata. Viveva da sola, non aveva telefono fisso né un cellulare intestato a suo nome. Strano, molto strano: a una certa età la prudenza è d'obbligo, se si scivola malamente in casa, tanto per dirne una, perché qualcuno accorra bisogna che si abbia la possibilità di chiamarlo.

La Careggio abitava in una vecchia casa isolata, l'ultima in fondo a una strada di frazione Mosche. Cancello, orto sulla sinistra, una piccola aia a destra con cuccia di cane. Ma nessun cane abbaiò, il portoncino e le imposte erano tutte sprangate e la scampanellata restò senza risposta.

«Che dici?» chiese un carabiniere al compagno. «È uscita a fare la spesa o se l'è data?»

«Cosa vuoi che ne sappia. Chiediamo ai vicini.»

«I vicini sono abbastanza lontani. Comunque proviamo.»

Abbastanza lontani e abbastanza abbottonati: la signora Clementina non esce spesso di casa e la spesa grossa gliela portava il nipote, quello ammazzato, sì l'avevano letto e sentito alla tele. Che doveva essere una brava persona a occuparsi così di un'anziana parente. Anche lei una brava persona, ma molto sulle sue, non di confidenza, buongiorno e buonasera le poche volte che la incontrano, al massimo qualche osservazione sul tempo e basta. Era venuta a stare lì da una ventina di anni, prima abitava a Brandizzo, no forse a Crescentino, dove lavorava. La casa era dei Careggio, prima ci stavano padre e madre che erano morti nel '92 o '93. Il cane? Sì certo che ce l'ha, prima ne aveva uno grosso e adesso uno piccolo, sempre con lei le rare volte che esce, anche la domenica quando va a messa. Ha anche un gatto, in casa sua loro non ci sono mai entrati, ma lo sanno perché un giorno era scappato e lei l'aveva cercato per ore col cane.

«Un gatto come?» s'informò uno dei due carabinieri.

Bianco e rosso, e da allora lei gli aveva messo un campanellino al collo. Loro non sapevano altro. Ma perché la cercano? Ah, ecco, per l'eredità. Già, perché il nipote non aveva figli...

«Ma a te che ti fotte del gatto della vecchia?» chiese più tardi l'altro carabiniere al compagno.

«Niente, era solo per sapere. E adesso cosa facciamo?»

«Aspettiamo ancora un po'. Poi se non torna le mettiamo un avviso nella buca delle lettere e ce ne torniamo noi.»

Clementina non si fece viva, anche se sull'avviso c'era scritto di contattare i carabinieri con urgenza. E il giorno dopo, quando tornarono a cercarla, nessuno rispose e la casa sembrava disabitata. Nell'aia però si aggirava nervoso un gatto bianco e rosso.

Chivasso

Ogni tanto la sfiga si distrae e le cose vanno per il verso giusto, gongolava tra sé il vicebrigadiere Scuderi, al ritorno da una visita al dottor Giampaolo Gherza, il commercialista garante dell'alibi di Ermanno Minesio, proprietario dell'Audi investitrice. Il dottore aveva confermato con estrema accuratezza la versione del suo cliente: si erano incontrati verso le otto e dieci per discutere di un problema di IVA, e lo studio l'aveva aperto proprio lui, come gli accadeva spesso dato che, soffrendo di insonnia, riservava le questioni più spinose da risolvere alle prime ore del mattino, quando le tre dipendenti non erano ancora al lavoro e il telefono non squillava in continuazione. Minesio si era trattenuto a lungo, perché oltre all'IVA c'erano altri dettagli di natura fiscale da sistemare e sì, certo, il vicebrigadiere poteva chiedere conferma di data e orari alle impiegate Milena e Gabriella. No, alla signorina Valeria no, perché quel mattino non era presente in studio. Come mai? Semplice, aveva chiesto un permesso per una visita medica e aveva cominciato il lavoro solo alle quattordici, dopo la pausa pranzo.

Milena e Gabriella avevano confermato la tesi del capo, anche loro con estrema accuratezza. Ma estrema accuratezza senza sbavature e imprecisioni significa imbeccata, cioè falsa testimonianza, in altri termini balla, e siccome il geometra Minesio gli era stato da subito sull'anima, come anche il commercialista e le due matrone sue dipendenti, Scuderi aveva deciso di non arrendersi.

Alle sei del pomeriggio aveva aspettato che le tre impiegate uscissero dal lavoro, aveva seguito quella con cui non aveva parlato e l'aveva invitata a bere qualcosa al bar. Lei, la signorina Valeria Malan, l'aveva riconosciuto e non si era fatta troppo pregare.

«Davvero quel mattino lei non era in ufficio?» attaccò Scuderi dopo qualche breve preliminare sul freddo quasi siberiano.

La Malan aveva chinato la testa e fissato gli occhi sulla tazza di cioccolata come fosse stata un oggetto esotico mai visto prima.

«Lei è valdese, signorina Malan?»

«Sì, di Torre Pellice.»

«Perché il dottor Gherza non ha voluto che parlassi con lei?»

Lo sguardo della signorina Malan abbandonò riluttante la tazza, vagò per qualche secondo sul bancone del bar, poi affrontò quello del vicebrigadiere.

«Io... io sono... credente e praticante.»

«E quindi non se la sente di mentire.»

«Sì.»

«Mi parli di quella mattina, per favore. Una donna è stata investita e gettata a terra dall'auto intestata al Minesio e chi guidava ha tirato dritto.»

«Come sta la donna?»

«Non bene» mentì a mezzo Scuderi. Che non era né credente né praticante ma gesuiticamente riteneva che la menzogna a fin di bene fosse più che lecita.

«Io c'ero quella mattina. Il geometra Minesio è arrivato tra le nove e mezzo e le dieci, non verso le otto, mi ricordo bene. Prima aveva telefonato.»

«Per farsi ricevere?»

«Credo.»

«E poi?»

«Poi è entrato dal capo, è rimasto lì un quarto d'ora più o meno e se n'è andato.»

«E il capo vi ha chiesto di contarci una balla, se fossimo venuti a verificare.»
«Lo ha chiesto solo a Milena e Gabriella.»
«A mentire al posto suo ci ha pensato lui.»
«E adesso cosa succede?»
«Succede che dovrò farle firmare un verbale.»
«Così il dottore mi sbatte fuori.»
«Stia tranquilla. Ci penserà il mio capitano a tenerlo buono.»
«Come?»
«Con la minaccia di una visita della Finanza, per esempio.»
«Sarebbe meglio, invece, che mi trovasse un altro posto» sospirò rassegnata al peggio Valeria Malan.

Torino

«Un aperitivo a quest'ora?» si stupì il commissario Berardi.

«Sono le due e mezzo e non ho ancora mangiato, quindi è l'ora giusta.»

«La macchinetta non fornisce aperitivi.»

«Infatti io proponevo il bar. Se esci da qui magari ti passa l'aria plumbea e vendicativa.»

«Vendicativa no, incazzata magari.»

«Piantala. A restarci male non sei stato solo tu. Ma siccome di tempo ne è passato, possiamo metterci una pietra sopra.»

«E far finta di niente.»

«Certo. Dài, accompagnami al bar e sbottonati un po' su questo omicidio.»

Al commissario scappò un mezzo sorriso.

«Inguaribile. Però adesso, a differenza di prima, lenta di riflessi e smemorata.»

«Su questo non posso darti torto. Tu hai mangiato?»

«Non ancora.»

«E allora cosa avevi da cavillare su ora o non ora dell'aperitivo?»

Al bar di corso Vinzaglio si sedettero a un tavolino un po' defilato. Un bicchiere di arneis, uno di prosecco e quattro tramezzini. Vino e cibo sgelarono l'atmosfera.

«Che mi dici dell'amante del morto?»

«Una brava persona. Non come il suo ex marito.»

«Geloso?»

«No, molesto piuttosto. Ma non riusciamo a rintracciarlo.»
«Altre piste?»
«Qualche perplessità sulla famiglia. I figli soprattutto.»
«In che senso?»
«Il maggiore aveva dei contrasti col padre sul lavoro, l'altro non sembra adatto a entrare in ditta, anche se ufficialmente è iscritto al Politecnico.»
«Un alternativo?»
«A quel che sostengono i miei, donne e coca. L'hanno appena interrogato e stanno facendo qualche verifica.»
«I giornali hanno detto che al momento dell'omicidio era negli Stati Uniti.»
«Più o meno.»
«Che vuoi dire?»
«Che per la verità era passato in Messico.»
«Ad abbronzarsi, a fare surf?»
«Vedremo.»
«E i dipendenti?»
«Albanesi e moldavi. Regolari, non clandestini.»
«In regola anche con i contratti e i contributi?»
«Pare di sì.»
«Un galantuomo, il morto. Ma per essere ammazzato così, qualche scheletro nell'armadio doveva avercelo.»
«È quello che stiamo cercando. Cosa credi, che le idee le hai solo tu?»
«Mai creduto. Ma tu smettila di essere polemico, e dimmi piuttosto qualcosa della moglie.»
«Prima del matrimonio, giovanissima, ha avuto un figlio che adesso ha trentun anni. Allevato dai nonni, non riconosciuto dal padre, chiunque fosse.»
«E il morto lo sapeva?»
«Sì, e a quanto pare non ne era entusiasta.»
«Cioè?»
«Nessuna frequentazione e soldi col contagocce.»
«Il figlio della colpa, il reietto. Ma la madre non faceva la cresta sulla spesa?»
«Probabile.»
«E con i fratellastri che rapporti ha?»

«Come non esistesse. Secondo quanto ci risulta sino a ora.»

«Be', gli elementi di un bel feuilleton ci sono tutti. Moventi a iosa già solo nell'ambito familiare. Che tipo è questo figlio?»

«Non lo so. Dobbiamo vederlo più tardi.»

«Ma cosa fa? Lavora, non lavora, vive da solo, con una fidanzata, con amici, coi nonni?»

«Se ne sta occupando Vitello.»

«E tu di cosa ti occupi?»

«Di niente, dal momento che perdo tempo con te.»

Chivasso

Per il resto della giornata i pensieri di Francesca si contorsero e impuntarono su due chiodi fissi: Guido e la storia che le aveva raccontato Alina.

Va bene, cioè male, rifletteva astiosa: è chiaro che di me non sa più che farsene. L'ho mandato a farsi fottere, che non è un invito carino, ma era dettato dalla rabbia, anzi dal dispiacere di non poter stare un po' con lui, di non fare finalmente l'amore. A proposito, da quant'è che non lo facciamo? Mi correggo, che non lo faccio io, perché lui si sarà di sicuro permesso di spatonzare allegramente in giro senza impegno o anche con. E poi la tipica vigliaccheria maschile: non è proprio inciampato in quelle frasi che armano la mano di pistola, tipo *ti amo troppo per reggere la lontananza perciò è meglio che ci lasciamo*, oppure *non me la sento di continuare a sacrificarti perché ti voglio troppo bene*, e meno male per lui, perché una stronzata del genere gliela avrei fatta pagare andando a Parigi a esibirmi in una sceneggiata da pescivendola. Ovviamente alla presenza dell'ambasciatore e di tutto il corpo diplomatico. Lui è rimasto a mezza strada parlando di priorità, una roba da businessmen, da burocrati ministeriali, da amministratori o segretari di partito faccia di culo e imboscatori di soldi all'estero, che di fronte a prese di posizioni nette scappano come se fossero inseguiti dallo squalo di Spielberg o dal tirannosauro di *Jurassic Park*. Una bella dentata nelle chiappe, anche se filate via veloci! Tessuto molle, si rimargina abbastanza bene, ma per un bel po' a stare seduti sono dolori, che ve lo meritate. Tu, te lo meriti, insieme al tuo maledetto Villon che invece di scrivere poppe cioè *tétines* o *tétons*, va a scomodare *les neiges*. Si vede che di scienza ne avete masticata poca, che la precisione dei termini e delle enunciazioni non sapete dove sta di casa. Ah, ma sono metafore poetiche, obiettate. Bene, la prossima volta che piombate al pronto soccorso in dispnea da broncospasmo io vi diagnostico un bisogno di spazi aperti, di aria montana frizzante e pura, di vento che vi penetra nei polmoni... sì, *blowing in the wind* e intanto ci restate secchi. Basta, stop, time out, finisce qui. Quattro anni buttati nel cesso e ora non mi resta che tirare lo sciacquone e metter giù il copriasse.

Si cambia! Il cambiamento è il sale della vita! Può andare bene, male o così così: Alina ha lasciato la fame dell'Africa per la schifezza del sesso a pagamento la schiavitù e i lividi, ma adesso, riciclata in badante, si crogiola nel conforto delle notti al caldo e nell'assenza di botte, venduta e comprata due volte eppure con una specie di happy end. Le rimangono l'insicurezza del domani, la precarietà della condizione di clandestina, la paura dei controlli e dell'espulsione... Però... però se raccontasse la storia di Zainab e Nasir forse... Ma nel suo racconto ci sono troppi "non so": non sa, o dice di non sapere, dove Zainab è stata seppellita, dove l'hanno portata quando era morente, non sa o non vuol dire il cognome di Mama Kubra e dove è andato a delinquere Nasir. Eppure se trovasse il coraggio di parlare staccherebbe una pietruzza dall'Everest di violenza e illegalità e dimostrerebbe anche che io non sono una zitella isterica con visioni paranormali. Riabilitata agli occhi del bel capitano, che dovrebbe ricredersi sul suo scetticismo. Ma come faccio a tirarla in campo senza il suo consenso, dimentica tutto per favore per favore, ha detto e la voce le tremava, sarebbe una vigliaccata da parte mia e c'è anche di mezzo Gino, il figlio di nonnetta, suo salvatore e insieme semi-sfruttatore, che la paga poco e di sicuro se la fa dare gratis come extra, ma rischia anche di suo dando asilo a una clandestina. Quasi tutti così gli uomini, metà farabutti e metà anime buone.

Come Guido, che ha i suoi lati belli, non tanto la cultura eccetera, ma certi aspetti del comportamento, che mi hanno fatta innamorare di lui, per esempio il fatto che parla con le cose, gli oggetti, e quelli gli ubbidiscono sempre e non fanno i dispettosi. Lui saluta gentile la voce registrata ai caselli dell'autostrada, e mai che il bancomat gli sia rimasto inceppato o che lo scontrino non sia uscito dalla fessura. Io sto zitta e già due volte la sbarra non si è alzata anche se avevo pagato, dietro si è scatenata prima una baraonda di clacson e subito dopo una serie di grandi manovre per togliersi dalla fila mentre aspettavo che il casellante si degnasse di comparire. C'è anche il fatto delle unghie, che una mia amica trova schifoso e io invece quasi commovente. Come Camilla, quando gliel'ho raccontato. Sì, perché Guido quando si taglia le unghie non le butta nel water o nel lavandino, ma le conserva e poi le sparge come concime nel vaso del suo cactus prediletto, un Cereus Pringle, insomma lo nutre con particelle del suo corpo, cioè più scarti che particelle, ma comunque il cactus è contento e viene su dritto che è una meraviglia. Magari mi metto anch'io a parlare con le cose, è irrazionale ma non importa, invece le unghie le butto perché non ho un cactus e neppure ne sento la mancanza. La mancanza di Guido invece sì, ma me la faccio passare subito e se fa un po' male (un po' tanto), pazienza.

Torino

L'ispettore Vitello si era creato negli anni una discreta corte di informatori. *Do ut des*, era il motto, anche per chi non ne sapeva di latino. Io chiudo gli occhi su certi tuoi traffici, sempre che non ti allarghi troppo, e tu in cambio mi passi quello che sai quando mi occorre. Se però fai troppo il furbo, non ti sbottoni o mi rifili delle bufale, so io come incastrarti, per esempio facendo girare la voce che sei un soffia, minaccia più temuta della cella. E appunto da un soffia venne a sapere dove cercare Ivano Ruffini, l'ex marito dell'amante del morto. Ex amante, a voler essere precisi: di un morto, tutti diventano ex. Il balordo aveva lasciato la sua abitazione e si era intampato a casa di un altro balordo che doveva avergli offerto ospitalità non certo per amicizia o buon cuore, ma per qualche altro motivo da chiarire in seguito. L'ispettore e un paio di colleghi, ottenuto il via libera dal piemme, lo prelevarono senza troppi complimenti e lo portarono in questura, noncuranti delle sue proteste e della sua riluttanza. Anzi, proprio le modalità della riluttanza indussero Vitello a convincersi che il Ruffini aveva qualcosa di serio da nascondere e che la lunga attesa in corridoio lo avrebbe innervosito parecchio.

Intanto, a innervosirsi e ad agitarsi sulla sedia davanti al piemme e al commissario, c'era il figlio del peccato, quel Carlo Molinari rifiutato da patrigno e fratellastri e tenuto non ai margini, ma proprio fuori dai confini della famiglia.

Dopo uno stentato diploma da ragioniere (aveva ripetuto tre volte), dopo lavori precari alternati a periodi di disoccupazione, aveva finalmente trovato un posto fisso come scaffalista in un supermercato e, abbandonata la convivenza forzata con i nonni materni, si era trasferito in un monolocale con angolo cottura e servizi interni in fondo a corso Vercelli, periferia estrema ma in compenso vicina al posto di lavoro. Un bel ragazzo, Carlo Molinari, ma con lo sguardo sfuggente e l'aria risentita. Non che avesse tutti i torti di essere risentito nei confronti della vita, pensava Berardi osservandolo e prendendo mentalmente nota delle reticenze, delle imprecisioni, delle mezze bugie, o forse bugie integrali delle sue risposte.

«Signor Molinari, quand'è stata l'ultima volta che ha incontrato o ha telefonato al defunto Quarello Gabriele?»

«Incontrato, quasi vent'anni fa; telefonato mai.»

«Incontrato in che occasione?»

«Mia madre aveva voluto che partecipassi alla festa di compleanno di uno dei miei fratellastri. Lui non aveva gradito.»

«"Lui" inteso come il suo patrigno?»

«Sì.»

«Si ricorda come aveva reagito?»

«Aveva detto di preferire che la cosa non si ripetesse.»

«Quindi lei non partecipava alla vita di famiglia di sua madre.»

«Esatto.»

«E non era stata una sua scelta.»

«All'inizio no, adesso sì.»

«Ci può dire dov'era l'altro ieri mattina dalle sette alle nove?»

«A correre. Cioè, non ho corso per due ore, sono andato in macchina al parco della Colletta, poi sono tornato a casa per fare la doccia e dopo a lavorare.»

«Quanto guadagna al mese, signor Molinari?»

«Netti, millecento.»

«Ma ha comprato un anno fa un'auto da ventimila euro.»

«Avevo risparmiato.»

«Ci faccia capire. Lei ha uno stipendio fisso da diciotto mesi, prima tirava a campare, come ha fatto a risparmiare tanto?»

«Prima lavoravo in nero.»

«Chi l'ha mantenuto agli studi?»

«I nonni.»

«Non sua madre? Aveva sposato un uomo ricco.»

«Forse passava qualcosa a loro. A me faceva solo dei regali.»

«Adesso non più?»

«A Natale, al compleanno.»

«La vede o sente spesso?»

«No.»

«Con che frequenza vi vedete, più o meno?»

«Più o meno... tre o quattro volte l'anno...»

«E dove?»

«Adesso al bar del supermercato o a casa mia.»

«I suoi fratellastri, le capita mai di incontrarli?»

«No. Frequentiamo ambienti diversi.»

«Può andare, signor Molinari, ma può darsi che dobbiamo risentirla.»

Torino-Chivasso

In attesa di ottenere dalla piemme il permesso di fare irruzione e perquisire il domicilio della pro-prozia Clementina, i carabinieri si erano fiondati su Alex Ferrarotti, il fidanzato di Deborah. Di professione tatuatore, ma nella bottega (Fashion Look Academy Tattoo Piercing) in cui lavorava era da più di un mese che non lo vedevano. Del resto non era un dipendente fisso, di fisso c'era soltanto il proprietario, un fricchettone superstite di antiche primavere in India e Nepal, insieme al figlio Ganesh in qualità di comparsa più che di aiutante. E l'Academy consisteva in un paio di stanzette in zona San Salvario, puzzolenti di incenso a buon mercato e decorate di foto a colori di decine e decine di modelli tra cui scegliere il proprio ornamento permanente. Il fricchettone, nella pausa tra un cliente e l'altro, si dimostrò loquace.

Sì, Alex ha imparato il mestiere a Reggio Emilia e ci sa abbastanza fare. Vede maresciallo, anche adesso che c'è crisi i giovani al tattoo non ci rinunciano, del resto la guarda anche lei la tele no?, e lì i ragazzi sono tutti palestrati e tatuati, e le ragazze tutte scolpite, più col silicone che con la ginnastica, ma anche loro decorate poco meno dei maschi. Insomma il tatuaggio tira nonostante ci sia la concorrenza, e a essere bravi il lavoro non manca. Infatti Alex vuole mettersi da solo ed è per questo che qui non viene più. No, non mi risulta che abbia già aperto un negozio tutto suo, ci vogliono un sacco di permessi, dal comune dall'ASL dalla camera di commercio eccetera e i permessi te li fanno aspettare sino allo sfinimento e magari uno che ha già affittato il locale rimane sulle spese per niente. Cosa vuole, maresciallo, siamo in Italia e qui se non conosci qualcuno o se non allunghi qualche mazzetta stai sempre col culo per terra. In India no?, aveva interloquito blandamente Giordano, e be' sì, anche in India, in fondo tutto il mondo è paese, e adesso ancora di più con la globalizzazione.

A casa sua Alex non c'era, ma i carabinieri se lo bevvero sotto casa di Deborah e lo portarono a Chivasso al comando, nonostante i suoi contorcimenti e proteste.

Chivasso

Alex Ferrarotti non riusciva a stare fermo. Con sbirri e caramba aveva una certa consuetudine, ma si era sempre trattato di cose di poco conto, tipo schiamazzi ingiurie e danneggiamenti, non spaccio o peggio.

Tutta roba che aveva patteggiato con lavori socialmente utili, un mese a riverniciare (un'ora al giorno) la cancellata di una biblioteca, e il direttore lo aveva pregato di fare solo finta, tanto il lavoro veniva di schifo, con lo smalto verde a imbrattare il marciapiede e il muretto sottostanti; un altro mese ad aiutare le suore di una casa di riposo a sgomberare dei locali per riutilizzarli in altro modo, e lì aveva passato il tempo a scucire sigarette ai vecchietti, perché si era subito fatto uno strappo muscolare spostando una cassa. Insomma, sono quasi pulito, si confortava da solo aspettando in corridoio, come fanno a incastrarmi riguardo al vecchio, in mano non hanno un cazzo di niente. Ma di sicuro si incisteranno sull'alibi per la sera del delitto, e io un alibi non ce l'ho. Se gli dico che sono rimasto in casa da solo col cellulare staccato perché avevo mal di testa, sai che risate si fanno. E tentare con "sono andato un po' in giro, qua e là per locali", è anche peggio. Quali locali? Chi hai incontrato? Da che ora a che ora... C'è anche il casino dell'ora. Dalle sette alle nove e mezzo dieci di sera uno di solito che fa? Aperitivo e cena, ma da Deborah per l'aperitivo mi ero sfilato, e la cena l'ho saltata. Va bene, ridano finché vogliono, chi se ne sbatte: sono rimasto a casa perché avevo mal di testa, mi sono preso due Moment, quando sono stato meglio sono passato a prendere Deborah e siamo andati da Martin. Il cellulare staccato è come una conferma: mi ero messo a letto, speravo di dormire un po' e non volevo essere disturbato.

Però Alex Ferrarotti, seduto su una panca scomoda al primo piano del comando dei carabinieri di Chivasso, non riusciva a stare fermo. E il maresciallo Giordano, entrando e uscendo dall'ufficio del capitano, continuava a notarlo.

Chivasso-Torino

Il venerdì mattino, uscendo di casa Francesca trovò un post-it incollato alla porta: "Vieni a cena da me lunedì? Niente cinese: cucino io. Sarebbe comodo per le comunicazioni scambiarsi i numeri di cellulare, non credi? Fammi sapere. Ciao, Sergio". Sotto alla firma, a caratteri più grandi e in pennarello rosso, c'era il suo numero. Francesca lo segnò in rubrica, poi rispose con un sms, caso mai lui stesse dormendo, accettando e aggiungendo che avrebbe portato lei il vino. Di sicuro lui il lunedì era di riposo.

La giornata in ospedale filò senza intoppi, ma con il sottofondo di ripensamenti sulla sua vita amorosa in stato fallimentare. Sì, va bene, aveva rimediato un invito a cena da Cena (un gioco di parole che avrebbe fatto gongolare Guido), e da cosa nasce cosa, ma non sapeva se aveva davvero voglia di farla nascere, sta cosa, con il suo coinquilino. Magari un intermezzo, perché no, un *entremets* tra una portata e l'altra, in attesa del piatto forte. Anche se non si può mai dire: certe volte gli appetizer offerti dal ristorante sono la cosa migliore del pasto. E c'era anche in sospeso l'invito del capitano Sartori, che però era ancora impegolato nelle indagini e non si era più fatto vivo. Mah, vediamo come butta, pensò tornando a casa, a Torino.

Alle sette e mezzo, suonò alla porta di Camilla, che abitava al piano di sopra. La trovò in tuta e ciabatte.

«Ciao Cami. Mi offri un aperitivo e una spalla su cui piangere?»

«L'aperitivo volentieri, spalla e lacrime sono indispensabili?»

«Non hai tempo?»

«Tutto quello che vuoi. Sono sola.»

«E non aspetti nessuno, a giudicare dall'abbigliamento.»

«Già. Lo trovi riprovevole?»

«Cosa? L'essere sola o l'essere in tuta?»

«Entrambi.»

«Figurarsi! Che ne hai fatto dei tuoi?»

«Tutti e due a Roma. Tu, piuttosto. Con Guido come va?»

«Non va più.»

«Ah ecco.»

«Ecco cosa?»

«Il motivo delle lacrime. Avete litigato?»

«È come se. L'ho mandato a farsi fottere.»

«E lui ovviamente non ha gradito. Crisi passeggera?»

«No, basta. Ho chiuso. Fare la ruota di scorta non mi piace.»

«Vuoi parlarne o passiamo ad altro?»

«C'è altro? Qualcos'altro di interessante?»

«C'è, c'è. Sei capace di aprire una bottiglia di bollicine?»

«Certo. Tu no?»

«No, mai riuscita. È una funzione da uomini.»

«Che qui però latitano. Com'è che diserti il Punt e Mes?»

«Voglio una sbronza lenta consapevole e meditativa.»

«Ahi ahi... mi sa che di una spalla consolatrice ne hai bisogno anche tu. Che ingredienti ci vogliono per una sbronza di quel tipo?»

«Un vino frizzante DOCG e degli stuzzichini adeguati. Dài, passiamo in cucina, che li tiro fuori.»

Dopo un brindisi e qualche tartina al salmone, fu Camilla a esordire con la cronaca dell'omicidio cui aveva assistito in diretta, poi toccò a Francesca raccontare di Alina e del Torasso. E anche delle vicende passate e presenti di Alina.

«Bella settimana!» commentò la prima. «Ma a quanto pare col capitano non sei più ai ferri corti.»

«Mi ha anche invitata a cena, ma chissà quando. Però ho un altro invito a breve scadenza col mio vicino del piano di sotto.»

«Che tipo è?»

«Gentile, carino, abbastanza simpatico. Fa il buttafuori.»

«Mai conosciuto un buttafuori.»

«Possiamo rimediare subito. Che ne dici se stasera andiamo ai Muri?»

«Non ho più l'età. E ho anche paura che mi scippino.»

«Parli come mia madre.»

«A proposito, come sta?»

«Come al solito, e mi rompe non sai quanto. L'altro ieri le ho attaccato il telefono di brutto.»

«Così ti sei portata avanti coi rimorsi futuri.»

«Sarebbe?»

«Sarebbe che dopo, quando non puoi più rimediare, ti penti di tutti gli scatti, le impazienze, le impuntature che hai avuto nei suoi confronti. Ti penti addirittura di quello che hai pensato anche solo di striscio. A me è capitato e capita ancora. Il fatto è che non esiste rapporto più complicato conflittuale e viscerale di quello tra madre e figlia. Mica è un caso che abbia ispirato tonnellate di letteratura.»

«È una predica da profia?»

«No, una constatazione. Perfettamente inutile. L'esperienza si fa sempre a proprie spese. E perlopiù quando è troppo tardi.»

«Allora, per i Muri?»

«Ne usciamo vive?»

«La sbronza ti induce al melodramma? Non ci succede niente: hai dimenticato che sono in grado di difendermi e difenderti?»

«Mmmh...»

«Allora per maggiore sicurezza all'arrivo ci facciamo scortare dal mio bodyguard. Gli telefono subito.»

Chivasso

Il pomeriggio del venerdì aveva sfondato tre porte chiuse. Quelle reali della casa della pro-prozia Clementina e quella metaforica che bloccava le indagini a causa della mancanza di carte e altri riscontri.

Portoncino ostico, quello del domicilio della Careggio. Blindato e rinforzato nella chiambrana. Accompagnato da un'altra porta sorella, apparentemente innocua ma in realtà agguerritissima a protezione di una stanza al primo piano. Il fabbro esperto in effrazioni chiamato dai carabinieri grondava sudore malgrado la temperatura semipolare di esterno e interno.

Ma poi... Carmen Cavallari entrò a passo di danza nella camera protetta e più tardi batté le mani, entusiasta come una bambina dell'asilo in un deposito di lecca-lecca, stupefatta come Alì Babà nella grotta dei quaranta ladroni: lì c'era un vero tesoro, non in sacchi di monete d'oro, ma in documenti utili all'indagine. E l'equivalente in carta moneta dei sacchi d'oro stava rinchiuso, insieme al resto, in una piccola cassaforte dall'aria minacciosa, che richiese la vecchia fiamma ossidrica per essere sventrata.

Dopo le foto la ricerca di impronte e il prelievo di documenti e denaro contante, i carabinieri tornarono al comando, la Cavallari con l'aria soddisfatta del gatto che ha stanato un topo la cui esistenza era considerata possibile ma non certa.

Intanto Alex Ferrarotti continuava ad agitarsi e rosicchiarsi i moncherini delle unghie sulla panca del primo piano.

Quando si decisero a interrogarlo – ed era ormai sera –, intorno alle unghie aveva la carne viva.

«Conosci Torasso Domenico?» gli chiesero subito senza preamboli.

«Sapevo che era lo zio di Deborah.»

«Ma di persona?»

«Di persona no.»

«Mai visto?»

«No.»

«Dov'eri la sera di lunedì tra le sette e le dieci?»

«A casa. Avevo un mal di testa da cani. Ho telefonato a Deborah per dirle che non sarei andato al Bacaro e mi sono preso due Moment.»

«E poi?»

«Poi quando il mal di testa mi è passato, ci siamo incontrati sotto casa sua e dopo siamo andati da Martin.»

«Hai ricevuto telefonate, hai parlato con qualcuno nel frattempo?»

«No. Avevo staccato il cellulare.»

«Perché avevi mal di testa?»

«Sì.»

«Lo sai che come alibi il tuo non vale un cazzo?»

«Non so cosa farci. Ma alibi per cosa poi?»

«Per l'omicidio del Torasso. Non fare domande inutili.»

«Non lo conoscevo neppure. Perché avrei dovuto ammazzarlo?»

«Per i soldi. Non hai intenzione di aprire una bottega di tatuaggi?»

«Sì, ma che c'entra?»

«I soldi dove pensi di prenderli? Per l'affitto, le pratiche, l'attrezzatura?»

«Ho qualcosa da parte, gli altri me li faccio prestare.»

«Da chi?»

«Amici, Deborah. Non me ne servono tanti, l'attrezzatura ce l'ho già.»

«È da un mese che non ti fai vedere alla Fashion Academy o come cavolo si chiama. Come campi, Ferrarotti?»

«Io... ehm... lavoro in casa.»

«E riesci a mantenerti?»
«Sì. Non ho la macchina, l'affitto è basso...»
«E gli apericena te li paga Deborah coi soldi che le passa, cioè le passava, lo zio in cambio di servizietti sessuali.»
Alex si contorse sulla sedia: «Io non so di cosa...».
«Per favore, Ferrarotti, evita di prenderci per fessi. Non negare l'evidenza. Piuttosto passiamo ad altro...»
Ma invece di passare ad altro il capitano si interruppe e disse: «Avanti». La Cavallari, che aveva bussato alla porta, entrò, passò dietro alla scrivania, vi posò un quaderno aperto e con l'indice della destra sottolineò una riga.
«Trovato là?» le chiese Sartori.
«Sì. È il mio bottino. Come vede, avevo ragione di insistere.»
«Brava. Si studi tutto.»
«C'è da passarci il weekend, mi sa.»
«E mi tenga informato man mano che procede.»
«Non dubiti, capitano.»

Torino

Ivano Ruffini era un balordo di lungo corso. Con le astuzie e il sangue freddo di chi si è scontrato più volte con le forze dell'ordine e ha avuto la vita scandita dai soggiorni più o meno lunghi al gabbio. E come tutti i balordi ogni tanto era incappato in qualche errore o aveva fatto il passo più lungo della gamba, senza aver valutato le possibili conseguenze di un'impresa. Ma in quel caso lì, cosa c'era da valutare a priori? Lui la prudenza ce l'aveva messa tutta, e anche se Diana sospettava o sapeva avrebbe tenuto la bocca chiusa, perché non le conveniva essere sputtanata sui giornali e avere tutte le grane del caso. Però la pula si era data un po' troppo da fare per cercarlo, e aver tagliato la corda da casa non si era rivelata un'idea furba, anzi proprio il contrario, perché adesso, oltre a tutto il resto, doveva anche spiegare il motivo. Meno male che la precauzione di non fare tutto da solo l'aveva presa, ma quando ci metti in mezzo qualcun altro non sai mai se ci scappa una disattenzione o un errore. Il punto è che uno sa e ricorda quello che ha fatto o non ha fatto, e non sta a raccontarsi balle quando è nella merda, ma di quello che ti racconta il socio non puoi fidarti fino in fondo. Porcavacca, con tutto quello che aveva penato per mettere su la cosa...

Mentre lui si rodeva in attesa dell'interrogatorio, il commissario e l'ispettore avevano ripassato la sua fedina scambiandosi opinioni e ipotesi.

«Uno così può aver fatto il salto di qualità ed essere passato all'omicidio?» aveva chiesto Berardi.

«Mah... l'omicidio non mi sembra roba da lui, però non si può mai dire.»

«Quello che non mi convince è il modo.»

«Non convince neppure me. Però c'è il fatto della sua moto, che ha un lampo rosso sul parafango. E l'imbarazzo, l'incertezza dell'ex moglie, quando le abbiamo chiesto le reazioni di lui al suo legame col Quarello.»

«Se avesse usato la sua moto per ammazzare l'ingegnere, sarebbe un idiota patentato.»

«Vero, però non risulta nessuna denuncia per il furto di una moto di quel tipo. E di tempo ormai ne è passato.»

«Ma il movente? Non la gelosia, dopo quattro anni che l'ex moglie era l'amante del Quarello.»

«Poteva averlo saputo da poco.»

«Da un po' però sì. Mi sono riletto il verbale della testimonianza della Nevissano, non precisa la data ma lascia intendere che lui lo sapeva da un bel pezzo.»

«Possiamo convocarla di nuovo.»

«Sì, ma la gelosia continua a non convincermi. Ci deve essere altro, sotto. A proposito, il Quarello ha mai avuto grane sui cantieri?»

«Una, quasi tre anni fa, ma si è risolta in niente.»

«Cioè?»

«Il cantiere era a posto, tutte le norme rispettate.»

«Cos'era capitato?»

«Era morto un muratore, caduto giù da un'impalcatura. Ma aveva bevuto troppo.»

Torino

Svuotata per tre quarti la bottiglia di bollicine (pinot nero millesimato Deltetto) e raggiunto uno stato di piacevole euforia alcolica, Camilla e Francesca passarono alla cena vera e propria, attingendo alle leccornie gastronomiche che la prima si era procurata in vista del weekend solitario. Poi si concessero un lunghissimo zapping televisivo inframmezzato da brandelli di confidenze intime sulla propria vita e commenti asprigni sugli uomini, una serata al cento per cento femminile che riportò Camilla agli anni dell'università e a qualche pungente autostilettata sulla sua personale regressione.

A mezzanotte erano ai Murazzi, sotto la protezione di Sergio Cena che le aveva scortate sino all'Alcatraz; a mezzanotte e un quarto, mentre Francesca si era subito buttata nella mischia, Camilla si chiedeva cosa cavolo ci faccio qui in mezzo a sto rumore che introna, vestita sbagliata e senza voglia di ballare. Spintonò per infrattarsi in un posto riparato dove indulgere al vittimismo, e quando questo stava ormai per trasformarsi in esasperazione, sentì una mano posarsi sulla sua spalla, la sinistra per la precisione. Si voltò infastidita.

«Che ci fai qui, professoressa, con l'aria scazzata?» l'apostrofò Gaetano.

«E tu?» chiese lei di rimando, pensando che il caso gioca

dei tiri davvero strani: quasi tre anni senza vedersi e adesso incontri ravvicinati nelle circostanze meno prevedibili.

«Mi diverto, ovvio.»

«Buon per te. Avrei detto che stavi a logorarti sulle sudate carte e invece...»

«Invece le sudate carte mi hanno portato qui.»

«Come a dire che sei in missione?»

«Esatto. Ma non contare su anticipazioni e confidenze.»

«Peccato. Sarebbe stata una serata un po' più divertente.»

«Se pensavi che non ti saresti divertita, perché sei venuta?»

«Per mancanza di immaginazione. Per compiacenza verso un'amica. Anche un po' per curiosità.»

«Curiosità per cosa?»

«Per chi, non per cosa. Per un amico della mia amica, più conoscente che amico, per la verità.»

«E perché ti incuriosisce?»

«Perché credo che lei abbia intenzione di starci.»

«Da quando in qua ti sei calata nel ruolo della vecchia zia?»

«E piantala! Di essere acido con me, voglio dire.»

«Scusa, non volevo.»

«Lo so. Ma continuiamo a essere imbarazzati tutti e due, e così scivoliamo nelle parole e nei toni sbagliati. Scusami anche tu.»

«D'accordo. Che tipo è quest'amico dell'amica?»

«Fa il buttafuori in un locale qui vicino. Fisicamente tutt'altro che male, neanche troppo tatuato, almeno a vederlo vestito. Educato, gentile. I buttafuori li pensavo peggio. Immaginazione stantia, fossilizzata.»

Tacquero entrambi, a corto di argomenti, un po' paralizzati da quanto detto prima. Poi:

«Vuoi ballare?» chiese lui rompendo il silenzio.

Sono anni che non ballo, pensò lei. Ci siamo rintanati in una mezz'età precoce, Renzo e io. Chissà mai perché.

«Sì, volentieri.»

Si fecero largo, urtarono spalle gomiti e fianchi e furono urtati. Camilla si sgelò, scoprendo che il corpo usciva dal torpore, reagiva al ritmo senza bisogno di essere comandato, sprigionava energie sotterranee e gridava le sue esigenze. Un brusco desiderio sessuale, la testa piena di musica, con un solo pensiero conscio: andare avanti così, restare così. Insieme.

«Svelta, coprimi!» le intimò lui a un certo punto.

Come faccio a coprirti se sono più bassa di quindici centimetri, disse Camilla tra sé, improvvisamente rinsavita, ma comunque chiese:

«Come?»

«Così» rispose Gaetano, prendendola alla vita, facendola voltare e pilotandola verso un angolo lontano dal bancone.

«Chi hai visto?»

«Uno che ero venuto a controllare.»

«Che ti conosce?»

«No, ma quello che ha appena incontrato sì.»

«Se vuoi che continui a fare la donna dello schermo, dimmi almeno chi sono.»

«Chi non mi deve vedere è Carlo Molinari, quello che tu hai chiamato il figlio reietto. Ha dichiarato di non avere nessun rapporto con la famiglia e invece eccolo qui che chiacchiera animatamente col fratellastro Lorenzo, il figlio minore del morto. Lorenzo l'hanno interrogato Vitello e i miei, lui non mi ha visto ma io sì.»

«Situazione sospetta?»

«Altroché.»

«Te li fotografo?»

«Col cellulare?»

«Certo. Ha miliardi di pixel. Un regalo inutile che adesso magari diventa utile. Posso anche filmarteli, se vuoi.»

«Senza darlo a vedere.»

«Elementare Watson. No, non va bene, Watson sono io.»

Si buttò ad ariete in mezzo alla pista, trascinò via una Francesca stranita, le diede qualche informazione, disse: «Piazzati là che fingo di fotografarti, tu recita e le domande riservale a dopo». Le scattò, cioè fece finta di scattarle, quattro foto, filmò per una ventina di secondi mentre lei si atteggiava a diva paparazzata e intanto i due veri obiettivi proseguivano la loro fitta conversazione, lanciando solo un paio di sguardi vagamente infastiditi alla sceneggiata.

«Missione compiuta» disse a Gaetano dopo averlo raggiunto e fatte le dovute presentazioni. Francesca indugiò un po' con loro, poi si scusò e tornò a ballare. Per discrezione, per complicità?, pensò di sfuggita Camilla.

«Cos'hai detto alla tua amica?» domandò lui.

«Poco, ma chiederà di sicuro ragguagli.»

«Non dargliene troppi, per favore.»

«Come vuoi. Ma anche lei questa settimana ha bazzicato alquanto le forze dell'ordine.»

«Perché?»

«Perché ha assistito a un investimento da parte di un pirata della strada e inoltre ha dovuto testimoniare su un morto ammazzato in casa a sprangate.»

«A Chivasso?»

«Sì. Com'è che l'hai indovinato?»

«Sugli omicidi, soprattutto quelli in zona, ci teniamo informati.»

«Già, ovvio. Dove te le invio le immagini?»

«Fammele vedere prima.»

«Eccole. Che te ne pare?»

«Ottime, hai un telefono da top manager e un mestiere di riserva. Mandamele sul computer in ufficio, adesso ti scrivo subito un sms con la mail. Cosa fa la tua amica a Chivasso?»

«Il medico in ospedale.»

«Carina.»

«Anche intelligente e simpatica. Al momento libera, o semilibera.»

«Me la vuoi appioppare?»

«Mai fatto la sensale. E poi non so se sei libero o semilibero.»

«Richiesta surrettizia di informazioni. Te ne sei resa conto?»

«Certo, non sono mica rimbambita.»

«Semilibero o forse da oggi libero del tutto.»

«Come mai?»

«Lei si sente trascurata causa lavoro.»

«Stasera potevi portarla qui.»

«Abbiamo litigato. Comunque sarebbe uno stillicidio continuo di recriminazioni e io non me la sento.»

«Forse non tieni abbastanza a lei.»

«E lei a me, non ti pare?»

«Non so, non la conosco, non posso azzardare giudizi.»

«I due compari se ne stanno andando.»

«Li devi seguire?»

«No, sono stanco, li terremo d'occhio da domani, vado a dormire. Tu ti fermi o hai bisogno di un passaggio?»

Una breve esitazione, poi lei disse: «Grazie, mi fermo».

Lo lasciò andare e dieci minuti dopo, avvertita Francesca, chiamò un taxi, superò indenne la rampa fino al Lungo Po e tornò a casa.

Chivasso

«Troppa grazia!» borbottava tra sé la Cavallari alle prese con il bendidio che aveva trovato in casa della pro-prozia Clementina. Tra le carte, principe delle medesime, un quaderno fitto di nomi date cifre e annotazioni criptiche da cui però risultava in modo inequivocabile che il defunto Torasso era un usuraio. Un porco di usuraio, che praticava interessi spropositati e micidiali, da vero assassino. Solo che a finire assassinato era stato lui. Ben gli sta, aveva pensato poco professionalmente la vicebrigadiere, così impara, aveva anche aggiunto a sproposito. Tra le annotazioni, una sembrava riguardare Alex Ferrarotti, che poco meno di un mese prima aveva chiesto un prestito. Che gli era stato negato.

Annotazione, false dichiarazioni nella testimonianza, mancanza di un alibi decente: Alex fu trattenuto in stato di fermo.

Oltre al quaderno, fonte di altri possibili indiziati, c'erano le chiavi di una cassetta di sicurezza intestata a Clementina Careggio e Domenico Torasso presso una banca di Vercelli, una serie di cartelline con appunti e documenti sulla solvibilità dei debitori, e un'agendina con nomi e numeri di telefono non tutti riconducibili ai clienti. Collaboratori a vario titolo, forse: investigatori privati o scagnozzi incaricati di insegnare la puntualità ai debitori distratti. Oltre a dieci mazzette di biglietti da cinquanta euro, per un totale di centomila.

«Troppa grazia, troppe carte!» ripeté la Cavallari rivolta al brigadiere Palmieri.

«Così impari a lamentarti che mancano» la sfotté sorridendo lui.

«Qualcosa che manca c'è ancora.»

«Cosa?»

«Chiavi. Non riesco a credere che il Torasso non avesse le chiavi di portoncino porta blindata e cassaforte. La Careggio ha i suoi anni: metti che le fosse preso un malore...»

«Già. Ad altri non le aveva di sicuro affidate: troppo rischioso, inoltre doveva averle a portata di mano in caso di bisogno.»

«Appunto. Ma in casa sua non le avete trovate.»

«Né in casa, né in cantina, né in macchina.»

«Però ci devono essere. Avete guardato nei vasi sul balcone?»

«Non ce n'era neanche uno. Era un trucido che non amava le piante.»

«Nei cassonetti delle persiane?»

«Solo polvere. Ma poi, scusa, che t'importa delle chiavi? Quello che volevi l'hai trovato, no?»

«M'importa perché i lavori vanno sbrigati fino in fondo, non alla carlona come fate voi maschi. E adesso comincia a darti da fare coi nomi dell'agendina.»

«Ehi ehi... ricordati che sto sopra di te!»

«Posizione del missionario? Ma dài che non ci piace...»

«Zitta, vicebrigadiere!» ordinò lui. E intanto le strusciò, come casualmente, una mano sul seno.

Torino

Nei casi di omicidio, riposi e festività non contano, e non si sta a osservare l'orario. E peccato che per le ore straordinarie non ci siano mai i fondi, né in tempi di vacche grasse, né – tantomeno – in quelli di vacche magre. In questura la squadra omicidi lavorava a pieno organico sul caso Quarello, che continuava a occupare le pagine di nera della cronaca non solo per la classe sociale della vittima, ma anche e soprattutto per la modalità, inedita a Torino, della sua uccisione.

Bisognava approfondire le indagini su Ivano Ruffini, il cui alibi era piuttosto discutibile: quel martedì mattina si era alzato, a suo dire, verso le otto e un quarto e subito dopo era sceso al bar sotto casa a fare colazione, chiedessero pure al barista. Avevano chiesto e questi prima aveva detto forse, ma che non poteva giurarlo, perché il Ruffini come cliente non è che venga regolare, aveva aggiunto, ma un giorno sì e due o tre no, e inoltre a quell'ora di mattina la macchina del caffè va a tutto vapore, i clienti hanno sempre fretta, e c'è solo il tempo di dare un'occhiata allo scontrino e fare l'espresso il cappuccino il mocaccino o quel che è. Forse la cassiera... Ma la cassiera, a sentire il nome di Ivano, aveva stretto gli occhi a fessura: non ricordava, come facevano a pretendere che tenesse a mente chi era venuto e chi no in un giorno invece che in un altro? Perché volevano saperlo? Per un controllo? Ah, ecco. A quel punto era chiaro che l'Ivano non godeva delle sue simpatie, o per peggio dire che le stava sul culo e che lei non si sarebbe sforzata neppure un minimo a scavare nei meandri della memoria. In quanto al perché si fosse rintanato a vivere in casa di un altro balordo, l'Ivano aveva dato una spiegazione altamente improbabile: siccome al boxer del suo amico era stata diagnosticata l'epilessia, bisognava controllarlo a vista per dosare nel modo corretto il Gardenale, però lui, l'amico, stava sostituendo temporaneamente un altro amico come guardiano di un parcheggio, e quindi lui, l'Ivano, si era offerto come infermiere canino. Il cosiddetto guardiano del parcheggio era un posteggiatore abusivo pizzicato e multato ripetutamente, e il boxer poteva essere epilettico oppure no, ma non valeva la pena di accertarsene. Però sul cellulare del morto non c'erano chiamate né in entrata né in uscita verso il Ruffini, e ovviamente nessun contatto risultava esserci anche su quello del Ruffini stesso.

Bisognava seguire anche altre piste, perciò il commissario e i suoi tornarono a occuparsi della famiglia dell'assassinato con maggior attenzione. La prima a essere riconvocata fu Germana Molinari vedova Quarello.

«Signora Molinari, ci parli dell'altro suo figlio» esordì Berardi abbastanza bruscamente.

Una visibile contrazione dei muscoli facciali tradì il disagio della vedova e il commissario si convinse ulteriormente che quello era un argomento delicato. Tanto delicato che nella precedente testimonianza lei l'aveva omesso.

«Carlo non vive con noi.»

«Questo lo sappiamo. Suo marito non voleva che frequentasse la famiglia. Ci dica perché.»

«Perché... perché non era suo figlio.»

«Un comportamento piuttosto spietato.»

«Sì... lui era geloso di me e non voleva avere a che fare con... con il mio passato. Però lo ha mantenuto.»

«Fino a quando?»

«Fin dopo il diploma da ragioniere.»

«Ma suo figlio ha cominciato a lavorare parecchio più tardi.»

«Stava coi miei genitori. Ci pensavano loro.»

«Lei no?»

«Sì, anch'io.»
«Come?»
«Gli passavo dei soldi.»
«Di nascosto?»
«Sì.»
«Suo marito lo sospettava?»
«Forse, ma non ne ha mai parlato.»
«Con lei era generoso in fatto di soldi?»
«Abbastanza.»
«E una parte di quei soldi lei li passava a suo figlio.»
«Sì. Prima li passavo ai miei e più tardi a lui direttamente.»
«Non ha mai pensato di opporsi a suo marito, di pretendere che accogliesse Carlo in famiglia?»
«No, sarebbe stato inutile.»
«Gli altri suoi figli in che rapporti sono con Carlo?»
«Non si frequentano.»
«Si sbaglia. Carlo e Lorenzo si vedono e hanno rapporti diciamo amichevoli.»

Germana Molinari si tradì un'altra volta. Con un lieve pallore, visibile nonostante il fondotinta. E Berardi, contrariamente al solito, si spazientì: troppo poche ore di sonno, un fastidioso disagio nella vita privata, una sensazione di scontentezza generale che credeva di aver superato e invece si era ripresentata.

«Perché ci mente, signora? Che cos'è che non dobbiamo sapere ma che scopriremo comunque?»

Alla vedova sfuggirono due lacrime e Berardi, sempre contrariamente al solito, si infuriò: volete la parità, gli venne da pensare, e poi ricorrete alle lacrime quando non sapete come sfangarla, pianti, ciglia sbattute, singhiozzi più o meno repressi e noi ci dovremmo cascare ogni volta. Ce la menate con la vostra sensibilità disponibilità compiacenza e poi fate quello che vi pare, infischiandovene delle nostre reazioni. E soprattutto siete ostinate a non dire quello che invece andrebbe detto.

«Continui lei, ispettore» disse e se ne andò, abbastanza consapevole che il suo umor nero aveva poco a che vedere con la reticenza della vedova.

Torino

Sabato mattina. Niente sveglia, un pigro crogiolarsi nel letto, il piacere di indugiare ancora un po' sotto le coperte, con la speranza che il rumore così attutito del traffico significhi neve. Poi lo squillo del telefono, la mano che si allunga tentoni nel buio a cercare la cornetta.

«Hai la voce da sonno» dice Renzo.

«Infatti sono ancora a letto.»

«Lo sai che ore sono?»

«No.»

«Le dieci meno un quarto.»

«Davvero? O mioddio, Potti avrà di sicuro fatto la pipì in casa.»

«Probabile. Dov'eri ieri sera?»

«Ai Murazzi.»

«Tu? Che ci facevi?»

«Ho accompagnato Francesca.»

«Come mai?»

«Era giù di umore e un po' anch'io.»

«Perché giù di umore?»

«Si è lasciata col fidanzato.»

«E tu?»

«Io sono senza marito.»

«Temporaneamente, non fare la vittima. Com'è sta storia dell'omicidio che hai visto dal vivo?»

«Dal morto, caso mai. Ma non te l'ha già raccontata con tutti i dettagli Livietta?»

«Sì infatti. L'hai rivisto?»

«Chi?»

«Gaetano.»

«Ho testimoniato in questura e c'era anche lui.»

«E poi?»

«Poi niente. Non sono stata di nessuna utilità. Cosa fate di bello oggi?»

«Una gita a Villa Adriana. C'è un solicello gradevole. E da te?»

«Non lo so, non ho ancora aperto gli scuri.»

«Esci più tardi?»

«Solo per Potti e il giornale. Una giornata di puro relax.»

«Allora buon relax. Ci sentiamo dopo. Livietta ti saluta.»

«Dalle un bacio da parte mia. No, non vuol più essere baciata, da me almeno. Ricambia il saluto e buona gita.»

Ho mentito?, si chiede lei subito dopo. Sì, un po', però più un'omissione che una bugia. Inutile entrare nei dettagli, del resto. Strana telefonata la sua, una specie di interrogatorio sui miei movimenti, e dov'eri ieri sera, e l'hai rivisto, e poi... Ho risposto "poi niente", ma non è vero perché ci siamo rivisti, senza averne l'intenzione però, insomma per puro caso e quindi l'omissione è stata più che lecita. Forse non è stata neppure un'omissione.

Chivasso

La pro-prozia Clementina era davvero una vecchia solitaria, di poche parole e senza amicizie, evidentemente appagata dalla frequentazione col nipote usuraio e di sicuro sua complice. Assisteva sporadicamente alla messa, aveva detto il parroco, forse anche per l'età avanzata e anzi, a ripensarci bene, erano mesi che non la vedeva e per carità cristiana avrebbe dovuto interessarsene, ma anche lui di anni ne aveva molti e la testa non era più quella di una volta... I carabinieri appurarono comunque che appena avuta notizia dell'omicidio dal tigì regionale la pro-prozia aveva chiamato un taxi, si era fatta portare alla stazione e lì si erano perse le sue tracce, nonostante viaggiasse con un cane, di piccola taglia d'accordo, ma ugualmente visibile. Scoprirono che aveva chiamato il taxi da un cellulare intestato a un marocchino defunto – cellulare in seguito sempre spento e non localizzabile –, nessun bigliettaio si ricordava di lei, e insomma sembrava sparita nel nulla. Ma prima della pensione aveva lavorato alla Boschetti, una fabbrica di prodotti di metallo a Crescentino, e lì i carabinieri avevano avuto i nomi di quattro operaie che erano state sue amiche, due delle quali morte da qualche anno, un'altra completamente smemorata, e una finalmente in grado di fornire una traccia utile. La traccia li condusse a Vercelli, da un'amica di gioventù con cui la pro-prozia aveva mantenuto qualche contatto e da cui si era rifugiata.

Mingherlina, la pro-prozia, e un po' storta nel camminare, ma gli occhi rivelarono subito che la tempra era d'acciaio come i prodotti della ditta Boschetti. La portarono al comando di Chivasso insieme a Bric, il cagnetto da cui non c'era stato verso di separarla e che presenziò anche all'interrogatorio.

Un usuraio suo nipote? Ma figurarsi... e comunque se anche lo fosse stato lei cosa c'entrava? C'entrava eccome, le dissero, visto che aveva acconsentito a blindare la casa come una banca. Eh già, una donna anziana che vive sola adesso non deve prendere le sue precauzioni, aveva subito ribattuto. D'accordo per il portoncino, ma come giustificava l'altra porta rinforzata all'interno della casa? Era stata un'idea del Domenico, che era tanto gentile e premuroso e quando aveva avuto voglia di tenersi una stanza per sé, lei gliel'aveva data ben volentieri, ché tanto la casa era fin troppo grande per una donna sola. Le chiavi di quella stanza? No, non le aveva mai avute, mica era curiosa lei, perché mai avrebbe dovuto ficcarci il naso?

Risposte assurde. Ma Clementina Careggio aveva ottantaquattro anni e le maniere forti, comunque vietate, con lei erano impensabili. Abbordarono l'argomento della cassetta di sicurezza in comune col pro-pronipote: che cosa conteneva? Inutile che mentisse, perché lunedì l'avrebbero aperta. Apritela quando e come vi pare, aveva risposto, se volete vi do la chiave, così fate prima, ma dentro ci sono soltanto quattro *giargiatole*, gli orecchini d'oro della prima comunione mezzi rotti e leggeri come un'ostia, qualche lettera dal militare del mio moroso, morto a ventitré anni sotto al trattore che aveva dato il giro, l'atto di acquisto da parte dei nonni della casa di frazione Mosche, insomma roba così. Ma tenere una cassetta di sicurezza per roba così, e anche scomoda visto che stava in una banca di Vercelli, non era una cosa strana? Clementina Careggio alzò le spalle, per nulla spiazzata: «Voi non ne fate mai di cose strane, che poi magari ve le dimenticate o non avete voglia di disfarle?».

Però aveva cominciato ad agitarsi un po' sulla sedia, segno inequivocabile di nervosismo, e dopo aver risposto con la stessa sfrontatezza a qualche altra domanda alla fine sbottò: «Avete mica visto vicino a casa un gatto bianco e rosso?».

Eccolo lì il suo punto debole, il gatto che non aveva potuto portare con sé: una valigia un cane un gatto, troppo bagaglio per una fuga in taxi e poi in treno. Il maresciallo Giordano, non sapendo se il capitano avesse propensioni cinofile o gattofile, si inserì nell'interrogatorio: certo che l'avevano visto, era ferito a una zampa, insomma non sembrava granché in forma e doveva anche avere un freddo becco o forse la febbre perché tremava tutto. «E l'avete lasciato lì?» chiese indignata la pro-prozia. «Mica siamo l'ente protezione animali, abbiamo altro di più importante da fare.»

«Dovreste vergognarvi, siete peggio... peggio dei *ligera.*»

«Lei invece, signora Careggio, è un'anima bella: ha tenuto mano a un farabutto che ha rovinato chissà quante persone e una si è persino ammazzata, adesso ci prende per dei *piciu*, ci spara balle che non stanno né in cielo né in terra e pretende anche che ci preoccupiamo per il suo gatto che se crepa è solo colpa sua, bastava che se ne stesse a casa invece di filarsela, ma siccome ha la coscienza più sporca di un cesso di stazione ha pensato di mettersi al sicuro, tanto noi, *piciu* come siamo, non saremmo mai arrivati a beccarla.»

La Careggio si era ingobbita sulla sedia, aveva taciuto per parecchi secondi continuando ad accarezzare Bric e poi: «Va bene, mio nipote faceva quel che faceva, ma ormai è morto e non potete più fargli niente. Io vi dico quel che so ma solo se andate a prendere il gatto. Si chiama Birba».

Il capitano Sartori voltò la faccia verso la finestra per nascondere un sorriso inopportuno: bravo maresciallo, avrebbe voluto dirgli, ma mi spieghi, *piciu* o *picio* qui da voi cosa significa? Non di sicuro "ragazzo", come da noi.

Torino

Deborah non è riuscita a dormire, la canna che si è rollata non è servita a niente, meno di una camomilla, proprio come bere un bicchier d'acqua. Ma dove cazzo si è cacciato Alex, telefono sempre spento o irraggiungibile, a casa non c'è, vabbè chiamare casa la sua è un po' troppo, ma lui continua a ripetere che lì ci sta da papa, e quando gli dico che può sistemarsi da me, mi risponde che è un gaucho, Torino è la sua pampa e nessuno può prenderlo al lazo. Ma che lazo e lazo, sarebbe solo una cosa temporanea, ché so benissimo che dura finché dura, e poi io magari riesco a spuntarla coi casting, mi danno una parte in una fiction o mi scelgono per un reality e allora ognuno per la sua strada e amici come prima. Il fatto è che lui si crede un genio e vuole tenersi i suoi segreti, tipo certi amici che non mi presenta come il Piero e quei due che chiama uno Chetiserve e l'altro Ricetta, che sono di sicuro dei balordi e ci fa qualche affare insieme, ma roba di poco conto, che se no non sarebbe sempre scannato come un pollo. Per l'affare vero però si è rivolto a me, e gli ho fatto conoscere lo zio Domenico, ma a lui non ho detto che è il mio fidanzato, perché magari si faceva venire un attacco di gelosia, ché i vecchi non si sa mai come prendono le cose, con tutto che poteva anche immaginarselo che non la tenevo da parte solo per lui. Ma lo zio gli ha risposto picche perché non gli dava nessuna garanzia e fin lì posso anche capirlo, però non è che gli aveva chiesto una cifra da sballo, solo trentacinquemila che gli servono per le prime spese del negozio e pian piano glieli avrebbe resi. Ma anche no, se le cose andavano male, e Cheтiserve gli aveva detto che poteva andare da suo cugino a Rimini e tatuare a domicilio dai clienti, ma lui con la storia che Torino è la sua pampa da qui non si vuole schiodare.

Del mazzo di chiavi non gli ho detto niente, perché è meglio far calmare le acque e non correre rischi, ma sono stata proprio brava a prenderlo senza lasciare impronte, anche se mi veniva da vomitare con tutto quel sangue e la roba che gli era uscita dalla testa. Ma sapevo che quel mazzo lì era quello buono, della casa della prozia in frazione Mosche, dove aveva dato appuntamento ad Alex, mentre gli altri clienti li vedeva a Torino per precauzione, ma di Alex gli avevo parlato io e si fidava. E una volta che dopo le strizzate di tette il pompino e tutto il resto gli avevo fatto fumare una canna di quelle toste, era andato in confusione visto che non ci era abituato, e aveva spifferato che dalla prozia c'era una cassaforte con i contanti e la chiave ce l'aveva solo lui. Adesso ce l'ho io e non lo sa nessuno, però non ci ho ancora fatto niente e i caramba magari alla prozia Clementina ci arrivano, anche se io ho detto Tina e non sono riuscita a farmi venire in mente un altro nome, tipo Gina Rina Mina Dina che sarebbe stato meglio, ma nell'ansia di rispondere almeno il nome non l'ho detto intero e neanche l'indirizzo. Se non ci arrivano, quando si sono calmate le acque ci arriviamo noi, la prozia la convinciamo con le buone o con le cattive, prendiamo quello che c'è nella cassaforte e lei non deve banfare, che è complice di un cravattaro e le conviene stare tranqua e far finta di niente.

Però qualche volta, come adesso, Alex mi manda in paranoia, ché farmi una telefonata non gli costerebbe niente e invece vuol fare il duro chissà perché. Però capace che se mi stufo, del mazzo di chiavi non gliene parlo e con la prozia Clementina me la vedo da sola, che tanto è quasi centenaria e basta poco a farla stare zitta.

Torino

«Non credere di cavartela così. Chi era lui?» chiese Francesca.

«Lui chi?»

«Quello con cui ballavi.»

«È il commissario che si occupa del delitto Quarello.»

«E anche qualcosa di più.»

«In che senso?»

«Ma che fai, la santarellina? O mi vuoi far credere che ballare con le testimoni è un modo nuovo di condurre le indagini?»

«Ci conosciamo da tempo.»

«E vi piacete molto.»

«Siamo amici, solo amici. Ma anni fa abbiamo avuto qualche tentazione.»

«A cui avete ceduto.»

«No. Forse non per virtù, ma perché si è messo di mezzo il caso.»

«Peccato! Lui non è niente male. È servita la mia performance da attrice?»

«Non lo so. Gli ho mandato il video e le foto ma non l'ho sentito. Però uno di quei due non mi è una faccia nuova, almeno mi pare, ma non so inquadrarla. Sei tornata tardi dai Muri?»

«Tardissimo, o prestissimo se preferisci. Sono arrivati tre amici che non vedevo da tempo e abbiamo tirato quasi le cinque, poi ci siamo fatti una colazione leggera leggera a base di panino con würstel e crauti al furgone e poi ancora cazzeggio fino alle sei. Più tardi andiamo insieme a una festa, vuoi aggregarti?»

«No grazie. Voglio sprofondare nell'ozio.»

«Io invece voglio sballare un po', così non penso a Guido.»

«Non si è più fatto vivo?»

«Per niente, silenzio assoluto. Domani vado a correre e mi sfianco, poi da lunedì riapre la palestra e riprendo ad allenarmi.»

«E i pugni mollati al sacco saranno virtualmente indirizzati a qualcuno che sta a Parigi.»

«Esatto. Vuoi che ti porti giù il cane?»

«Questa sì che è una vera proposta da amica. Non lasciarlo sguazzare nelle pozzanghere però, ché è troppo vecchietto per certi spassi.»

Gli telefono o no?, si chiese più tardi Camilla. Ma no, mi tengo la curiosità, alle indagini non serve sapere se ho conosciuto uno dei due compari di ieri sera. Mi butto sul divano, mi godo la giornata di pioggia con il cane già "pisciato" e me lo tengo in braccio mentre guardo un dvd, così lui si addormenta e io lo accarezzo. Accarezzare un animale che dorme, dice Borges in una poesia, è una delle cose più gratificanti della vita, e ci ha proprio visto giusto, come quasi sempre i poeti. Mi mangio un paio di gianduiotti e quando lui si sveglia gliene allungo un pezzetto piccolo. Uno svacco completo, e lui sbavi pure sulla tuta a volontà, tanto nessuno ci può mettere becco.

Chivasso

La trattativa era stata estenuante, perché Clementina Careggio, se fosse stata ministro degli Esteri, avrebbe difeso gli interessi italiani in modo parecchio più incisivo dei vari titolari della Prima e Seconda repubblica. Alla fine i carabinieri avevano praticamente capitolato, accettando tutte le condizioni da lei imposte e così erano andati a comprare croccantini per cani e scatolette per gatti; l'avevano riportata a casa in frazione Mosche; si erano uniti a lei nella ricerca di Birba (due appuntati a battere i dintorni schioccando la lingua e augurandole di schiattare); avevano riparato alla bell'e meglio il portoncino d'ingresso e acceso la stufa a legna nella cucina che era una Siberia.

Ritrovato il gatto, che aveva saputo provvedere a sé in modo sufficiente riguardo al cibo – non era affatto pelle e ossa – ma aveva incamerato più freddo di una cella frigorifera, il capitano Sartori aspettava che il patto tra gentiluomini (si fa per dire) fosse onorato e Clementina lo onorò a modo suo.

D'accordo, sapeva che il Domenico prestava denaro a strozzo, ma lei con quell'attività non aveva nulla da spartire. Sì, gli aveva dato una stanza, e allora? Se la cassaforte non l'avesse tenuta lì, l'avrebbe tenuta da un'altra parte, avrebbe per esempio affittato un garage, e cosa cambiava? Niente, proprio niente, ma lei in qualche modo doveva pure sdebitarsi con lui che le faceva la spesa grossa una volta alla settimana, l'accompagnava dal dottore e prenotava le visite dallo specialista *della* diabete che per fortuna non era grave, ma si doveva starci attenti. E quella volta che l'avevano ricoverata in ospedale per la polmonite, chi si era preso cura di lei se non il Domenico? Insomma, a ogni santo ci va la sua candela e la candela per il Domenico era la stanza con la cassaforte. E poi, era mica lui a obbligare la gente a farsi dare dei soldi quando ne avevano bisogno, erano loro che chiamavano al telefono e imploravano come davanti alla Madonna Pellegrina. Quale telefono? Il suo, no?

Il suo di chi?, aveva interloquito il capitano. Il suo di lui, ovvio, un cellulare che serviva solo per quelle chiamate e ci fissava gli appuntamenti dove voleva, una volta qui e una là, no non qui nel senso di questa casa qui, ma forse a Torino o forse a Vercelli o in culo ai lupi, che ne sapeva lei.

Signora Careggio, aveva osservato Sartori, lei di candele a suo nipote ne ha accese delle dozzine, altro che una, ed è stata sua complice nello strozzinaggio, reato che prevede la reclusione da uno a sei anni, nonché una multa salata. Cosa vuole che me ne importi, aveva subito ribattuto la pro-prozia, in galera non potete mettermi per via dell'età, mi date i domiciliari qui a casa e a me non mi cambia niente rispetto a prima, a voi invece vi cambia che mi dovete affidare ai servizi sociali che mi portino la spesa e mi accompagnino dal dottore, insomma io non ho niente da perdere voi invece sì, e adesso andatevene tutti fuori dai *ciapp* che basta e sono stanca.

Il capitano la fissò sbalordito. Come un bambino di tre anni a cui un cane di passaggio abbia portato via il gelato alla crema, venne da pensare al maresciallo, che nella pausa di sbalordimento del suo superiore decise di intervenire.

Si avvicinò alla Careggio, prese per la collottola il gatto che le sonnecchiava in grembo, lo tenne a distanza di sicurezza da sé col braccio teso, si allontanò di qualche passo e le chiese:

«Si ricorda come chiamano qui i gatti?»

«Come?» domandò a sua volta lei, sbalordita quanto il capitano, accennando ad alzarsi, ma trattenuta per la spalla da uno dei due appuntati acchiappagatto.

«Si chiamano *cunij da cop* ("conigli da tetto", tradusse per il capitano), si cucinano come i conigli e soprattutto in inverno hanno la carne tenera. Con questo qui c'è da leccarsi i baffi. Lomonaco, prendilo e chiudilo nel bagagliaio della macchina.»

«Subito maresciallo» obbedì l'altro appuntato, cui Birba nella cattura aveva rifilato un'unghiata.

La pro-prozia Clementina restò interdetta. Da una parte l'istinto le diceva che era tutto un bluff, ma dall'altra l'atavica diffidenza contadina verso le forze dell'ordine la induceva a sospettare che facessero sul serio. Capaci di accopparglielo il suo Birba, e poi di mangiarselo, quei bastardi di caramba, che agli zingari non gli fanno mai niente, e una volta che lei aveva denunciato il furto di tre galline, avevano alzato le spalle come a dire abbia pazienza, che non possiamo metterci in quattro per le sue pollastre, tanto che dopo lei aveva ammazzato spiumato e messo in freezer le due superstiti.

«Bene, qui abbiamo finito» annunciò il maresciallo. «Lei sarà denunciata per concorso in usura e quindi le conviene procurarsi un buon avvocato. Il cellulare lo teniamo noi. Andiamo!», e tutti, capitano compreso, finsero di stare agli ordini.

«Ma... ma come faccio senza telefono?»

«Cazzi suoi, signora Careggio» incrudelì il maresciallo. «Con suo nipote l'iniziativa non le mancava.»

Si disposero ad andarsene e solo quando l'ultimo dei presenti – l'appuntato Lomonaco – stava per uscire tenendo il gatto per la collottola, lei li richiamò:

«Cos'è che volete ancora sapere?» sibilò suo malgrado.

Il capitano rivolse un cenno del capo a Giordano, come a dirgli "continui lei", e questi si sedette a cavalcioni di una sedia davanti alla Careggio:

«Il cellulare. Quello delle chiamate ai clienti.»

«Lo tenevo io.»

«E adesso dov'è?»

«A Vercelli, dalla mia amica.»

«Chi fissava gli appuntamenti?»

«Io.»
«Dove li fissava?»
«In un bar di Torino.»
«Quale?»
«Al Mogador, o al Nazionale, o al Rionero. Dove decideva il Domenico.»
«Mai qui?»
«No.»
«Sicura?»
«Il Domenico era prudente e non voleva farmi correre dei rischi. Solo una volta...»
«Una volta si sono incontrati qui?»
«Sì.»
«Quando?»
«Un mese fa più o meno.»
«Come mai?»
«Il cliente gliel'aveva raccomandato la nipote, quella Deborah che gli spillava un mucchio di soldi.»
«Lei l'ha visto?»
«No, ero andata nell'altra stanza.»
«Com'era venuto qui, in macchina?»
«E come se no?»
«Da solo?»
«Si era fatto accompagnare da qualcuno, perché dopo è salito in macchina davanti ma dall'altra parte. L'ho visto dalla finestra.»
«Chi c'era alla guida?»
«Non so, era buio.»
«Poteva essere Deborah?»
«Poteva, ma anche no.»
«Che macchina era?»
«Non le conosco, le macchine. Però piccola.»
«Di che colore?»
«Era buio, come glielo devo dire. Sembrava scura.»
«Verde scuro per esempio?»
«O anche grigio scuro. E poi non era parcheggiata proprio davanti al cancello, ma un po' più in là.»
«È ripartita subito?»

«Sì, di corsa. Adesso me lo ridate il cellulare? Quello mio.»

«Domani. Dobbiamo controllarlo.»

«Tanto non ci trovate niente su quello. È capitato solo tre o quattro volte che ho chiamato il Domenico per dirgli di passare. Ma cosa credete? Che ci contavamo la rava e la fava al telefono come i politici e i mafiosi? Quello che ci dovevamo dire, ce lo dicevamo di persona, noi.»

Torino

«È saltato fuori un altro conto corrente di Quarello e moglie. Piuttosto interessante» annunciò l'ispettore Vitello al commissario.

«Interessante perché?»

«Perché è stato aperto poco più di un mese fa col versamento di un assegno circolare da sessantamila euro intestato al Quarello stesso.»

«E allora?»

«L'assegno proviene da un cliente e fin qui va abbastanza bene, abbastanza perché è comunque strano fare un assegno circolare invece di uno normale o di un bonifico, ma la stranezza vera viene dopo, perché Quarello e moglie ci hanno fatto dei prelievi quasi quotidiani col bancomat o in contanti. In totale un gruzzolo di quarantacinquemila.»

«Mi puzza. Di ricatto, direi.»

«Per sistemare qualche guaio proprio o di uno dei figli.»

«Magari di due. Bisogna risentire la vedova piagnona: quella se la sbrighi lei, io invece mi torchio i due fratellastri che dicono di non conoscersi.»

«Sa commissario, io comincio a scazzarmi un po' con sti Quarello e annessi: non uno che dica la verità, tutti a nascondere qualcosa e noi che perdiamo il nostro tempo. Quando poi si decidono a sbottonarsi un minimo, è solo per contarci delle mezze balle, tipo la vedova che dice di non sapere che Lorenzo e Carlo si incontrano di nuovo, che sì, si frequentavano da ragazzi, ma insieme combinavano casini, tipo far sega a scuola e sbronzarsi, così quando suo marito l'aveva scoperto aveva minacciato Lorenzo di spedirlo in collegio se avesse rivisto il fratellastro anche una sola volta.»

«Casini da adolescenti, roba un po' troppo piccola.»

«E noi dovremmo crederci. Solo che non risulta niente e così ci fa fessi. Vabbè, passiamo ad altro: del Ruffini che ne facciamo?»

«Ce lo custodiamo ancora un po'. Chissà che non si decida a raccontarci qualcosa. Il piemme è d'accordo. Ah, io risentirei anche l'ex moglie, la Nevissano, che mi sembra l'unica che non giochi a fotterci.»

Ricominciarono con le convocazioni e gli interrogatori: erano entrati in quella fase grigia e sdrucciolevole delle indagini in cui ci sono troppi indizi non risolutivi, troppe testimonianze monche e improbabili, troppe lacune da colmare. Una fase in cui basta una direzione sbagliata nelle ricerche, un dettaglio cui non si attribuisce il giusto significato, un tassello che non si riesce a incastrare e tutto l'impianto crolla, il fallimento è sicuro e il colpevole resta impunito.

Gaetano Berardi decise di concedersi una pausa, uscì dalla questura per fare due passi e mangiare un piatto caldo al bar. Scelse più o meno inconsciamente lo stesso in cui era stato qualche giorno prima con Camilla e quando si sedette il pensiero tornò ad avvitarsi su di lei. Combatté contro il desiderio di chiamarla, un desiderio che sapeva benissimo essere irragionevole spiazzante e inopportuno, ma alla fine cedette giustificandosi con il pretesto di non averla ringraziata per le foto e il filmato.

Qualche scambio di imbarazzate banalità, poi lei lo sorprese:

«Sai, pensavo di chiamarti io ma non osavo.»

«Tu non osavi?»

«Non osavo perché quasi sicuramente quello di cui mi sono ricordata non serve a niente.»

«Osa lo stesso.»

«Il figlio reietto: mi sono ricordata che Carlo Molinari è

stato mio allievo. Ma soltanto per poco più di un mese e parecchi anni fa. Non mi è venuto in mente subito perché fisicamente è molto cambiato.»

«Come mai soltanto per un mese?»

«Perché ha cambiato scuola all'improvviso. Ritirato frettolosamente a fine ottobre o giù di lì.»

«È una cosa insolita?»

«Abbastanza. Anche perché era appena arrivato da un'altra scuola.»

«Hai idea del perché se ne fosse andato?»

«Doveva aver combinato qualcosa di grosso, ma il preside di allora, ammesso che lo sapesse, non me ne ha mai parlato.»

«Riusciresti a scoprire cosa aveva combinato?»

«Non so. Magari non c'entra niente con la scuola.»

«Tu prova lo stesso. Mi faresti un grosso favore.»

«Siete in stallo con le indagini?»

«Più o meno. Una situazione di merda.»

«Non ti avevo mai sentito dire merda.»

«E ti scandalizzi?»

«Figurati, con quel che sento a scuola! "Merda" è puro dolce stil novo rispetto al resto. Domani, dopo le mie brave ore di galera, vado a sfruculiare un paio di colleghi per vedere se ne sanno più di me.»

«Ore di galera? Ti piaceva il tuo lavoro...»

«Continuerebbe a piacermi, se non ci fossero di mezzo troppi se.»

Torino

Se la scuola non fosse stata mortificata dai tagli di bilancio
se i genitori non ci scaricassero i figli come pacchi
se i figli fossero meno frastornati da modelli di vita riprovevoli
se io riuscissi a recuperare la fiducia nell'utilità del mio lavoro
se mia figlia non mi fosse così ostile
se il mio matrimonio non fosse in crisi
se non mi sentissi addosso il peso di questi ultimi anni
se non avessi accumulato cinque chili di troppo
se mi decidessi ad andare in palestra
se non avessi rimpianti...

Rimpianti e malinconia in una giornata che mi prefiguravo come un regalo.

Rimpianti e malinconia per mia madre che mi manca. Una malattia breve, mille incombenze pratiche di cui occuparsi, un'altalena di speranze e delusioni, poi la fine. Dopo, quando la vita si riassesta sui binari consueti, subentra la consapevolezza della propria fragilità, perché manca il baluardo che ci difendeva dalla morte. E arrivano i rimorsi per le parole dette o non dette, per essere stata ed essere ancora diversa dalle sue aspettative e speranze. Un passaggio obbligato nel percorso di vita, tra sassi e rovi.

Malinconia di una domenica in cui volevo stare sola e invece mi mancano la presenza sfuggente di Renzo e quella aggressiva di Livietta.

Malinconia per un rapporto sentimentale che non si può recuperare senza provocare danni e farsi del male.

Malinconia in una domenica di merda.

Chivasso

L'indagine sull'omicidio Torasso arrancava senza avere ancora individuato la pista giusta, ma il maresciallo Giordano e il vicebrigadiere Scuderi si erano tolti una discreta soddisfazione: quella di vedere incriminati il geometra Ermanno Minesio per lesioni colpose e omissione di soccorso e il commercialista Giampaolo Gherza con le impiegate Milena Traversa e Gabriella Bergoglio per falsa testimonianza.

Si sentono tutti furbi solo perché si sono fatti i soldi, la villa con piscina, le macchine di lusso, e credono di pigliarci per il culo con le loro arie da signori, la loro boria e i loro truschini, e invece una volta tanto nel culo gliel'abbiamo messo noi, aveva gongolato il vicebrigadiere. Il maresciallo aveva annuito, anche se nutriva qualche riserva sulla villa con piscina e le auto di lusso di Milena e Gabriella, che di sicuro erano pagate al minimo sindacale, e se gli andava bene così okay, se no aria. In quanto all'impiegata infedele, la povera Valeria Malan di religione valdese che aveva sbugiardato capo e colleghe, chissà che fine aveva fatto. Licenziata, probabilmente, e con pessime referenze. Ma è il mondo che è fatto storto, si consolava il maresciallo, e noi poveri carabinieri non possiamo raddrizzarlo da soli, al massimo gli diamo qualche colpetto per rimetterlo un filino in sesto. Amen.

La Cavallari, spulciando il quaderno del morto e decrittando le ambigue annotazioni, era riuscita a individuare i nomi di otto presunti debitori, oltre a quello di Alex Ferrarotti, cui il credito era stato negato. L'annotazione relativa a quest'ultimo in verità si riduceva a tre lettere maiuscole, due parentesi, una preposizione, una cifra e un avverbio: AF (da D) 35 no. Ma con l'ausilio delle dichiarazioni della pro-prozia Clementina diventava un indizio esplicito.

In attesa che l'analisi dei tabulati del cellulare "di servizio" del Torasso – recuperato a Vercelli – fornisse nuove indicazioni, i sospetti si addensarono su Alex Ferrarotti: alibi incontrollabile e probabilmente falso, bisogno di soldi per il negozio di tatuaggi, richiesta (con l'intercessione di Deborah) di un prestito alla vittima che gliel'aveva negato, fedina penale non immacolata; un perfetto indiziato per l'omicidio. La sua colpevolezza avrebbe anche spiegato l'enigma del mazzo di chiavi mancante che tanto ossessionava la Cavallari, sebbene ponesse poi l'interrogativo del perché Alex non se ne fosse servito subito dopo per aprire la cassaforte e razziarne il contenuto in casa della Careggio. Che si fosse impaurito dopo l'omicidio? Che temesse di non aver preso il mazzo giusto? Che non avesse modo di raggiungere subito frazione Mosche? Ma qual è l'omicida che non arriva in macchina sul luogo del delitto? Oppure ci era arrivato con un complice? Non con Deborah, che per quell'ora aveva un alibi risultato autentico.

La piemme, messa al corrente dello stato delle indagini, volle essere presente al nuovo interrogatorio, in cui comunicarono ad Alex con freddezza e decisione che l'avrebbero iscritto nel registro degli indagati per il reato di omicidio volontario. Commesso da lui, standо all'insieme di prove e indizi.

Alex Ferrarotti si spaventò davvero alla prospettiva di passare mesi e mesi in galera in attesa del processo: cella sovraffollata e puzzolente, compagni rissosi e violenti, angherie quotidiane, alla mercé della buona o cattiva volontà di un avvocaticchio della mutua o peggio ancora d'ufficio, ché lui di soldi non ne aveva e su Deborah, così *baraventana* com'era, non si poteva certo contare, anche perché, schiattato lo zio, era finita la cuccagna. E poi al processo avrebbero anche potuto condannarlo, così nelle statistiche la percentuale dei delitti impuniti si sarebbe abbassata e lui si sarebbe fottuto la vita. Eh no, non esisteva proprio: lui, Alex Ferrarotti, la parte del capro espiatorio non ci stava a farla e pazienza per il Ricetta.

«Io non c'entro niente con l'omicidio del Torasso, non ci ho mai neppure pensato, e l'alibi ce l'ho.»

«Quello che ci hai dato? Vale meno di uno sputo.»

«Uno vero, che potete controllare. C'è pure un testimone.»

«Uno che spaccia, che fa da palo, che scippa le vecchiette, che frega i pensionati con il pretesto di controllare i soldi falsi?»

«No no, uno a posto.»

«E allora perché ci hai presi per il culo – scusi dottoressa – con la storia del mal di testa i Moment e il cellulare spento?»

«Perché... perché... quella sera lì io stavo col mio amico Murtas Gavino...»

«Murtas Gavino detto il Ricetta. Sarebbe lui quello a posto? Lascia perdere, ché siamo daccapo.»

«Stavo con lui a fare una rapina. Cioè, a tentare di farla, ché non ci siamo riusciti, perché noi avevamo una pistola finta e invece l'altro un cannone vero.»

«Una rapina? Dove, a chi?»

«A Torino, in via Ponchielli, a un tabaccaio che c'ha pure il banco lotto. Chi lo sapeva che l'avevano già ripulito due volte e che si teneva la pistola nel cassetto e il cane sotto il banco. Un bestione da paura, a me mi ha strappato i jeans e dato una sgagnata al polpaccio che m'è uscito il sangue. C'ho la cicatrice, e fortuna che non m'è venuto il tetano o la rabbia.»

«Se no che facevi? Gli chiedevi i danni?»

«La bestia si chiama Zor, via Ponchielli 19. Controllate pure.»

Controllarono. Il tabaccaio aveva sporto denuncia – neppure un trafiletto sui giornali –, la descrizione dei due rapinatori falliti coincideva con l'aspetto di Alex e del Ricetta, in casa del primo trovarono il paio di jeans strappati e in quella del secondo una pistola giocattolo senza il tappo rosso. Il polpaccio sinistro del Ferrarotti portava i segni del morso di un cane.

Indiziato innocente, sospirò a malincuore il maresciallo Giordano. Ci tocca ricominciare da un'altra parte, ma per fortuna con la tentata rapina se la sbroglieranno a Torino.

Torino

Di colleghi di corso dell'epoca in cui Carlo Molinari aveva frequentato l'istituto Fibonacci ne erano rimasti soltanto due: Federico Taviani ed Elena Mecuzzi. Gli altri se ne erano scappati attraverso le varie finestre pensionistiche o erano emigrati verso scuole più vicine a casa, o meno problematiche. Il vecchio preside si era trasferito a Lambrate, sua patria d'origine, e gli era subentrata Madama Buonpeso, oggetto di scarsi amori e di abbondanti idiosincrasie. Camilla scartò a priori la Mecuzzi che, oltre a essere di suo piuttosto svanita, aveva troppe classi per potersi ricordare di un allievo comparso fuggevolmente anni addietro. Decise di sondare Taviani, ma riuscì a parlargli solo il giorno dopo.

«Federico, ci prendiamo un aperitivo insieme dopo le lezioni? Offro io.»

«Hai vinto all'Enalotto o vuoi sedurmi?»

«La seconda ipotesi è più plausibile della prima, ma non vera. Ho bisogno di un'informazione.»

«E ti pareva... si vede che non acchiappo proprio.»

Si sedettero al bar, cazzeggiarono un po', poi il prof sbirciò l'orologio e disse:

«Forza.»

«Carlo Molinari. Ti ricorda qualcosa il nome?»

Lui s'incupì, bevve un sorso dal suo bicchiere di analcolico e chiese a sua volta:

«Perché lo vuoi sapere?»

«L'omicidio Quarello. L'hai letto, no?»
«Tu che c'entri?»
«Ho assistito all'omicidio. Mi hanno interrogata più volte, anche se non sono stata granché d'aiuto. Ho rivisto il nostro ex allievo, su cui credo che la polizia abbia qualche sospetto.»
«Era una merda di ragazzo e non è detto che sia migliorato.»
«Perché una merda?»
«Non mi va tanto di ricordare la storia. Serve a qualcosa tirarla fuori?»
«Forse.»
«Ha tentato di ricattarmi, insieme con un altro bel tipino, che era il suo fratellastro.»
«Ricattarti per cosa?»
«Indovina.»
«Perché... sei gay?»
«Brava.»
«Che stronzo!»
«Io?»
«Ma smettila. Racconta piuttosto, se ti va.»
«Non mi va tanto. A proposito, com'è che tu lo sai? A scuola ho sempre cercato...»
«Tranquillo. Non ci sono pettegolezzi, mai stati.»
«Però tu...»
«Io l'ho supposto, ma sulle inclinazioni sessuali del prossimo trovo molto sgradevole fare elucubrazioni e soprattutto gossip.»
«E io preferisco che a scuola non si sappia. Non per pudore o vergogna, ma per non complicarmi la vita.»
«Giusto. Se fai il cantante il regista l'attore lo stilista il parrucchiere il cuoco vip nessuno trova niente da ridire, ma nel nostro mestiere i moralisti da strapazzo ci metterebbero subito becco. Indipendentemente dalla serietà, dalla competenza e dalla professionalità. Ma se non vuoi parlare di quella storia, possiamo chiuderla qui.»
«La cosa assurda è che quei due stronzetti non ci avevano neppure preso. Cioè sì, avevano indovinato ma equivocando. Mi avevano beccato con mio fratello, che era appena

arrivato a Porta Nuova col treno e ci eravamo abbracciati, perché lui tornava da un anno di Erasmus ed era da parecchio che non ci vedevamo.»

«E loro che ci facevano a Porta Nuova?»

«Non lo so. Io li avevo visti, ma senza farci caso, diciamo di sguincio. Poi probabilmente si sono appostati qualche volta sotto casa mia e vedendoci uscire o entrare insieme hanno fatto due più due uguale quattro.»

«Ma in che modo è avvenuto il ricatto?»

«Lettera anonima, parole ritagliate dai giornali e incollate, nessuna fantasia. Dovevo mollargli venti milioni se no...»

«E tu che hai fatto?»

«Io avevo il sospetto, anzi la quasi certezza, che il ricatto partisse da scuola, ma non sapevo da chi. Mi sono rivolto al preside, gli ho mostrato la lettera, lui non ha battuto ciglio e ha detto: "Ci penso io".»

«Peccato averlo perso.»

«Sì, peccato. Ha chiesto aiuto a suo cognato, che era un ispettore di polizia, e hanno montato la trappola dopo che è arrivata la seconda lettera con indicate le modalità del pagamento. Anche qui fantasia zero: dovevo mettere il pacchetto coi soldi in un certo cestino dei rifiuti a Porta Susa.»

«Fanatici delle stazioni. A causa del viavai, immagino.»

«Già. Io ho fatto quello che mi hanno detto – ovviamente nel pacco dentro il sacchetto di nylon c'erano ritagli di giornale sotto due biglietti da cento –, loro si sono avvicinati al cestino, ci hanno buttato dentro un altro sacchetto, hanno fatto finta di volerlo riprendere e invece hanno tirato su il mio. A quel punto sono arrivati i nostri, cioè il cognato del preside più altri due poliziotti.»

«E gli stronzetti?»

«Stronzi fino in fondo. Una faccia tosta che non ti dico: che cosa voleva la polizia, loro non c'entravano niente, erano lì per caso eccetera.»

«Com'è finita?»

«In modo indolore, per loro. Io non avevo sporto denuncia, era un'operazione – come dire? – in amicizia, casereccia, clandestina se vuoi. E se da un lato ero incazzato nero, dall'altro ho pensato che uno era minorenne e che non era il caso di infierire. Però il preside ha preteso che in cambio del silenzio Molinari fosse immediatamente trasferito, e così è avvenuto.»

«Chi era stato avvisato della bravata?»

«La madre di entrambi e il padre del ragazzino minorenne, cioè il defunto Quarello.»

«Che tipo era?»

«Il Quarello? Un duro. E furibondo: ha mollato un paio di sberle ciascuno ai manigoldi. La madre piangeva, bella donna tra l'altro.»

«Le hai tenute le lettere?»

«Certo. Perché?»

«Non so, potrebbero servire.»

«Preferirei di no. È acqua passata.»

«Forse non del tutto. Posso raccontare la cosa alla polizia? Cioè al mio amico commissario che si occupa dell'omicidio?»

«Ma perché?»

«Perché alla polizia i fratellastri hanno contato balle. Magari connesso all'omicidio c'è un altro ricatto, chissà.»

«Mah... dici che può servire?»

«Se serve o no, lo decide la polizia.»

«Com'è che ci sei così ammanicata?»

«Ci collaboro in amicizia, in modo casereccio e clandestino. Mica solo tu e il preside, sai?»

«Vabbuono, fa' come ti pare. Di te mi fido.»

Torino

«A che punto siamo?» chiese Berardi all'ispettore Vitello che era entrato nel suo ufficio con un paio di fogli in mano.

«Al *pian dii babi*.»

«Sarebbe?»

«Al piano dei rospi, cioè rasoterra.»

«Come a dire che mi porta cattive notizie.»

«Infatti. Punto primo: c'è un nero ammazzato dalle parti di Lungo Stura Lazio vicino al canale derivatore.»

«Ammazzato come?»

«Lasci perdere, non ci riguarda. Se ne occupa Militello con la sua squadra, e non credo che abbia agganci col nostro caso. Comunque qui è diventato il Far West.»

«E il punto secondo?»

«Quello ci riguarda, porcomondo. Si tratta della moto con il lampo rosso: c'è la denuncia di furto di una Honda CBR 1000 RR che può corrispondere a quella usata dal killer.»

«Adesso ce la comunicano?»

«L'hanno appena sporta. Il proprietario, un ingegnere della Fiat, era in Brasile per lavoro, è rientrato ieri pomeriggio e ha fatto la denuncia appena se n'è accorto.»

«Dove teneva la moto?»

«Nel cortile del condominio dove abita, chiuso da un cancello. Ma sa, di quelli motorizzati, che si aprono anche col telecomando.»

«Ha idea di quando gliel'abbiano rubata?»

«No. Quando è partito, quindici giorni fa, la moto era al suo posto. Vive da solo, la casa non ha la portineria, la colf va da lui un giorno sì e uno no ma non ha fatto caso al cortile.»

«Tutto scritto nella denuncia?»

«Vedo che ha voglia di scherzare, commissario. Gli ho telefonato io, all'ingegnere, appena mi hanno comunicato la denuncia.»

«Certo che anche gli ingegneri Fiat dirazzano: si comprano le moto – giapponesi per giunta – invece delle macchine della ditta e poi le tengono in cortile, all'aperto, a pigliarsi pioggia neve e smog.»

«Veramente in quel cortile lì i posti auto e moto sono al coperto.»

«Convochiamo l'ingegnere. Chi ha rubato la moto è probabile che sia andato a colpo sicuro.»

«Un conoscente occasionale, uno che abita nei paraggi, dice?»

«Dico. E così il principale indizio contro il Ruffini viene a cadere.»

«Però che avesse ammazzato il Quarello, e in quel modo lì, non è che ci convincesse tanto.»

«Vero. Dai tabulati telefonici cos'è saltato fuori?»

«Poca roba. Però sul cellulare del morto ci sono tre chiamate in entrata fatte da telefoni pubblici.»

«Individuati?»

«Certo. Due a Porta Nuova e uno a Porta Susa.»

«Ah... interessante!»

«Perché?»

«Adesso le racconto una bella storia su Lorenzo Quarello e Carlo Molinari, poi mi dice se trova interessante o no il dettaglio di Porta Nuova e Porta Susa.»

La storia era quella che Camilla aveva raccontato a lui poco prima, mentre mangiavano fuori orario arancini di riso al solito bar nei pressi della questura.

«Ha ragione, il dettaglio potrebbe quadrare» convenne l'ispettore, e aggiunse: «E la storia da chi l'ha saputa?»

«Indovini.»

«Camilla Baudino. La sua confidente principe.»

«Sfotte, ispettore?»
«Non me lo permetterei mai!», ma il tono e il sorrisino smentivano le parole.
«Invece direi di sì. Lei piuttosto come sta messo? Meglio di me?»
«Con la famiglia? Tregua armata: ha presente israeliani e palestinesi? Qualche missile sparato di qua, qualche raid aereo di là, però si riesce a tirare avanti.»
«Ma qualche volta viene voglia di dare un pugno sul tavolo per sparigliare le carte.»
«E perché non lo fa?»
«Perché bisogna essere in due a volerle sparigliare. Vabbè, lasciamo perdere e torniamo al lavoro: abbiamo per le mani la probabilità di un ricatto, forse da parte di figlio e figliastro, forse da parte del Ruffini, ma il problema è che nessun ricattatore ha interesse ad accoppare la vittima.»
«Perciò l'accoppatore va cercato altrove.»
«Appunto.»
«Quindi siamo al *pian dii babi* e come vede avevo ragione.»

Torino

Come siamo bravi a mentire a noi stessi, sta pensando Camilla mentre aspetta a Porta Susa la figlia in arrivo col Frecciarossa. Però, per vivere sereni, dovremmo essere altrettanto bravi a non accorgerci che lo abbiamo fatto. C'è chi ci riesce senza sforzo, io purtroppo no e se ricostruisco il film, le sequenze sono:

A) Gaetano mi telefona senza alcun motivo apparente;
B) io, che avevo resistito a chiamarlo, getto subito l'amo per un'altra telefonata dicendo che Carlo Molinari era stato mio allievo;
C) lui mi prega di indagare;
D) io eseguo;
E) invece di fare una telefonata per dirgli quello che ho scoperto, mi invento il desiderio di andare ad aspettare Livietta a Porta Susa, così vado prima di persona in questura, che sta abbastanza vicina.

Un film così si chiama *Storia di un'impostora*, e la protagonista sono io. Ma cos'è che voglio, anzi che voglio e non voglio, in questo crepuscolo delle certezze? Decidere, una volta per tutte, sarebbe già un passo avanti.

Livietta scende dal treno con un'aria neutra, che subito diventa aggrondata non appena scorge la madre sulla banchina.

«Avevi paura che mi perdessi da qui a casa?»

«No, ma avevo voglia di vederti.»

(Altra semi-impostura, riflette Camilla. E poi: perché gli adolescenti in presenza dei genitori diventano subito torvi? Perché ci trovano così detestabili? Gli forniamo cibo casa abiti paghetta attenzioni affetto: dovrebbero essercene grati almeno un po'. È vero che non ci hanno chiesto di metterli al mondo, ma in questo mondo, qui da noi, non è che ci stiano tanto male.)

«Come se fossi stata in Patagonia per un anno.»

(Meglio cambiare argomento e procrastinare la rissa.)

«Cos'avete fatto di bello a Roma?»

«E dài! Te l'ha già detto papà al telefono.»

(Stronzetta. Chissà se sarebbe capace di ricattare un professore, magari solo perché è un adulto.)

«E lui come sta?»

«Uffa! Normale, no? Che domande del cazzo!»

(Adesso basta.)

«Sai che ti dico Livietta? Va' al diavolo e restaci.»

Gira sui tacchi, la pianta lì e se ne va. Dove, non l'ha ancora deciso.

Lo decide quando passa davanti all'Ideal, un cinema multisala. Entra nell'atrio, sceglie un'americanata con mitra pistole ed esplosioni, paga il biglietto e si accomoda in sala due. Sullo schermo passano trailer e pubblicità varie, in poltrona poche anime solitarie e quattro coppie di amiche della terza età: è una proiezione pomeridiana ed è lunedì. Torna con la mente all'infanzia, quando le sale erano stipate, ma il confronto è sbagliato, perché non ci andava di pomeriggio, ma al primo spettacolo serale, insieme con suo nonno, appassionato cinefilo. Spegne il cellulare e giura a se stessa che resisterà sino al *the end*, anche se il film sarà una boiata pazzesca.

Quando esce non saprebbe riferire un sunto decente di quello che ha visto: c'erano quattro cattivi e due buoni, questo l'ha capito, ma l'oggetto del contendere le è sfuggito. Tra gli interpreti c'erano anche una maliarda bionda con polpacci da tennista (perché l'hanno inquadrata più volte a figura intera, con la gonna invece che coi pantaloni?, si era chiesta) e un cane enorme che per contrasto le ha fatto venire in mente il povero Potti, lasciato a digiuno e con la vescica piena.

Riaccende il telefonino che si mette subito a trillare per un diluvio di avvisi di chiamata – Renzo e Livietta – e lo rispegne immediatamente. Mi sono presa una pausa di scaricamento nervi, pensa. E spero che siate stati un po' in pensiero tutti e due. Renzo non c'entrerebbe molto a prima vista, e invece sì, perché la scampagnata a Roma di Livietta l'ha decisa da solo, senza consultarmi. E magari la stronzetta con lui è stata non dico latte e miele ma almeno trattabile.

Livietta è seduta su un gradino davanti al pianerottolo di casa: ah già, non aveva le chiavi. Camilla le passa accanto in silenzio senza abbassare lo sguardo e così non ne decifra l'espressione. Apre la porta, entra, la figlia la segue e sbotta:

«Si può sapere che cazzo ti è preso?»

«Cazzi miei, per usare il tuo lessico.»

«Ho fame.»

«Apri il frigo e accomodati.»

«Non c'è niente di pronto?»

«No.»

«Ho voglia di roba calda. Sono tipo Findus.»

Silenzio.

«Sei diventata muta?»

«Quasi.»

«Fino a quando?»

«Fino a quando non mi chiedi scusa. E non cambi atteggiamento.»

Silenzio.

Livietta si appiattisce davanti a un termosifone. Camilla mette il guinzaglio a Potti e lo porta fuori. Il cane fa il suo laghetto di pipì, poi la guarda in cerca di approvazione (Vedi come sono stato bravo a non farla in casa! Sei stato bravo bravissimo, il più bravo bravissimo dell'universo, più di Lassie Rin Tin Tin Rex e anche di Cita e di Dumbo, che non sono cani ma non importa) e infine trotterella contento sventagliando la coda perché ha capito gli elogi, e intanto lei armeggia impacciata dal guinzaglio sui tasti del cellu-

lare e manda un sms al marito: "Tutto a posto. Sta' tranquillo". Sms, perché non ha voglia di parlargli e spiegare.
«Scusa» bofonchia la figlia al suo ritorno.
«Okay» dice lei liberando il cane, «ti preparo degli straccetti al marsala.»

Chivasso

Giornata calma in ospedale. Nessuna emergenza, nessun parente litigioso. Si vede che il riposo domenicale ha fatto bene a tutti, pensa Francesca mentre esce e saluta distrattamente l'usciere incapsulato nel suo gabbiotto. Che non risponde, tutto immerso nella compilazione di un difficile sudoku.

Una rapida visita da Alina. Ti senti bene? Sì. Niente mal di testa, nausea, vertigini? No. Però dovresti proprio venire per un controllo! Dopo. Dopo quando? Dopo... vuoi tazza di tisana? No grazie, ho fretta. Dove vai? In palestra. A fare cosa? Boxe. Come uomini? Sì, ma la fanno anche le donne. Alina ridacchia: forse le passa per la mente una rapida visione in cui lei rifila un destro al suo ex pappa e lo stende. Poi però scuote la testa: uomini sempre più forti. Sì, se sanno picchiare, ma se sono soltanto grandi e grossi una donna addestrata li può sistemare. Tu già picchiato uomini? Non ancora. Ah, ecco...

In palestra riprende l'allenamento interrotto da più di una settimana e dopo il riscaldamento si sfoga a tirare pugni al sacco. Il coach la osserva tra il curioso e il divertito:

«Chi pensi di menare, Francesca?»

«Nessuno. Cioè uno, un po'.»

«Se lui non è un colosso, con una doppietta lo sfracelli. Adesso però mettici meno foga, se no domani hai le braccia di piombo.»

Doccia e poi di buon passo a casa. Si trucca, sceglie con cura l'abbigliamento: un vestito invece dei soliti pantaloni, un vestito di lanetta morbida, sexy ma non troppo. Che cosa voglio, si chiede, una serata di seduzione e approcci? Approcci spinti sino a dove? Interlocutori, diciamo, in attesa di approfondimenti successivi, oppure sbrigativamente diretti allo scopo finale? Mah, dipende dall'atmosfera, da quello che dirà e farà lui, da come reagirò io... Sono a digiuno da settimane e settimane, e un certo appetito ce l'ho...

Scende al piano di sotto, suona il campanello, la porta si apre.

«Ciao» dice lui. «Come sei bella!»

Un buon inizio, pensa lei porgendogli una bottiglia.

Lui la prende e legge l'etichetta:

«Barolo 2004. Un'annata eccezionale. Andava aperta un po' prima però.»

«La aprirai un'altra volta.»

«Eh no, dobbiamo berla insieme.»

«Allora la berremo insieme un'altra volta. A meno che questa sia l'ultima cena.»

Lui sorride e le sfiora i capelli con una carezza. Primo approccio promosso a pieni voti, pensa lei.

«Spero che sia la prima di una lunga serie» obietta lui. «Metto in tavola tra dieci minuti più o meno. Ti va un aperitivo?»

«Sì, grazie.»

«Te lo preparo. Bellini o Negroni?»

«Negroni, è più alcolico.»

«Bene, intanto siediti o fa' quel che vuoi.»

Francesca guarda in giro, esaminando la stanza con più attenzione della prima volta. Sul tavolino davanti alla tele c'è un vaso con un mazzo di tulipani bianchi dalla corolla lievemente ricurva verso il basso: una meraviglia, una gentilezza indiretta. Guido le ha regalato dei fiori soltanto una volta, e dopo una sorta di suggerimento abbastanza esplicito («Che belle quelle fresie, e chissà che profumo!»), perplesso come se trovasse strano che a una donna piaccia un omaggio floreale.

Si volta, avvicinandosi all'angolo cottura dove lui sta trafficando tra fornello e pentole e si ferma davanti a un tabellone magnetico su cui sono fissate una decina di foto grandi e piccole: una coppia di mezz'età a Venezia (Sono i tuoi? Sì. Anche questi allora. Sì, da fidanzati), una donna giovane e allegra che fissa l'obiettivo con spavalderia (Mia sorella Valentina, adesso abita ad Amburgo, la vedo poco), lui e una ragazza alta e magra con l'aria imbronciata (La mia ex, di una vita fa), lui e due coetanei sui diciannove-vent'anni al mare, lui e gli stessi da ragazzini in un campetto da calcio, lo stesso terzetto a Torino davanti al Palaisozaki durante le Olimpiadi invernali.

«Amici cari?» chiede lei.

«Sì» risponde lui andandole accanto, «compagni alle elementari alle medie e alle superiori, Bobo e Johnny.»

«E adesso che fanno?»

«Bobo niente, sta in una clinica.»

«Incidente, malattia?»

«Incidente.»

«Di che tipo?»

«Stradale. Gli è andata proprio male, poverocristo.»

«E Johnny?»

«Lui è un po' fuori di testa.»

«Li vedi ancora?»

«Ogni tanto. Ma mi fanno una pena...»

«Scusa, non volevo immalinconirti.»

«Non sono malinconico quando sto con te.»

Fanno cincin con i bicchieri che si toccano. Il Negroni regala subito una piacevole euforia.

Lui si allontana per mettere su un cd. Frank Sinatra, voce splendida e carezzevole, musica ruffiana: l'atmosfera c'è tutta, pensa lei mentre si siede a tavola.

Chivasso

«Ho fatto le mie brave ricerche, capitano» aveva detto la Cavallari nel pomeriggio, «e secondo me c'è un certo Ognibene Serafino detto il Romano che bisognerebbe sentire.»

«Con un nome del genere cosa può aver combinato?»

«Ne ha combinate un bel po': risse, intimidazioni, resistenza alla polizia...»

«Ma cosa c'entra con noi?»

«È uno dei due scagnozzi di cui il Torasso si serviva per sollecitare i debitori ritardatari. Ci ho messo tutto il weekend per decifrare gli appunti e poi per fortuna i tabulati del cellulare di servizio della pro-prozia mi hanno aiutata. Ho chiesto qualche informazione a Torino e mi hanno detto che è un vero balordo.»

«I carabinieri?»

«No, la polizia.»

«Con chi ha parlato?»

«Con l'ispettore Vitello.»

«Ma è della omicidi.»

«Però anche mio vicino di casa quando abitavo a Torino. Mi ha dato delle indicazioni su dove cercarlo, perché l'Ognibene non è un tipo da pantofole e tinello. Le ho scritte qui, ecco.»

«Grazie Cavallari.»

«Ancora una cosa. Quella Deborah Fiore, la nipote...»

«Dobbiamo risentirla tra un po'. Ci ha contato delle belle balle, anche se ininfluenti.»

«Allora chiedetele delle chiavi di casa della Careggio. Secondo me le ha prese lei quando ha scoperto il cadavere dello zio.»

«Però non ne ha fatto niente.»

«Siete sicuri? Comunque è un furto. Torchiatela un po'.»

«Ci penserà Giordano, che non la può soffrire.»

«Lei invece, capitano, se la mangia con gli occhi» obiettò il maresciallo, chiamato in causa.

«No, la trovo stupida e irritante, ma mi fa anche pena.»

«Perché la dava a quel porco di suo zio per i soldi invece di darsi una mossa a finire gli studi? Perché si spinella e s'impasticca, perché gira in Yaris veste da diva e ci piglia per il culo?» s'infervorò Carmen Cavallari, e aggiunse: «A me quelle come lei fanno rabbia, non pena. Posso assistere all'interrogatorio?»

«A patto che non la sbrani» acconsentì Sartori.

«Sbranarla no perché sono vegetariana, ma farle qualche domandina, da donna a donna...»

Quando Deborah arrivò, il comitato d'accoglienza era composto dal capitano dal maresciallo dalla Cavallari e dalla piemme che era passata per informarsi sullo stato delle indagini e poi aveva deciso di fermarsi. Saltarono le formalità e appena la ragazza si fu seduta, la Cavallari esplose:

«Dove sono le chiavi?»

«Quali chiavi?» esalò Deborah.

«Quelle che hai preso a tuo zio quando hai trovato il cadavere, sempre che non lo abbia ammazzato tu. O fatto ammazzare.»

«Ma io... lo zio...»

«Sì, gli volevi bene e per dimostrarglielo gliela davi. A pagamento però, l'hai ammesso tu stessa.»

«Ma perché... perché avrei dovuto... ammazzarlo?»

«Buona domanda, e la risposta è questa: perché i soldi che ti passava non ti bastavano più e sapevi che nella cassaforte c'era un bel gruzzolo. In contanti. Da arraffare. Uno spintone alla pro-prozia, o magari un'altra sprangata in testa e ti sistemavi per un bel po'.»

«Io non ho fatto niente, ho un alibi...»

«Tu credi di farci fessi, credi di essere una dritta e invece sei solo una balenga che a ventisette anni non ha ancora combinato un cazzo nella vita, se non puttaneggiare coi vecchi bavosi e sporcaccioni. Allora ste chiavi le tiri fuori sì o no? Le tieni a casa o dove?»

La piemme era in imbarazzo sulla sedia, il capitano e il maresciallo anche, ma incuriositi dalla tenzone tra dame. Deborah tentò la strada delle lacrime e strinse la borsetta al petto. La Cavallari si sporse verso di lei e gliela strappò di mano.

«Vicebrigadiere...» tentò di placarla la piemme, ma lei stava rovesciando il contenuto della borsa sulla scrivania.

Pettine, cipria compatta, fard, mascara, rossetto, fazzoletti di carta, specchietto, chewing-gum, portafoglio, chiavi della macchina, altro mazzo che doveva essere quello di casa, due cellulari. La Cavallari scosse ancora la borsa, poi accennò un sorriso: in una tasca della fodera c'era qualcosa di duro. Aprì la lampo, tuffò dentro la destra: «E queste cosa sono?» chiese sarcastica mostrando a tutti il mazzo di chiavi che stavano cercando.

Deborah si rattrappì sulla sedia, e la vicebrigadiere incrudelì:

«Soltanto un genio si porta appresso la prova di un crimine quando va dai carabinieri. E adesso dicci che cosa ne hai fatto di queste chiavi, miss Furbilia.»

Torino

Con la vedova Quarello ci erano andati giù pesantini, soprattutto il commissario che si era rimangiato il proposito di non risentirla e non si era lasciato ammorbidire dall'aria spiegazzata di lei. Una notevole differenza rispetto al primo interrogatorio, quand'era apparsa doverosamente afflitta, ma elegante e curata nell'abbigliamento, nella pettinatura, nel trucco leggero. A botta calda c'era forse il dolore, ma le preoccupazioni stavano ancora dietro le quinte, mentre adesso avevano conquistato il centro della scena.

Però, malgrado l'evidente disagio, Germana Molinari era rimasta ferma sulle sue dichiarazioni precedenti fin dove aveva potuto, e anche di fronte all'evidenza dei dati che le contestavano aveva ammesso il minimo indispensabile, anzi neppure quello.

No, non sapeva che Lorenzo e Carlo avessero ripreso a frequentarsi, l'aveva già detto. Il tentato ricatto al professore quando erano ragazzi? Ma no, un malinteso, una stupida bravata che per via di un equivoco era stata presa sul serio, non era per niente un ricatto, ma soltanto uno scherzo da adolescenti, ispirato da qualche film o fumetto.

Di questo passo, signora – era intervenuto senza riguardi il commissario –, anche l'omicidio di suo marito può essere classificato come una bravata, uno scherzo, o l'imitazione di una scena di *Gomorra* o se preferisce di *Pulp Fiction*.

Lei si era irrigidita, obiettando che tra uno pseudoricatto e un omicidio riuscito c'era una grossa differenza, che non sarebbe dovuta sfuggire a nessun poliziotto, a meno che fosse sprovveduto o prevenuto.

A quel punto Berardi si incattivì. Sta stronza ex bella chi si crede di essere, chi pensa di pigliare per i fondelli, con la sua allure da indossatrice decotta, la sua ipocrisia da riccastra, il suo familismo amorale a senso unico? Il figlio scomodo mollato come un pacco ai genitori quando le conveniva, quando voleva entrare nelle grazie e nel portafoglio del marito, e adesso invece difeso e discolpato per parare il culo all'altro, il legittimo? Il defunto faceva solo bene a svagarsi insieme con l'amante, che di tutta la banda sembra l'unica persona decente, che non si trincera dietro una rispettabilità verminosa, ma ha la dignità di ammettere il reale. E adesso vediamo come se la cava con i prelievi dal nuovo conto corrente.

I prelievi? Suo marito doveva saldare il conto di piccole ordinazioni, magari qualche intervento veloce di un artigiano, roba da poche centinaia di euro e preferiva sbrigarsela coi contanti. E all'obiezione che di quei pagamenti ci dovevano essere delle quietanze, dopo una lieve alzata di spalle spiegò che non si occupava di contabilità, non ne sapeva niente, insomma nelle faccende di lavoro di suo marito lei non ci metteva becco.

Però lei stessa aveva fatto dal medesimo conto numerosi prelievi: forse per pagare in contanti sedute a un centro benessere, o acconciature da un parrucchiere di grido?

Sguardo gelido e tagliente verso chi – il commissario – tentava su di lei l'arma del sarcasmo. E intanto lui rifletteva ancora sulla metamorfosi della donna avvenuta in così pochi giorni. Che cosa l'aveva determinata? L'ipotesi di un ricatto ci stava tutta e chi ci si sottomette ha sempre qualcosa di compromettente da nascondere. Gli interrogativi a questo punto risultavano i seguenti: primo, l'identità del ricattatore che poteva essere ignota alla vittima ma anche no; secondo, l'identità del ricattato (marito, moglie, figlio o figli); terzo, il motivo del ricatto, cioè l'infamia che andava a tutti i costi tenuta segreta.

Il commissario tempestò la vedova di domande su questo tema, ma non riuscì a scalfire la corazza della sua difesa, basata sui "no", "non so" e "non ricordo": no, non esisteva nessun ricatto a danno di nessun membro della sua famiglia; non sapeva ma solo supponeva perché il marito avesse deciso di aprire un ulteriore conto in banca oltre a quelli che già aveva; con lei, come già aveva detto e ripetuto, non discuteva di lavoro e delle necessità che questo comportava; non ricordava come avesse speso il denaro prelevato in contanti, il lutto recente le aveva cancellato dalla memoria i particolari futili.

Piantò risoluta gli occhi in faccia al commissario: ecco, pensò lui, adesso ti sei rivelata, mia cara Germana Molinari vedova Quarello, adesso finalmente ti ho capita, tu sei questa, non quella del primo e del secondo interrogatorio, sei una con l'anima di pietra, capace di mentire e decidere autonomamente, sei tu che non hai voluto crescere Carlo con gli altri tuoi figli e ne hai addossato la colpa al Quarello, sei tu la regista occulta delle trame di famiglia. E al killer della moto forse sei stata tu ad armare la mano.

La pregò di attendere qualche minuto, lasciò l'ufficio per accordarsi con il piemme e quando rientrarono quest'ultimo le comunicò seccamente di procurarsi un avvocato e di considerarsi iscritta nel registro degli indagati.

Torino

Livietta, seduta da sola al tavolo di cucina, mangia gli straccetti con l'aria assorta.

Potti, senza alcuna speranza di un boccone in elemosina, continua a fissarla, incapace di distogliere lo sguardo.

Camilla sta rinchiusa in bagno come in un rifugio inviolabile.

Sto sbroccando, pensa, sto avendo reazioni incontrollate. D'accordo, lei mi è ostile, rifiuta con me ogni comunicazione che non sia di servizio, risponde alle mie domande con sufficienza sdegnosa e termini irriguardosi, si comporta in casa come un'occupante incivile. Ma.

Ma io forse le sto troppo addosso e non gliene risparmio una, mentre dovrei lasciare che i suoi quindici anni di scontentezze e rabbie mi scivolassero sulla pelle come l'acqua della doccia, dimostrando un'imperturbabilità orientale. Da bodhisattva, anzi da Buddha che ha raggiunto l'illuminazione e il distacco definitivo da ogni legame terreno.

Però sai che meraviglia, a pensarci! Tanto varrebbe procurarsi una bara ben imbottita, accomodarcisi dentro e spararsi un colpo dopo aver pregato gli astanti di chiudere il coperchio. Una via di mezzo allora, *in medio stat virtus*, come sostenevano i latini sentenziosi, Cicerone in primis che aveva da dire la sua su tutto. O peggio ancora quell'esimio rompiballe di Catone il vecchio, che prima di fossilizzarsi su *delenda Carthago* aveva sproloquiato contro il lusso l'ellenismo i baccanali i medici eccetera e fornito precetti su come allattare i figli piantare le viti e seminare il grano.

Ma che c'entrano Cicerone e Catone con la contesa tra me e Livietta. Con lo stato di non belligeranza tra me e Renzo. Con la confusione emotiva che mi procura ogni incontro con Gaetano. Che bello se avessi una sorella. Una sorella maggiore saggia comprensiva e soccorrevole. Con cui confidarmi a cuore aperto. A cui chiedere consigli. Invece solo cognate, che non sono la stessa cosa. E mia mamma non c'è più, e i suoi consigli non li ho mai seguiti, povera mamma. Per fortuna però, che non mi piacerei se fossi come lei mi voleva. O meglio mi piacerei ancor meno. Un caffè, mi prendo un buon caffè forte. Ci vorrebbe anche una sigaretta, ma ho smesso, con tutto sto martellamento contro i rischi del catrame e della nicotina. In compenso respiro aria avvelenata e non c'è modo di smettere. Cioè ci sarebbe, con la soluzione bara che al momento non mi attira nonostante i triboli. Coraggio, usciamo dal bagno e affrontiamoli, sti triboli spinosi della quotidianità.

«Hai ancora fame?» chiede a Livietta.

«Un po'.»

«Un panino con burro e acciughe?»

«Com'è? Mai mangiato.»

«Una *galuperia*, cioè leccornia. Il dolce del burro, il salato dell'acciuga e il neutro del pane. Me ne faccio uno anch'io, come antipasto.»

«Poi si capisce che non dimagrisci.»

«Chissenefrega. Donna cicciuta, sempre piaciuta.»

Mentre va verso il frigo, le sembra che le labbra della figlia si stirino in un sorriso.

Chivasso

Sarà per via dell'effetto mediatico, con i cuochi vip quasi tutti uomini e bellocci, oppure per il progressivo avvicinamento tra il côté maschile e quello femminile, comunque Sergio sembra vivere tra i fornelli, e non davanti o dentro a un pub o a una disco, pensa Francesca.

Insalata di robiola noci e sedano (afrodisiaco?), barchette con crema di parmigiano e uva, spumoncini di prosciutto: «Chi ti ha insegnato a cucinare?» chiede incuriosita.

«Mia mamma. Poi ho comprato qualche libro. E tu?»

«Io cucino pochissimo. A pranzo mangio in mensa, alla sera compro qualcosa di pronto oppure mi faccio una bistecca ai ferri. Con contorno di valeriana in vaschetta del supermercato. O anche lasagne al forno, sempre in vaschetta e sempre del supermercato.»

«Magari surgelate.»

«Esatto. Non per indifferenza verso il cibo, ma per pigrizia. Anche perché non mi pare che valga la pena di spignattare per me sola.»

«E se ci fosse un compagno?»

«Attualmente non c'è.»

«Allora ho qualche speranza.»

«Dipende da cosa hai preparato per dopo.»

«Un minuto di pazienza e lo vedi.»

Si alza da tavola, estrae dal forno uno stampo coi bordi alti, lo appoggia su un piatto da portata per rovesciarlo. Lei gli si è avvicinata:

«Timballo di riso!»

«Coi funghi.»

«Sei una vera sorpresa, Sergio.»

«Bella o brutta?»

«Bella.»

«Tu invece non sei una sorpresa. Sei proprio come credevo.»

Rimette sul piano di lavoro il piatto che stava per portare a tavola, la stringe a sé e la bacia.

Ma sì, pensa lei rispondendo docile al bacio, in fondo era quasi previsto. La musica i tulipani il gatto imboscato chissà dove, forse nel cesso, e poi il vino il cibo la tavola apparecchiata con tovaglia e tovaglioli bianchi, senza candela per fortuna, ché le candele non le sopporto. Un bel ragazzo gentile si è dato da fare per me, cosa posso volere di più?

Lui rafforza la stretta con il braccio sinistro, con la destra le percorre la schiena, le accarezza il collo e la nuca.

Vorrei che fosse Guido, ecco cosa vorrei. Ma vorrei anche che Guido fosse Sergio. Teso, appassionato, con un gran desiderio di me.

Lui la spinge verso una porta chiusa.

Camera da letto probabilmente, niente sesso tipo postino che suona sempre due volte, in piedi contro il lavello o rovesciata sul tavolo.

Lui apre la porta e intanto comincia a tirarle giù la lampo del vestito. Ha il respiro accelerato, urgente.

È pronta anche lei, con il cuore che martella. Ma, si chiede, come sarà il timballo riscaldato?

Sul letto c'è un piumino color malva. Soffice, attutisce l'urto dei corpi. La lampo si inceppa, non scende. Lui, continuando a baciarla e mordendole le labbra, le infila una mano sotto la gonna, trova l'elastico dello slippino, comincia a tirarlo giù. Lei cerca di slacciargli la cintura dei jeans, osserva compiaciuta il turgore sottostante.

C'è uno squillo di cellulare. Vicino, vicinissimo. Troppo.

Hanno un moto di fastidio tutti e due. Nella tasca del vestito, pensa lei, ecco dov'è. Difficile da raggiungere in questa posizione. Tasca destra tagliata di sbieco all'interno. Si scosta un poco, si mette sul fianco sinistro per raggiungere il telefono e zittire lo squillo.

Lui le ha sfilato lo slippino, sta infilandosi con la testa sotto la sua gonna.

«Un attimo!» dice lei, un po' ansimante. Ha visto il numero segnato sul display. Risponde.

Qualche minuto dopo sta correndo in macchina verso l'ospedale. Senza slip, spettinata, il vestito tutto grinze, il labbro inferiore dolorante per i morsi, forse gonfio.

«Dottoressa mi scusi, è per via della Cambursano...» aveva detto Armanda, l'infermiera veneta grassa ed efficiente.

«Sì...» aveva mormorato Francesca.

«È alla fine. Vuole la sua mamma, cioè lei. Continua a chiamarla. Non so se ho fatto bene...»

«Sì...» aveva ancora detto lei, allontanando la testa di lui dal suo pube.

Marianna Cambursano è un uccellino dal profilo aguzzo, con gli occhi velati dalla cataratta e il respiro che se ne sta andando.

«Mamma!» sospira quando Francesca le prende la mano tra le sue.

«Sono qui. Accanto a te.»

«Stanca. Sono tanto... stanca.»

«Adesso ti racconto una favola, così ti addormenti. Vuoi?»

«Sì... con una principessa...»

«C'era una volta, tanto tempo fa, una bellissima principessa che si chiamava Rosaspina...»

Francesca le racconta tutta la favola e poi gliela racconta un'altra volta e un'altra ancora. Marianna ha chiuso gli occhi e sembra assopita, ma continua a stringerle la mano con forza.

Quando gliela abbandona, sono passate da poco le due di notte, l'ora preferita dalla Signora con la falce.

Chivasso

«Dottoressa, venga via. Le preparo un caffè, o preferisce una camomilla, un tè?»

«Una camomilla, Armanda, grazie. Chi si occuperà di lei?»

«La cognata, la vedova di suo fratello. Altri parenti non ce ne sono, pare. Ma abita a Giaveno, ha quasi ottant'anni e non è tanto in salute, poveretta.»

«Quando la avvisate?»

«Dopo le otto. Inutile svegliarla nel mezzo della notte, tanto non potrebbe fare niente.»

«Già, inutile.»

«Però forse non ho fatto bene a disturbare lei...»

«Ha fatto benissimo. Nessuno dovrebbe morire da solo. E poi ero la sua mamma, no?»

«Beva la camomilla e vada a letto, dottoressa, che le resta poco da dormire.»

Non credo che dormirò stanotte, pensa Francesca tornando a casa. È turbata, molto di più di quanto lo sia mai stata di fronte alla morte di un paziente. Ma Marianna Cambursano per lei non era una paziente qualunque, anche se non ne sa il motivo. Era vecchia, in marasma senile, senza il conforto regolare di visite affettuose, ma quanti altri malati aveva conosciuto nelle stesse condizioni? Il fatto è, considera tra sé, che scegliamo i soggetti cui affezionarci obbedendo a impulsi misteriosi, indecifrabili razionalmente anche se cerchiamo sempre l'appiglio della ragione. Gli occhi di un cane o le sue zampotte, la vecchiezza estrema di Marianna, il suo vaneggiare patetico nel ricordo dell'infanzia...

E nell'amore? Perché mi sono così persa dietro a Guido, che è sempre stato tiepido e avaro di sé nei miei riguardi, senza slanci, guardingo e un po' scostante? Che cosa ho visto in lui per volerlo così tanto? È la sua mancanza che mi rende tanto fragile e vicina alle lacrime, mentre per la morte di mio padre non sono riuscita a versarne? Eppure gli volevo bene da sempre, dal primo ricordo che ho di noi due insieme, io seduta sulle sue spalle durante una gitarella in montagna, dopo aver piagnucolato per la stanchezza, lui che mi solleva e mi issa a cavalcioni e poi si finge cavallo e nitrisce... ma il dolore e il rimpianto per la sua morte mi colpiscono a intervalli, a rate, come un debito che non potevo saldare subito e che non ho ancora finito di pagare.

Parcheggia la macchina sotto casa, alza lo sguardo verso le finestre di Sergio Cena: sono tutte buie.

Meglio così, pensa, sarà andato a dormire. E ce l'avrà con me, perché la mia fuga tempestiva (o intempestiva) deve averlo impermalito. E dire che c'era tutto il tempo per una sveltina o una lentina, e anche per due bocconi di timballo, ma come potevo sapendo che la Cambursano mi chiamava... Dovrò affrontarlo, spiegargli cos'è successo... e recuperare le mutande. Non so se ne ho voglia.

Entra in casa, si aggira inquieta nel suo monolocale, apre il frigo, mangia due sottilette e un'arancia.

Non riesce a decidersi ad andare a letto. Poi afferra il cellulare, scrive e invia due messaggi: a Guido ("Mi manchi tanto. Vieni!") e a sua madre ("Ti voglio bene, baci baci e baci").

Torino

L'ingegnere a cui avevano rubato la Honda aveva la stazza di un cestista, il viso ombreggiato da una barba di due tre giorni e i capelli a coda di cavallo. Non c'è più fede, non c'è più religione, commentò ironicamente tra sé l'ispettore Vitello, se anche Mamma Fiat assume degli ingegneri che sembrano calciatori o tronisti! Del resto anche l'amministratore delegato con i suoi cashmirini da liceale di mezzo secolo fa e la barbetta da homeless... mah, chissà dove andremo a finire!

L'ingegnere non sembrava troppo afflitto dal furto subito, ci avrebbe pensato l'assicurazione a rimborsarlo, anche con una certa velocità, visto che il direttore dell'agenzia era un suo amico, e comunque d'inverno, dato il clima, praticamente era come se non ce l'avesse la moto, anche perché andando avanti e indietro dal Brasile di tempo per scorrazzarci sopra gliene restava poco. Amici o conoscenti balordi? No, non ne aveva proprio, e non aveva neppure idea di chi potesse aver adocchiato la sua Honda. I coinquilini? Ma no, tutta gente perbene, per quanto ne sapeva lui, professionisti, impiegati, commercianti, gente così. Nell'ambiente di lavoro? Figurarsi, non si era più ai tempi del professor Valletta, ma la direzione non aveva di sicuro smesso di avere le sue brave fonti d'informazione, alla faccia della privacy, si capisce. Insomma, gli dispiaceva tanto di non poter essere utile alle indagini, ma erano poi proprio sicuri che l'assassino viaggiasse su una Honda CBR 1000 RR?

Purtroppo no, pensò senza dirlo l'ispettore Vitello, perché riguardo alle moto la Baudino si era dimostrata competente quanto lo era lui di ceramiche Ming. Un buco nell'acqua, un altro, in quella indagine sfigata.

Il secondo ingegnere, Michele Quarello primogenito del defunto Gabriele, era un giovane precocemente vecchio, compassato e ingegneresco fin nel modo di soffiarsi il naso. Rispetto alla prima volta in cui era stato convocato, sembrava piuttosto scazzato e anche più impensierito. Perché lo avevano richiamato, forse?, si chiesero ciascuno per conto proprio Berardi e Vitello, sperando entrambi che l'evidente malumore dell'interrogando potesse essere sfruttato a proprio vantaggio. Approccio morbido quindi, per affondare più avanti il coltello nei punti eventualmente dolenti.

«Ingegnere, ci dispiace di averla disturbata di nuovo, ma abbiamo bisogno della sua collaborazione» esordì cerimonioso il commissario.

«D'accordo.»

«Come certo saprà, sua madre è stata iscritta nel registro degli indagati. Riteniamo che ci nasconda qualche informazione che potrebbe essere utile per individuare l'assassino. Sappiamo benissimo che in ogni famiglia ci sono dei segreti, anche innocui, che i componenti della stessa non vogliono rivelare, ma di fronte a un omicidio è doverosa la massima collaborazione con gli inquirenti. D'altra parte noi garantiamo la massima riservatezza su ogni dettaglio che non sia rilevante.»

(L'ispettore si osservò pensoso la punta delle dita: apertura n° 6 del repertorio, mossa prevedibile come il pedone d2 davanti al re, capace però di spiazzare un avversario cavilloso. In quanto alla riservatezza... be', dipende da quanto è mediatico l'omicidio e da quanto sono seri gli inquirenti, i magistrati e gli avvocati. Avevano visto certi casi...)

«Chieda pure» acconsentì l'ingegnere.

«Suo padre negli ultimi tempi era forse preoccupato per qualcosa?»

«Mah... più che preoccupato mi era parso... ecco direi distratto, come se avesse la testa impegnata in qualcos'altro.»

«Forse in un ricatto di cui era vittima?»

«Ricatto? Per cosa?»

«Suo padre aveva una relazione extraconiugale.»

«Un ricatto per quello? No, non ha senso. Credo che mia madre ne fosse al corrente.»

«Crede o lo sa?»

«Nessuno ne ha mai parlato apertamente, e io da anni vivo da solo, ma la mia sensazione è che la mamma sapesse e facesse finta di niente.»

«Eppure l'ipotesi di un ricatto non è campata in aria. C'è un conto corrente...»

«... me ne ha parlato il commercialista...»

«... con dei prelievi sospetti, di cui sua madre non ha voluto dare spiegazioni.»

«Neanche a me.»

«E a suo fratello Lorenzo?»

«A lui forse sì. Gliel'avete chiesto?»

«Non ancora. L'abbiamo convocato, ma è partito di nuovo, sembra.»

«Ah.»

«Perché pensa che sua madre gli abbia parlato di quel conto?»

«Perché con lui ha più confidenza.»

«Intende dire che con lui ha un rapporto speciale, che è il suo figlio preferito?»

L'ingegnere ebbe una contrazione involontaria dei muscoli del viso. Eccolo qui il punto dolente in cui affondare il coltello, pensarono il commissario e l'ispettore. Il punto che non tiene, anche in un solido ingegnere edile.

«No... è che vivendo ancora in casa...»

«Veramente più in viaggio che in casa, anche in un momento particolare come questo. Com'erano i rapporti di suo padre con Lorenzo?»

«Be'... non sempre facili.»

«Soliti conflitti padre-figlio?»

«Non solo. Lorenzo non è mai andato bene a scuola, è

sempre stato un po' ribelle, insomma non corrispondeva agli ideali di mio padre.»

«Non corrispondeva al punto da tentare un ricatto, insieme col fratellastro, a danno di un professore. Suo padre, a quanto ci risulta, ci era rimasto molto male, sua madre invece parla di uno scherzo, di una innocua bravata. Solo che non lo era affatto.»

«È roba di parecchi anni fa, però.»

«Certo. Ma parliamo di adesso. Invece di frequentare l'università suo fratello va negli Stati Uniti, in Messico, torna e poi riparte. In mezzo ci racconta un sacco di balle, come sua madre e il fratellastro. Perché, cosa ci nasconde, e chi gli passa i soldi per le sue scorribande? Sua madre?»

«Gliene ha sempre passati, ma non poi tantissimi.»

«Di nascosto a suo padre?»

«In parte sì.»

«Per farne cosa?»

«Vestiti, divertimenti...»

«... droga.»

L'ingegnere non si prese la briga (o la responsabilità) di negare.

«Cocaina?»

«Credo.»

«Ma quel conto corrente con i prelievi misteriosi è stato aperto da entrambi i suoi genitori. Anche suo padre si era rassegnato a sovvenzionargli il vizietto?»

«No, non l'avrebbe mai fatto.»

«Eppure suo fratello ha un SUV Maserati, fa una vita brillante, viaggia e soggiorna in America. Con che soldi?»

Michele Quarello si strinse nelle spalle senza rispondere.

«Forse con dei soldi di droga. Che non si limita a consumare. E probabilmente è in combutta con il fratellastro Carlo, che ha un tenore di vita non corrispondente allo stipendio.»

L'ingegnere continuava a restare in silenzio. Era evidente che le supposizioni del commissario non gli rivelavano scenari insospettati e che il silenzio era un sofferto atto di fedeltà alla famiglia.

«Torniamo all'ipotesi del ricatto. Ammettendo che non

abbia a che fare con la relazione extraconiugale di suo padre, è possibile che riguardi invece gli intrallazzi di droga di Lorenzo? Un pagamento per evitare lo sputtanamento o la denuncia?»

«No.»

Un no secco e convinto.

«Perché no?»

«Perché mio padre non avrebbe più accettato di coprirlo.»

«Allora l'aveva già fatto.»

«Una volta. Aveva giurato che sarebbe stata l'ultima. E sono sicuro che non si sarebbe smentito.»

«Forse un passo avanti l'abbiamo fatto» commentò il commissario dopo aver congedato l'ingegnere.

«Nel senso di escludere fratello e fratellastro dal ruolo di ricattatori» puntualizzò l'ispettore.

«Ma l'ipotesi del ricatto resta valida, solo che bisogna cercare altrove.»

«Resta valida con quel balordo del Ruffini. Come omicida non me lo vedo, però come ricattatore ha tutti i connotati giusti.»

«Ma ricatto per cosa, dal momento che la relazione con la Nevissano era un'arma spuntata?»

«Per una faccenda del passato, che il defunto e la sua gentil consorte non volevano saltasse fuori.»

«Bravo, ispettore. E adesso mi dica, perché ci siamo lasciati scappare quel fetente di Lorenzo Quarello?»

«Perché lei, commissario, ha dato l'ordine di sorvegliarlo quando quello se l'era già squagliata.»

«L'ordine l'ho dato appena la Baudino mi ha raccontato la cosa...»

«Allora se la prenda con lei, che gliene ha parlato in ritardo.»

Chivasso

La telefonata di Alina arrivò mentre Francesca stava andando in palestra.

«Vieni dottoressa, vieni adesso a bere tisana.»

«Non stai bene Alina? Hai mal di testa, nausea, vertigini?»

«No no, io bene. Ma tu vieni.»

«Adesso non posso.»

«Vieni dopo, vieni però.»

«Tra due ore, va bene?»

«Okay, io aspetto.»

Non posso rinunciare alla palestra, non oggi, anche se non sarebbe uno dei miei giorni. Ma l'esercizio fisico, pensò, mi aiuterà a scaricare malinconia e tensione. Tensione per l'attesa di una telefonata da parte di Guido, dopo la mia resa indecente. Ma chissenefrega della decenza, in amore. Gli ho chiesto scusa, anzi mi sono praticamente genuflessa di fronte a lui ("Mi manchi tanto. Vieni!"), un appello da invertebrata, da schiava nubiana, da tappetino pulisciscarpe. Come a dirgli: non importa se ti concedi a dosi omeopatiche, non importa se non mi chiami, se mi consideri un accessorio trascurabile della tua esistenza; io ti amo lo stesso, e sono qui ad aspettare un tuo cenno di benevolenza, mio signore.

Mi faccio pena. E anche un po' schifo. Ho studiato, mi sono laureata con il massimo dei voti, ho trovato il lavoro per cui mi sono preparata senza leccamenti di culo a nessuno, senza spinte né raccomandazioni, mi mantengo, ho una vita indipendente e poi guaisco come un cane mollato sull'autostrada. Eh sì, i padroni devono andare in ferie e Bobi ingombra, crea problemi con l'albergo, con il ristorante, con la spiaggia. Ma che problemi ti creo io, io che sto qui a mille chilometri di distanza, che vengo da te solo quando me lo concedi e non ti faccio fare brutte figure, una brava dottoressa vestita bene, non smandrappata, non troppo sboccata, che parla pure fluentemente il francese, non come te d'accordo, non con la tua ricchezza lessicale, con la tua erre uvulare e con le nasali da adenoidi, ma insomma capace di sostenere una conversazione non cavernicola, una che si interessa di cinema, di musica, di letteratura... Ah pardon, una che equivoca sulle *neiges d'antan*, e che è, parole tue, sorda alla poesia! Ma vaffanculo Guido, vacci, che è meglio per tutti e due, ma soprattutto per me.

«Ti alleni anche oggi?» si stupì il coach quando la vide.

«Sì. Me lo trovi uno sparring partner? Ho voglia di boxare per davvero.»

«Di' un po', cos'è che ti rode?»

«Niente. E non ho bisogno di confessori né di strizzacervelli.»

«Ma di una sana scopata forse sì.»

Francesca si bloccò un attimo, incerta se mandare a fanculo pure lui o accettare sportivamente la diagnosi, poi decise per la seconda ipotesi.

«Sai cosa dice il proverbio? Che in mancanza di cavalli si fan correre gli asini.»

«Capito. Vuol dire che oggi l'asino lo faccio io. Non per saltarti addosso, tranquilla, solo per mollarti qualche sberla.»

Dopo, sotto la doccia, Francesca si esaminò la spalla sinistra, su cui stava pigliando forma e colore un livido grosso quanto due noci. Come nelle vecchie polaroid, si scoprì a pensare, quando da bambina le immagini non si definivano mai abbastanza in fretta per la mia impazienza.

«Mettici la testa non solo la rabbia» mi ha urlato il coach dopo avermi beccata, e poi mollava pugni da signorina, fingendo però di colpire a fondo. Sono stata al gioco e ho finto anch'io, finto di non accorgermene, perché gli voglio bene.

Mah, sto volendo bene a troppa gente. Al coach, a Marianna Cambursano, ad Alina... e oggi ho chiamato due volte mia mamma, così, solo per sapere come stava. E anche Camilla, che però aveva il telefono di casa sempre occupato e il cellulare spento.

Torino

«Professoressa Baudino, sono l'ispettore Amleto Vitello. La disturbo?»

«No ispettore, dica pure.»

«Vorrei chiederle una cortesia, ma di nascosto al commissario, se no dice che sono fanatico delle quisquilie e pinzillacchere.»

«Anche a lei piace Totò, sento.»

«Eh sì, ho fatto il militare a Cuneo. Davvero.»

Spiritoso, pensò lei, un aspetto che non gli conoscevo.

«Allora, sta quisquilia?»

«Dovrebbe cercare su internet la foto della moto Honda CBR 1000 RR e dirmi se potrebbe essere quella su cui viaggiava il killer dell'ingegner Quarello.»

«Subito?»

«Quando può.»

«Adesso sto facendo la tartrà, col cordless all'orecchio per evitare guai, ma appena la inforno vado al computer.»

«Sa fare la tartrà?»

«Sì, perché?»

«Non la fa più nessuno. Neanche i ristoranti di tradizione piemontese. E dire che è di una bontà...»

«Se mi viene bene, gliene porto un paio di stampini.»

«Ma no, si figuri...»

«Cosa fa, il cerimonioso?»

«No, ma non vorrei...»

«... disturbare. Ispettore, non faccia la madamin piemontese, e mi dica qualcosa sulle indagini.»

«Siamo al *pian dii babi.* Siamo convinti che di mezzo ci sia un ricatto, ma non riusciamo a capire a proposito di cosa.»

«Corna no, droga neppure, ne deduco.»

«Infatti. La droga c'è, ma non pensiamo sia legata all'omicidio.»

«Qualcosa di sconveniente nel passato della vittima?»

«Ci abbiamo pensato. Ma sembra che non ci sia nulla.»

«Una grana legata al lavoro? Un cedimento, un crollo, un debito non onorato?»

«No. C'è stato anni fa un incidente in uno dei suoi cantieri, con un muratore morto, ma l'ingegnere ne è uscito pulito pulito. Antinfortunistica in regola, era il muratore a essere ubriaco di mattina.»

«Italiano o extracomunitario?»

«Italiano.»

«Mah... sarà.»

«Cosa vuol dire?»

«Niente.»

«Non faccia la misteriosa. Cosa vuol dire con "sarà"?»

«Voglio dire che muratori italiani che si sbronzano sul lavoro mi sembrano improbabili. Che si inciucchino dopo, o nei festivi, è invece verosimile. Ci sgatterei un po' su quell'incidente. Certi palazzinari, non tutti per carità, sono iene e hanno sullo stomaco una moquette di peli. Se li ricorda quelli che dopo il terremoto dell'Aquila se la ridevano contenti? Comunque, mi scusi, non volevo dare lezioni e fare la prof. La chiamo in questura o al cellulare per la moto?»

«È meglio al cellulare. Le lascio il numero, è...»

«No, mi mandi un sms sul mio, perché sto rimestando la tartrà e sono una parente prossima dell'ex presidente Ford. La chiamo presto, ispettore.»

Parente prossima dell'ex presidente Ford, chissà che diavolo voleva dire, si chiese Vitello. Però simpatica, sta Baudino. Anche se secondo me il commissario farebbe bene a metterci una pietra sopra. Una volta per tutte e definitiva.

Chivasso

Serafino Ognibene detto il Romano – uno dei due scagnozzi dell'usuraio Torasso – non era il passante ideale da incontrare alle due di notte in una strada buia. Nel caso, sarebbe venuta la tentazione di offrirgli spontaneamente, come un gentile omaggio, portafoglio e cellulare, sperando che si accontentasse.

Massiccio, imponente e fanatico dell'iconografia, nel senso che era vestito preciso identico ai gorilla dei film americani sulla mafia. Gli aleggiava intorno, seppure in modalità *mute*, il leitmotiv del *Padrino*.

Lo avevano beccato a Torino in corso Giulio Cesare, mentre si scolava una birra al bancone di un bar che era stato già chiuso tre volte perché ritrovo abituale di delinquenti di varie etnie. Insomma, immerso in piena atmosfera cinematografica, grazie anche all'apporto di uno scenografo micragnoso ma eclettico riguardo agli arredi: sedie da rigattiere, tavolini di metallo scompagnati, san Gennaro e il Vesuvio col pennacchio in cornici cinesi con lucine incorporate, e due poster giganti di Milito.

All'arrivo dei carabinieri, nel locale c'era stato un fermo immagine e la caduta del sonoro: tutti congelati in pose statiche, in un silenzio rotto solo dallo sgocciolio dell'acquaio.

«Ognibene Serafino?» interrogò un appuntato.

«Sì» grugnì l'interrogato.

«Venga con noi.»

«Perché cazzo?»
«Per chiarimenti.»
«Che cazzo di chiarimenti?»
«Sull'omicidio Torasso.»
«Omicidio? Che cazzo ne so io?»
Innervosito dai troppi cazzi, l'altro carabiniere interloquì sbrigativo (e temerario):
«Ti schiodi da solo o ci pensiamo noi?»
Serafino Ognibene li squadrò con sufficienza tutti e due, scosse la testa e inaspettatamente decise per *peace and love* alla romana:
«Annamo, va', che m'avete già rotto abbastanza li cojoni.»
A torchiarlo, a Chivasso, ci pensarono il capitano e il maresciallo.
Il Torasso? 'Na brava persona, uno col core 'n mano, che ce ne fossero tanti come lui.
Una brava persona che prestava i soldi a strozzo.
Ma che stavano a ddi'? Je faceva pena 'a ggente disperata, je dava 'na mano se staveno impicciati. E si capisce che un poco d'interesse ce voleva, che nessuno fa gnente pe' gnente.
Ma se non pagavano in tempo, mandava lui a menarli.
Menare? Aò, mai menato nessuno lui. Lui pigliava le rate, quando quelli, li mortacci loro, non c'avevano manco il tempo di portarle, impicciati come staveno.
E se non pagavano proprio?
Eh... nell'imprese ci stanno li rischi, ma i più pagavano sempre.
E i meno?
Sarebbero?
Quelli che non avevano i soldi per pagare.
Cazzi loro. Ce potevano pensa' pure prima. Magari se li facevano prestare da quarcun artro.
Oppure?
Oppure oppure! Magari se davano, credevano d'anna' chissà dove sti stronzi...
Prima erano gente disperata, adesso stronzi.
Eh... se uno non paga quello che ha dda paga', mica è 'n angioletto!

Ma se proprio non può?

Ecchecazzo! Se spara, s'appende, se butta giù e la fa finita.

Sartori e Giordano si scambiarono uno sguardo.

Restava da chiedergli l'alibi per la sera del delitto, e il gorilla ce l'aveva, bello e sicuro: era stato coinvolto in una rissa e i carabinieri, quelli di Torino, se l'erano tenuto in caldo insieme ai suoi compari sino al mattino del giorno dopo.

Chivasso

Nonnetta stava come sempre davanti al televisore, ma si voltò e indirizzò a Francesca una specie di sorriso.

«Lei contenta. Venuto Gino a trovarla. E a pagare mio stipendio...»

Magari pure a farsi una sveltina con te, pensò Francesca, ché anche tu hai l'aria contenta. Ha ragione il coach, a me manca una sana scopata.

«Perché volevi vedermi?»

«Cosa importante. Ma prima tisana.»

«Lascia perdere la tisana. Dimmi.»

«No no. Tu triste, tu nervosa. Due minuti: prendi tisana speciale e poi stai bene.»

Chissà cosa ci mette nei suoi intrugli. Ma se nonnetta sopravvive, sopravviverò anch'io.

«D'accordo per la tisana.»

«Tu intanto leggi giornali. Di ieri e di prima.»

Bel divertimento leggere i giornali vecchi. Meglio fare qualche esercizio di respirazione.

«Ecco tisana. Però brucia. Hai visto?»

«Cosa?»

«Giornali, no?»

«Non li ho guardati. Sto così così...»

«Dopo tisana stai meglio, sicuro sicuro.»

«Adesso dimmi, però.»

«Nasir morto.»

«Morto? Come lo sai?»

«Giornali e tam tam.»

«Spiegati meglio.»

«Giornali dicono di morto sparato a Torino. Un nero, senza documenti. C'è fotografia, ma piccola, brutta. Tam tam dice Nasir.»

«Tam tam... delle prostitute?»

«Sì. Tutte felici, anche quelle nuove. Anche io.»

«Sicure che sia Nasir?»

«Cento per cento morto è Nasir Achebe.»

«Quello che ho visto accoltellare la tua amica.»

«Sì, lui ucciso Zainab.»

«Che aveva tanti fratelli.»

«Forse sono loro forse no.»

«Alina, adesso che Nasir è morto, perché non vai dai carabinieri e gli racconti tutto?»

«No no. Ancora paura per me e mia sorella. Oluwa, mio pappa, ancora vivo. E miei fratelli buoni a niente.»

Cioè incapaci di ammazzare. Relativismo etico alla nigeriana. I fratelli in gamba si vendicano, i buoni a niente abbozzano. È anche vero però che Alina per fortuna non è stata uccisa.

«Sei sempre in contatto con le tue ex colleghe?»

«Qualche telefonata, ma tante andate via.»

«Via dall'Italia?»

«No, andate più giù. Qui venute altre.»

«Nigeriane come te?»

«Nere qui adesso piacciono meno. Piacciono bionde e magre. Moldave ucraine russe...»

I puttanieri di oggi, rifletté Francesca, vanno matti per le novità e l'esotico: hanno un immaginario primitivo e incostante, una volta sbavano per i Tropici e l'Equatore poi per le alte latitudini. Come se cambiando il colore della pelle e dei capelli cambiassero anche posizione e funzione della passera. Colonialisti ritardatari, buana e batjuska del cazzo.

«E i loro pappa come sono?»

«Cattivi. Ancora di più. Tutti i pappa schifosi. Bevuto tisana?»

«Sì, buona.»

«Vieni ancora da me. Ti faccio altra tisana.»

Chivasso-Torino

Ma cosa ci mette in ste tisane, si chiedeva Francesca. Sono arrivata da lei pesta e mogia, con il morale sotto le suole, e adesso sono euforica e adrenalinica, senza nessuna voglia di seppellirmi in casa, correndo magari il rischio di incontrare Sergio sulle scale. Fornire altre spiegazioni, scusarmi eccetera e magari riprendere da dove avevamo interrotto ma senza l'atmosfera giusta, solo per concludere una cosa lasciata a metà, anzi prima, agli antipasti.

No. Una corsa in autostrada, e via a Torino: un cambio d'abito, qualche telefonata, un combino con le amiche...

A Torino, davanti al portone, incontrò Camilla, che stava consegnando un pacchetto a un uomo appena sceso dalla macchina parcheggiata in seconda fila.

«Grazie professoressa, ma per i contenitori come faccio?»

«Me li riporta con suo comodo, una volta che le capita di passare da queste parti.»

«Ciao Camilla. Contenitori di cosa, cocaina per caso?» le chiese Francesca appena il tizio si fu allontanato.

«Di tartrà.»

«Di che?»

«TARTRÀ! Anche tu piovuta sulla Terra come il Piccolo Principe?»

«Cosa c'entra il Piccolo Principe?»

«Niente, ma è un libro che detesto.»

«Perché lo detesti? No, lascia perdere, dimmi invece cos'è sta tartrà.»

«Un vecchio piatto della cucina piemontese.»

«Laconica stasera. Paturnie?»

«Non più di tanto. Mi ero cimentata nella tartrà come pegno di pace con mia figlia e lei mezz'ora fa si addobba per andare a mangiare una pizza coi compagni di scuola.»

«Ti sarai incazzata.»

«Non potevo. Me l'aveva detto a pranzo e me n'ero dimenticata.»

«Così hai omaggiato un passante occasionale.»

«Non era un passante occasionale, ma un ispettore di polizia.»

«Come mai non il tuo bel commissario?»

«Francesca, io sarò laconica ma tu sembri troppo su di giri. Anfetamine?»

«Tisana.»

«Con dentro chissà che.»

«Probabile. Dovrò chiedere ad Alina.»

Intanto erano arrivate al terzo piano.

«Vuoi entrare o hai in programma una serata di sesso droga e rock'n'roll?»

«Magari assaggio la tartrà, sempre che tu me la offra. In cambio ti racconto un bel po' di cose. Cose ghiotte, così ti sgeli un po'.»

«Entra.»

Si fecero fuori tutta la tartrà – due stampini ciascuna – insieme con un'insalata di valeriana noci e chicchi di melograno. «Buona, fantastica» mugolava Francesca, e intanto sceneggiava minuziosamente la serata con Sergio, dotato mica male, meglio di Guido l'infame, riassumeva la nottata trascorsa al capezzale di Marianna Cambursano, ragguagliava sulle rivelazioni di Alina circa la morte di Nasir.

«Ne hai parlato col tuo capitano?»

«No, e non è il mio capitano.»

«Peccato, perché suona bene. "O Capitano! Mio Capitano! Il nostro viaggio..."»

«Questa la so. Walt Whitman.»

«Allora non sei del tutto sorda alla poesia!»

«Ma va...»

«Dove?»

«Immaginalo.»

«Bel ringraziamento! Ti apro la mia casa, ti nutro e tu mi mandi...»

«... affettuosamente però. E con gratitudine.»

«Dimmi dell'infame piuttosto.»

«Con lui mi sono sputtanata. Un sms da schiava, implorandolo di venire. No, non in quel senso lì. Magari anche, però.»

«Decisamente liberatoria, la tisana di Alina.»

«Ti ho scandalizzata?»

«Figurati! Ma se ti fai mollare un pacchettino delle sue erbe, qualche cucchiaiata per favore passala anche a me.»

Torino

Glielo dico o non glielo dico?, rimuginava tra sé l'ispettore. Suscettibile com'è in questo momento e pure un po' stonato, è capace che se la prende con me. Per cosa poi? Per lesa maestà, per insubordinazione, per gelosia? Perché mi sono intromesso in un rapporto privato? Eh no, era lavoro, altroché balle. E lui si dia una regolata e la smetta con ste seghe mentali da adolescente brufoloso.

«Buongiorno ispettore.»

«'Giorno commissario.»

«Qualche idea nuova?»

«Mah... senta un po': secondo me non vale la pena perdere tempo dietro alla moto dell'ingegnere della Fiat che probabilmente non è quella usata dal killer. Bisognerebbe invece riprendere in mano le carte dell'incidente di lavoro nel cantiere del Quarello e concentrarsi su quelle.»

«Come le sono venute ste idee? Sognando Padre Pio, sentendo le voci come Giovanna d'Arco o grazie a un soffia?»

«Mai fatto sogni di santi e affini, e al posto delle voci mi bastano gli acufeni.»

«Allora è un soffia. Ma non vuole dirmi chi come e quando.»

Invece glielo dico, e se gli rovino la giornata se lo è voluto. Così impara a fare il sarcastico.

«Non userei il termine "soffia" per la professoressa Baudino.»

«Lei?»

«Proprio lei. Ha detto che la Honda CBR 1000 RR le sembra più grossa della moto che ha visto.»

«E ci ha fornito il suo prezioso consiglio su come orientare le indagini.»

«Di più, di più. Mi ha anche regalato due porzioni di tartrà fatta da lei. Una vera squisitezza.»

Colpo basso. Quasi quasi mi dispiace.

«Ispettore...»

«Commissario, mi scusi ma se lo lasci dire. Dia un taglio a sta vecchia storia e passi oltre.»

«Da quando in qua fa il consigliere sentimentale? E con che competenza?»

«Competenza, nessuna. Il mio matrimonio va come può, ma ha anche dei momenti buoni. Li ha perché ho smesso di volere l'impossibile, l'unione perfetta e senza screzi, e ho accettato i musi lunghi le ripicche e le liti. Di perfetto, in questo mondo balordo, e lei lo sa quanto e meglio di me, non c'è niente. Eccetto le fantasie, che però fantasie restano.»

«Mercoledì: ore otto e trenta, lezione di pragmatismo. No, non ce l'ho con lei, e non creda che non ci abbia pensato da solo. Il guaio è che anche noi non siamo perfetti e ci intestardiamo inutilmente. Vabbè, chiudiamo qui la parentesi e passiamo al lavoro. Il fascicolo dell'incidente nel cantiere Quarello...»

«Già preso. Il cantiere era a Settimo Torinese, un palazzone di otto piani con garage interrato. I lavori stavano subendo un notevole ritardo per grane burocratiche relative al piano regolatore. Al momento ci lavoravano solo tre persone, il morto era un italiano di cinquant'anni che faceva il muratore da quando ne aveva sedici. Caduto da tredici metri d'altezza, schiattato in ospedale un paio d'ore dopo il volo.»

«Vedo. Ma il Quarello ne era uscito pulito. Su cosa andiamo a sfruculiare?»

«Sul fatto che il muratore fosse ubriaco alle undici e mezzo di mattina.»

«E la Baudino che ne sa?»

«Niente, ma dice che le sembra strano.»

Torino

Delle chiavi rubate al cadavere dello zio, Deborah Fiore non ne aveva fatto niente. La sera in cui l'aveva trovato morto e aveva chiamato i carabinieri, era stata vittima di uno shock ritardato, e quando era finalmente risalita in macchina dopo la prima testimonianza si era sentita lo stomaco in subbuglio e le gambe molli.

Domani, aveva pensato, ci vado domani a casa della prozia e dato che lo zio è morto e nessuno può resuscitarlo, noi che siamo vive ci prendiamo il malloppo e ce lo dividiamo fifty-fifty. Oppure al sessanta o anche settanta a me e il resto a lei, perché la chiave della cassaforte ce l'ho solo io e lei per aprirla deve chiamare un fabbro ma non le conviene.

Il giorno dopo però aveva rimandato la visita, al mattino perché aveva dovuto tornare a Chivasso per essere interrogata di nuovo, al pomeriggio perché non poteva assolutamente disertare l'appuntamento con Wanda, l'estetista delle vip torinesi: diventare sua cliente era difficile come farsi fare un bypass con la mutua, e la lista d'attesa altrettanto lunga.

E poi, poi... poi c'era stata la preoccupazione per Alex; poi le erano venute le mestruazioni che aveva dovuto combattere con i Moment, perché il primo e il secondo giorno si sentiva sempre devastata, tanto che non era mai riuscita a capire come facessero le altre donne ad andare a lavorare, si vede che erano tutte più fortunate di lei e non pativano il ciclo; poi c'era stato il nuovo interrogatorio con la carabiniera sciroccata che di sicuro non se la scopava nessuno, acida più di un limone com'era, e allora se l'era presa con lei e le aveva pure fregato le chiavi.

Vabbè, era andato tutto storto e il guaio era che alla voce soldi stava quasi alla canna del gas, con l'affitto da pagare e tutto il resto. Alex per il momento era impaccato al fresco, ma se anche fosse stato libero non sarebbe cambiato niente, perché da lui c'era poco da sperare.

Restava il web. Chiacchiere spogliarelli e toccatine virtuali a pagamento, una roba pulita, molto meglio che farsi ravanare dallo zio e ravanarlo. Due sue amiche lo facevano e ci tiravano su parecchio a sentire loro, anche se una era abbastanza un cesso, non come lei che modestia a parte era uno schianto, e gli uomini ci sbavavano dietro. Bastava impratichirsi un po', ma non doveva essere tanto difficile, chissà perché non ci aveva mai pensato prima.

I soldi per la webcam e per farsi fare il sito? Al momento stava un po' impicciata, ma qualcuno che si prestasse gratis l'avrebbe di sicuro trovato. Be', proprio gratis no ma chissenefrega, andava bene lo stesso.

Chivasso

I clienti di Domenico Torasso che avevano infilato il collo nel cappio dello strozzo erano quasi tutti dei povericristi sventati e ingenui: c'era l'operaia separata in cassa integrazione che non ce la faceva più a pagare la rata del mutuo; l'usciere della sede INPS decentrata che non aveva i soldi per mantenere la figlia all'università dopo che gli era morta la suocera e mancata la sua pensione; il piccolo artigiano a corto di liquidità per il ritardo nei pagamenti dei lavori fatti; il barista che si era allargato troppo nel ristrutturare il locale e nel frattempo con la crisi il profitto era colato a picco; la casalinga frustrata e depressa che si era giocata al Lotto al Grattaevinci e alle macchinette tutti i risparmi di famiglia e se il marito se ne accorgeva la gonfiava di botte o peggio. Gente così, insomma, col proprio bagaglio di debolezze e illusioni. Oltre a un tossico perso che a prima vista non si capiva quali garanzie avesse potuto offrire, ma poi s'era scoperto che sua madre era una consigliera regionale parrocchiana e baciapile. E oltre, soprattutto, a un frequentatore delle Vallette a Torino e di San Vittore a Milano, un entra-e-esci quasi di continuo negli ultimi venticinque anni, specializzato nel furto con scasso. Da otto mesi in libertà, ma probabilmente senza più troppi agganci nel mondo della mala e a corto di contanti. Uno così prometteva bene come indiziato e anche se prima non era mai passato al sangue, un omicidio gli calzava abbastanza. Ma, ragionavano il capitano e il maresciallo, era possibile che uno così si andasse a incravattare da solo, ben sapendo che con gli strozzini si fa la fine del topo sul vischio? Ci poteva però stare che il balordo, frullandogli in testa un buon colpo, avesse bisogno di liquidità per comprare l'attrezzatura, per mantenersi durante la preparazione, per contattare qualche socio nell'impresa. Prende una cifra a strozzo ma non ce la fa a organizzare il furto o gli va buca, il Torasso manda Serafino Ognibene detto il Romano o l'altro gorilla a dargli una ripassatina, il nostro s'incazza e perdipiù è disperato e così decide di risolvere con qualche sprangata la grana. La sua, e quella dei povericristi di cui sopra, che alla notizia dell'accoppamento del Torasso non si erano di sicuro disperati, ma avevano acceso un cero al santo preferito per la grazia ricevuta se credenti, o stappato una bottiglia di quelle buone se agnostici.

Un buon indiziato, Bordin Eros, anzi l'indiziato perfetto. C'era un unico problema: bisognava stanarlo, ma nessuno sapeva dove avesse la tana. I soffia abituali avevano alzato le spalle e negato di saperne qualcosa, i colleghi di Milano e Torino a cui il maresciallo aveva chiesto aiuto si erano messi in moto ma senza riuscire a cavare uno straccio di dritta. Volatilizzato, l'Eros. Il che lo rendeva ancora più sospettabile.

In quanto agli altri, i povericristi scampati dall'incubo, qualcuno aveva un alibi decente, qualcun altro approssimativo, ma i più non ce l'avevano affatto e, trattandosi di gente che non aveva mai incrociato la giustizia, la mancanza di alibi era l'alibi migliore.

«Ci aveva visto giusto, maresciallo, quando all'epoca di quel suicidio aveva indagato sul Torasso come strozzino» sospirò il capitano Sartori.

«Sì, ma di riscontri non ne avevo trovati, purtroppo.»

Purtroppo, certo. Ma se fossi riuscito a incastrarlo, pensò Giordano, dopo un soggiorno in galera adesso sarebbe di nuovo libero e in attività, ché uno così non si mette in pensione da solo dal suo lavoro di merda. Purtroppo l'ha pensionato qualcun altro. Purtroppo?

Chivasso-Torino

Una mail. Dopo tanto silenzio, Guido si è fatto vivo con una mail. Breve e un po' avara, perfettamente nel suo stile.

Sarebbe stata più gradita una telefonata, sentire la sua voce insomma, e dirgli che mi rimangiavo le parole della settimana scorsa, ma lui è così, si diceva Francesca, non posso pretendere di cambiarlo. E siccome rispetto la sua mossa e non voglio invaderlo, non lo chiamo e rispondo con una mail. Del resto la sua è gentile, senza accuse e rinfacci: "Cara Francesca, sarò a Torino di sicuro venerdì e forse sabato. Non so se arriverò in aereo, in treno o in auto, perché viaggio con un collega, ma potremo finalmente vederci. Riesci a liberarti dall'ospedale? Spero proprio di sì. Un abbraccio, Guido".

La mia risposta è stata: "Caro Guido, sarò libera, contaci. Ti aspetto a casa, a Torino. Un abbraccio stretto e forte, Francesca".

Laconica più di lui, ma con l'abbraccio stretto e forte ho voluto indicare l'intensità del mio sentimento e lui, sensibile com'è alla poesia, a quanto c'è tra le righe e ai sensi profondi delle parole, deve averlo di sicuro capito. La mia è stata una mail in punta di piedi. Per compiacerlo, per adattarmi a lui, e anche per scusarmi sia pure in modo non esplicito.

Ottenere un permesso dal lavoro per venerdì e sabato è stato difficile come un'arrampicata invernale sul Nanga Parbat in piena bufera. I colleghi e il capo non ho voluto scocciarli e ho preferito affrontare subito l'ufficio del personale che adesso si chiama delle risorse umane (forse per distinguerlo da quello delle risorse animali vegetali e minerali di prossima istituzione). La dottoressa Leonella Viviani, cioè la responsabile, mi ha detto "no" in tutte le lingue che conosceva, vive e morte, ma alla fine, quando già sull'orlo dello sbrocco stavo per mandarla a stendere, e invece ho sibilato che così mandava a monte (a puttane, veramente) il mio fidanzamento, si è intenerita invece di incazzarsi, e con un inaspettato gesto di solidarietà femminile ha detto: «Okay dottoressa Gariglio, si prenda il suo permesso, in bocca al lupo e con i suoi colleghi me la vedo io».

Giovedì sera, appena finito il turno, sono volata a Torino e ho indossato il grembiule della casalinga. Reale, non metaforico. La casa era già uno specchio – ci viene Anja una volta alla settimana ad arieggiarla spazzare e spolverare –, ma io non sapevo come contenere la mia ansia e allora ho capito come tante donne sfoghino le nevrosi dandoci dentro con spazzolone mocio aspirapolvere catturapolvere anticalcare cere detersivi per i pavimenti il lavello il bagno il water i vetri il forno e il frigo. E quando non gli basta sfiancarsi con l'igiene, gli viene la tentazione del brindisi con la candeggina, del dessert con l'intero blister di Tavor o del volo giù dal balcone.

Al Tavor sono ricorsa anch'io (uno) perché la notte non finiva mai. E il mattino è durato un trimestre, ma finalmente alle undici lui ha telefonato: «Tra mezz'ora sono da te».

Non potendo fare un'altra doccia, né truccarmi un'altra volta, mi sono imposta di leggere, ma le parole sembravano scritte in una lingua sconosciuta e figuriamoci se capivo il senso delle frasi. Lì, con un libro di poesia in mano – e non era Villon –, mi sono sentita immensamente fragile e cretina.

Alle undici e trentadue Guido suona al citofono, due minuti dopo è davanti alla porta. Gli butto le braccia al collo, mi stringo a lui e lo sento dapprima un po' rigido, ma poi si scioglie e mi abbraccia a sua volta.

«Entriamo» dice.

Non mi ha baciata, penso.

Chiude la porta, si avvia verso il soggiorno.

Lo seguo.

Si toglie il piumino e la sciarpa, li posa ordinati su un bracciolo del sofà.

«Come stai?» chiede.

«Bene, e tu?» rispondo.

Due conoscenti che si incontrano sul tram.

«Non male. Hai visto? C'è aria di neve.»

Due attori in una recita da filodrammatici.

«Vuoi un caffè, un tè?»

«No grazie. Hai cambiato pettinatura.»

Perché questo educato gelo? Cosa sta per succedere?

«Ti piace?»

«Sì, ti dona.»

Ma non si avvicina. Forse è ancora offeso. Tocca a me tentare.

«Guido...»

«Sì, Francesca. Dobbiamo parlare.»

Aspetta un attimo, penso atterrita. Lasciami ancora nell'incertezza che sia un sì e non un no.

«Francesca...»

«Dimmi.»

«Mi dispiace, ma è finita...»

Lo sapevo, avevo solo cercato di illudermi. Ma è stato un colpo all'altezza del cuore.

«... e ho preferito dirtelo di persona.»

Chapeau, una decisione leale. Ma c'è un'altra cosa che adesso devo sapere, anche se ho rifiutato di chiedermela in tutto questo tempo di relazione congelata.

«C'è... c'è un'altra?»

«Sì. Mi dispiace, ma è capitato.»

Già, capita, è vero. Risposta onesta. Dovrei chiuderla qui, ma ora c'è il desiderio masochistico di sapere tutto.

«Capitato da quanto?»

«Da... sei sette mesi.»

Reagisce il braccio, prima del cervello. Gli sferro un montante che gli atterra dritto sul naso. Il braccio, il corpo ci hanno messo tutta la loro forza.

Lui è colto alla sprovvista, barcolla e poi atterra sul divano. Dal naso il sangue gli imbratta bocca e mento.

«Vattene!» gli ordino. «Va' a sanguinare da un'altra parte.»

Torino

Sta correggendo il questionario di storia che ha inflitto ai suoi allievi. Che per contrappasso infliggono a lei la constatazione della loro assoluta ignoranza. Anche Lia Lamberti, la bellissima del primo banco che le sgrana addosso occhioni attenti e partecipi durante le lezioni, ha scritto cose di assoluta follia. Ma con le classi è così, come coi meloni, che un anno hanno la polpa soda zuccherina e profumata e l'anno dopo sono acquosi e sanno di niente o di zucca. La terza di quest'anno è un melone uscito bianco.

Benvenuto lo squillo del telefono.

E invece. È un poliziotto del commissariato Torino Centro che la prega di presentarsi lì al più presto, cioè subito. Ma perché, cos'è successo, chiede. È per sua figlia, risponde quello. Un colpo al cuore, le gambe improvvisamente di pasta frolla: un... un incidente? No, si tranquillizzi signora, sua figlia sta bene, benissimo, ma venga per favore.

Sta bene, benissimo, allora cos'ha combinato, si chiede mentre chiama un taxi per non avere il problema di parcheggiare. Un taccheggio al centro commerciale per vedere l'effetto che fa, pescata a spinellare all'aperto per imitare i fighi della classe, magari implicata in una rissa da strada ché adesso anche le femmine si menano per dimostrare la raggiunta parità, oppure... no, uno scippo no, se ha scippato qualcuno giuro che le faccio un lifting a suon di sberle e poi chiami pure il Telefono Azzurro fin che vuole...

Livietta ha un'espressione abbastanza dimessa, ma non contrita. Non è colpa mia, dice subito. Già, le colpe sono sempre degli altri, o del sistema. I diritti, invece, tutti loro. Camilla, nel vederla senza un graffio integra e in salute, ha per reazione un rigurgito di rabbia: aveva detto, sua figlia, che dopo la scuola si sarebbe fermata a studiare inglese a casa della compagna di banco, e invece di sicuro a casa di Katia Rondelli non era, ma con Katia sì, dal momento che l'altra ciamporgnetta sta lì con lei.

In quella arriva la madre di Katia.

La madre? Ma se ha venticinque anni al massimo... oppure l'ha rifatta dalla testa ai piedi un chirurgo plastico da premio Oscar.

Un poliziotto fa accomodare il quartetto in ufficio. Anche lui perplesso davanti alla stangona da calendario, che infatti precisa di essere la seconda moglie del professor Rondelli, padre di Katia. (Quindi matrigna della medesima, ma questo non lo specifica. Matrigna fa sempre un brutto effetto, viene subito in mente quella di Biancaneve: specchio, specchio delle mie brame, chi è la più bella del reame? In questo caso lo specchio non avrebbe da scervellarsi a rispondere.)

Risulta che Katia e Livietta sono state beccate da una volante della polizia mentre scorrazzavano su uno scooter in via Garibaldi, cioè in una zona che più pedonale non si può. (Camilla sospira sollevata: reato lieve. Ma su uno scooter col freddo che fa e con la neve che sta fioccando di buona lena? Incoscienti, tutt'e due.) Ma quel che è più grave, dice il poliziotto, è che lo scooter risulta rubato.

O mioddio, mormora Camilla, mentre le due quindicenni si affannano a giurare che non lo sapevano, che lo scooter gliel'ha prestato un amico giusto per fare un giro.

«Che amico? Nome e cognome» intima il tutore della legge.

Livietta guarda Katia, che distoglie gli occhi. La bellona sorride vacua, Camilla ha voglia di strozzarla, per pura invidia verso le sue gambe lunghe un metro e mezzo. E anche per una sorta di ansia che sconfina nello sgomento.

«Allora, lo tiriamo fuori sto nome?» incalza il poliziotto.

Camilla stringe una spalla alla figlia: «Forza, non è una delazione. Chi ruba è un ladro e non va protetto, chiaro?».

«Ma io non lo conosco, giuro» dice Livietta, continuando a fissare Katia.

L'amica del ladro allora è lei, pensa Camilla.

«E tu che mi dici?» si spazientisce il poliziotto, mentre fa il suo ingresso in ufficio una quarantenne in borghese. Collega, assistente sociale, o magistrato minorile? La quarantenne non si presenta e accenna solo un saluto collettivo.

«Io...» dice Katia, «io sono sicura che non l'ha rubato. Forse gliel'hanno prestato.»

«Questo lo vedremo noi. A voi, a te chi l'ha dato?»

«Nicola Ruggeri» esala Katia con un filo di voce.

«Un tuo compagno di classe, un amico?»

«Il mio fidanzato.»

«Indirizzo.»

«Via Boucheron 18.»

«Età?»

«Diciassette anni, due più di me.»

«Adesso contattiamo lui e i suoi genitori e vediamo che ci dice. Aspettate tutti in corridoio.»

In corridoio, Camilla trascina in disparte Livietta:

«È così che studi inglese? Che ti prepari per il compito in classe? Andando in giro su uno scooter rubato?»

Vorrebbe aggiungere: "Mentre nevica e rischi di finire a terra e rovinarti? E per giunta rovinando a me il piacere di questa bella nevicata?". Poi pensa che c'è qualcosa di più urgente da fare e chiama Gaetano al telefono.

Chivasso

La vicebrigadiere Carmen Cavallari aveva chiamato l'ispettore Vitello per ringraziarlo della dritta su Serafino Ognibene, che però nell'omicidio di cui si occupavano non risultava essere coinvolto.

«Peccato» aveva commentato Vitello, «uno così è meglio saperlo dentro che fuori.»

«Però, ispettore, avrei ancora un altro piacere da chiederle.»

«E brava la mia Carmen, che mi telefona solo per sfruttarmi.»

«Ma no ispettore, cosa dice. Natale, Pasqua e il suo compleanno non li dimentico mai. Il fatto è che questo caso mi appassiona e...»

«... e vuoi fare bella figura col tuo capitano. Magari gli hai messo gli occhi addosso.»

«Supposizione sbagliata. Mi accontento di un brigadiere.»

«Auguri allora, e adesso dimmi.»

«Eros Bordin. Dove posso trovarlo?»

«Ah, il vecchio Eros. Fuori da otto mesi. Fino adesso pulito, però. L'ho arrestato quattro volte quando ero alla sezione furti e rapine e, quando è fuori, per abitudine lo tengo più o meno d'occhio. Mi risulta che si sia rintanato da un fetente di mezza tacca, adesso ti do nome e indirizzo. Ma guarda che sono in credito, eh!»

A cercare il Bordin ci era poi andato il maresciallo Giordano. Terreno molle, nessuna difficoltà ad arare informazioni, perché il vecchio Eros una visita dei carabinieri se l'aspettava dal giorno dopo il delitto e aveva avuto cura di annotarsi l'alibi con tanto di testimoni, controllassero pure.

Sì, aveva chiesto un prestito al Torasso perché uscito dal gabbio era spiumato o quasi e gli serviva del contante per mettersi in attività con un amico. No, cosa dice maresciallo, io dentro non ci voglio più tornare, ma soldi da parte non ne ho e alla mia età e con le mie referenze chi vuole che me lo dia, un lavoro. Mica siamo a Milano, che all'aeroporto per lo smistamento bagagli avevano assunto una decina di ladri usciti da San Vittore, per reinserirli e dargli una chance, dicevano, ma poi si è visto come è andata a finire. Io volevo entrare in società con sto mio amico che ha un banco di abiti usati a Porta Palazzo, ma lui si capisce che pretendeva un po' di liquido, dato che doveva cambiare il furgoncino che perdeva i pezzi e non gli avevano più passato la revisione. Insomma sono andato dal Torasso, che lo sapevano cani e porci che faceva il cravattaro, e mi sono fatto dare un tot. Ho pagato puntualmente gli interessi e avevo anche cominciato a rimborsare.

Che le devo dire d'altro, che mi dispiace tanto che l'hanno accoppato? Un po' credo che se lo sentisse, qualcuno gliel'aveva giurata e gliel'aveva fatto capire. Eh, maresciallo, lei mi fa fare l'infame... be', lui con me non stava tanto abbottonato, sa com'è tra chi scavalca la legge ma non si fa concorrenza... Aveva ricevuto una lettera anonima, no che non l'ho vista, me ne ha solo parlato, una lettera piena di insulti che gli augurava una brutta fine, però è roba di tre quattro mesi fa, e dopo quando andavo a pagare non mi ha più detto niente, si vede che era stata una tantum. Preoccupato? Be', un po' preoccupati si è sempre quando si fanno certi mestieri, perché qualche pericolo bisogna metterlo in conto, pericoli quando si sta fuori e altri quando si sta dentro... È una vita piena di stress la nostra, commissario.

Il vecchio Eros aveva l'aria tranquilla di uno cui hanno tolto le castagne dal fuoco, venticinquemila euro di castagne con cui non avrebbe più dovuto scottarsi le dita. E per sdebitarsi col morto un piccolo dettaglio l'aveva rivelato, una specie di *gentlemen's agreement* tra delinquenti.

Torino

La presenza del commissario Berardi era stata utilissima se non provvidenziale per chiudere in fretta e senza conseguenze la faccenda di Livietta. Che davvero non era al corrente che lo Scarabeo Aprilia 125 fosse rubato, ma che invece sapeva benissimo che Katia non avrebbe potuto guidarlo data l'età. Insomma, un'imprudenza stupida che avrebbe potuto comportare ulteriori convocazioni, scartoffie e impicci si era invece risolta con una ramanzina abbastanza bonaria da parte delle autorità.

Siamo il paese degli amici e degli amici degli amici, rifletteva amaramente Camilla mentre Gaetano la riportava a casa in macchina insieme con la taciturna Livietta. E io, che mi sono sempre indignata per questo tirare in ballo protezioni e benevolenze al fine di sfangarla nelle grane, mi sono comportata come tutti. D'accordo, Livietta non aveva commesso un vero e proprio reato, ma se l'avesse fatto come mi sarei regolata? Sta scervellata mi fa scendere a compromessi con la mia coscienza, non si perita a raccontarmi balle, ha amicizie a dir poco discutibili... La matrigna ai consigli di classe non s'era mai vista, ma al telefono sembrava a posto, normalmente civile, e invece con tutta probabilità è una mezza zoccola che si è fiondata sull'esimio ginecologo ultracinquantenne da clinica privata... ma perché poi mezza zoccola, cado anch'io nelle più viete trappole antifemministe, comunque non è un genio, a giudicare dalle risposte che dava, e il cosiddetto fidanzato di Katia, un diciassettenne già con precedenti penali, amico di un ricettatore da cui aveva comprato in pessima fede lo Scarabeo! Ma che gente frequenta mia figlia, e meno male che va in un buon liceo, quello che ho frequentato anch'io ai miei tempi, ma non avevo compagne che se la facevano coi delinquentelli... Mestiere disperante quello di genitori! Se stai troppo addosso ai figli li opprimi, gli impedisci di crescere e di forgiarsi il carattere, se al contrario gli lasci la briglia lunga si cacciano nei guai, fanno incontri pericolosi e come niente vieni convocata dalla polizia...

«A cosa pensi?» le chiede Gaetano.

«A quanto mi sono spaventata. A quanta gratitudine ti debbo.»

Lui non risponde. Guida attento perché di neve ce n'è già un cinque sei centimetri e qualche macchina pattina e sbanda. Arrivano sotto casa in silenzio.

«Posso almeno offrirti un aperitivo?» propone lei.

Gaetano sembra incerto (forse per il lavoro, forse per una sorta di lieve disagio), poi dice: «Va bene».

Salgono, strusciano i piedi sullo zerbino per liberare le suole dalla neve, entrano e subito Livietta si defila bofonchiando: «Vado a studiare». Figurarsi a studiare!, pensa Camilla e decide di rimandare il corpo a corpo a dopo.

«Ti va un aperitivo futurista?» chiede a Gaetano.

«Futurista in che senso?»

«Nel senso di inventato dai futuristi. Chiamato Polibibita Giostra d'Alcol. Ingredienti autarchici.»

«Bevibile?»

«Certo, anche se gli ingredienti farebbero pensare di no.»

«Cioè?»

«Barbera d'Asti per tre quinti, Campari per un quinto, cedrata Tassoni per l'ultimo quinto.»

«Mi spaventa un po'.»

«E non è finita: per accompagnarlo cubetti di cioccolato fondente.»

«Mi spaventa del tutto.»

«Coraggio, vedrai che ti ricredi.»

Mentre cerca shaker e bicchieri, suonano alla porta e quando apre si trova davanti Francesca. Non al suo meglio e con gli occhi gonfi.

«Vieni, entra. Sto giusto preparando un cocktail.»

«Ma hai gente...»

«Che t'importa? Dài, un po' d'alcol ti fa bene di sicuro.»

«Si vede tanto?»

«Be', non sembri certo al settimo cielo. Guido?»

Intanto hanno raggiunto Gaetano in soggiorno. Un breve saluto e Francesca si sprofonda in una poltrona:

«Sì, lui. È finita, l'ho mandato a stendere, anzi l'ho steso.»

«Steso come?»

«Con un montante in faccia. Centrato al naso.»

«Gliel'hai rotto?»

«Non so, forse. Certo che sanguinava non poco.»

Gaetano si permette di intervenire:

«Scusa, hai steso un uomo?»

«Sì, il mio fidanzato, anzi ex.»

«A conclusione di un diverbio?»

«A conclusione di una storia.»

«E lui non ha reagito?»

«No.»

«Gentiluomo.»

«No, verme. Se avesse tentato una reazione avrei mirato più in basso.»

Camilla interviene a mo' di spiegazione:

«Francesca fa boxe.»

«Ah» chiosa Gaetano.

La Polibibita è pronta, accompagnata da quadretti di cioccolato su un piattino. Gaetano è sempre più perplesso, Francesca afferra un bicchiere e propone un brindisi:

«Alle nostre disgrazie.»

Bevono.

«Buono!» esclama subito dopo.

«Effettivamente...» concede Berardi.

Al secondo giro, l'atmosfera è rilassata come tra amici che abbiano frequentato asilo elementari medie e superiori sempre insieme.

«Se vi accontentate di una pastasciutta e poco altro...» invita Camilla.

«Tanto altro, invece» interrompe Francesca. «Ho il frigo pieno di prelibatezze che avevo comprato per il verme. Festeggiamo l'abbandono, forza!»

Gaetano si arrende volentieri e manda mentalmente al diavolo il lavoro; Francesca scende a prendere le vettovaglie e Livietta evade dalla sua camera per annunciare che fino al lunedì compreso le scuole sarebbero state chiuse.

«Perché chiuse?» chiede sua madre.

«Guarda fuori, sembra Lapponia. E domenica ricomincia.»

In effetti la nevicata è di quelle di una volta: fiocchi grossi e pesanti (le larghe falde dei racconti) e soprattutto asciutti, che attecchiscono senza sciogliersi e hanno già formato un tappeto spesso e compatto. Una nevicata ideale da godersi dietro ai vetri della finestra, al caldo tra amici. L'umore di Camilla si addolcisce:

«Aiutami a preparare la tavola» dice alla figlia, e vorrebbe allungarle una carezza leggera sui capelli, ma si trattiene.

Torino

Dove si sarà cacciato il capo, si chiedeva intanto l'ispettore Vitello. Si è affacciato un attimo nel mio ufficio, ha detto: «Un affare imprevisto», ed è scomparso. Telefonare per ricordargli l'appuntamento? Meglio di no, sembrerebbe ficcare di nuovo il naso nei fatti suoi, dopo il gentile consiglio non richiesto che gli ho rifilato sulla Baudino. Capace che l'affare imprevisto era lei. Mah, il fatto è che avevamo convocato l'amante del Quarello, la Nevissano, e lei ci aveva chiesto se poteva venire intorno alle otto, dopo aver chiuso il negozio, dato che la commessa ce l'ha solo part-time e va via prima. Mi sa che devo sbrogliarmela da solo con lei, e a casa sarò accolto col solito muso lungo, senza contare che se tra un po' gli spazzaneve non entrano in azione a casa non ci torno proprio. Che faccio? Chiamo per avvertire che tardo oppure mi risparmio la solita sfuriata telefonica?

Diana Nevissano aveva le guance rosse come Heidi nei vecchi cartoni animati e sorrideva:

«Ha visto, ispettore, che bella nevicata?»

«Già. La prima di quest'anno. Come sta signora?»

«Come posso. Ma questa neve mi ha messo allegria. Cosa vuole sapere?»

«Se l'ipotesi di un ricatto da parte del suo ex marito ai danni del Quarello le sembra sempre poco probabile.»

«Sì, davvero poco probabile, se riguarda la nostra relazione, almeno. Un ricatto a cui Gabriele non avrebbe ceduto perché la moglie sapeva. Forse si sarebbe addirittura rivolto alla polizia o ai carabinieri.»

«Le è venuto in mente qualcosa di nuovo, per esempio su chi frequenta o frequentava il suo ex marito?»

«Non ho più rapporti con lui da tempo, ve l'avevo già detto. Però... mi faccia pensare. Ecco... l'ho visto per caso un due tre mesi fa mentre stava entrando in un bar di via della Misericordia con uno che mi aveva presentato ai tempi del matrimonio e che a me non piaceva per niente.»

«Perché non le piaceva?»

«Così, a istinto. E per il suo lavoro.»

«Che lavoro?»

«All'epoca, quando l'edilizia tirava, lui piazzava manovali e muratori nei cantieri, in nero ovviamente, e ci lucrava sopra. Prima meridionali, poi albanesi marocchini rumeni moldavi, quasi tutti clandestini bisognosi di lavorare per un pezzo di pane.»

«E adesso che mestiere fa?»

«Non lo so. Con la crisi avrà cambiato. Si sarà spostato ai Mercati Generali, magari.»

«Magari si dedica al ricatto. Magari insieme al suo ex.»

«Non mi stupirei, ma per cosa? E ai danni di chi?»

«Saperlo! Ricorda come si chiama il caporale?»

«Il chi?»

«L'intermediario dei muratori.»

«Mi faccia pensare. Giuliano di nome, e di cognome... il cognome era come quello di un onorevole, uno che era ministro dell'Istruzione quando facevo l'ultimo anno delle superiori.»

«Nel?»

«1992.»

Rapida consultazione di Google:

«Misasi.»

«Sì, Giuliano Misasi.»

Nessun'altra informazione utile. Ma quella relativa a un caporale amico del Ruffini che piazzava manovalanza nell'edilizia forniva qualche suggerimento d'indagine. E si agganciava all'intuizione della Baudino circa l'incidente sul lavoro, rifletteva l'ispettore mentre sgombrava dalle carte la scrivania prima di andarsene.

«Ti ha bloccato la neve o fai gli straordinari?» chiese il commissario Militello dalla porta.

«È che st'indagine va al passo della tartaruga. E la vostra?»

«Ferma. Il nero era di sicuro un pappone, un pusher o tutt'e due le cose, ma non sappiamo neppure come si chiamava.»

«Impronte digitali?»

«Nisba, polpastrelli abrasi, ovviamente nessuno che si sia fatto avanti a piangere la cara salma, e i soffia non sanno niente o non vogliono parlare.»

«State messi peggio di noi.»

«Sì, ma nessuno ci fa fretta. E a voi?»

«Non più tanta. Il Quarello non era una bella donna e i media se lo sono filati per poco.»

«Hai la macchina o vuoi un passaggio?»

«La macchina serviva a mia moglie, e speriamo che con sta neve non l'abbia bollata.»

Ma se l'ha bollata, pensò per consolarsi, non mi può tenere il muso per il ritardo.

Torino

Tredici centimetri di neve. Il traffico quasi azzerato, i rumori attutiti, un biancore scintillante che attira lo sguardo. Già, il *chiaror delle nevi*, pensa Camilla tra sé, senza osare la citazione profiesca.

Sono ancora seduti attorno al tavolo e grazie alla neve, al cibo e al vino, sono scivolati in un'amichevole rilassatezza, i disagi personali momentaneamente rimossi. Una pausa di serenità: Livietta libera dai suoi confusi turbamenti e livori adolescenziali; Francesca dimentica della recente ferita nell'orgoglio; Gaetano addolcito dalle tre presenze femminili; Camilla immersa nell'attimo fuggente, con la mente che vaga tra Leopardi e Orazio. Il conforto della poesia, riflette in silenzio. E quello dell'amicizia e dell'amore. Accarezza una mano della figlia, seduta accanto a lei, e la mano non si sottrae al suo gesto, pensa che vorrebbe anche Renzo vicino a sé per condividere insieme un momento perfetto.

Ancora qualche cucchiaiata di Montebianco (marroni panna e rum), un dolce appropriato alla stagione e all'umore di tutti, poi Camilla rompe il silenzio:

«Franci, perché non racconti a Gaetano la storia di Nasir? Una parte, almeno.»

«Non posso, ho giurato di no.»

«Senza nomi, e anche tu risulterai una fonte anonima, vero Gaetano?»

«Non so di cosa stiate parlando.»

«Di un delitto, anzi due.»

«Capitati dove?»

«A Chivasso e a Torino. Ma Francesca pretende un giuramento.»

«Addirittura?»

«Sì, prendere o lasciare.»

Gaetano sorride, poi: «D'accordo».

«D'accordo non vale. Devi proprio dire "giuro" e tenere la destra sul cuore.»

Adesso sorridono, anzi ridono tutti.

«Giuro.»

Francesca comincia col rivelare l'identità del nero trovato in Lungo Stura Lazio (Nasir Achebe), poi racconta l'accoltellamento di Zainab Okri, ma omette di esserne stata testimone oculare. Ogni tanto Gaetano l'interrompe per chiedere chiarimenti, ma tenendo fede al giuramento non tenta trappole per conoscere l'identità della fonte. Che forse ha già intuito.

«Brutta storia» commenta alla fine. «Che tu sappia, questo Nasir era stato fermato a Chivasso?»

«Credo proprio di sì, ma avrà fornito nome e documenti falsi. Quando l'aria si è fatta troppo pericolosa pare che se la sia svignata, salvo poi tornare nei paraggi.»

«E a Torino qualcuno l'ha fatto fuori. I fratelli di Zainab, o chi ce l'aveva con lui per altri motivi. Il collega Militello avrà vita dura a trovare l'assassino.»

«Ma se si sospetta che l'omicida sia stato un fratello di Zainab, non è possibile stabilire se e quando è entrato in Italia?»

«Quasi impossibile per tanti motivi, il primo dei quali è che spesso i fratelli sono fratellastri, cioè figli della stessa madre ma di padri diversi e quindi con cognomi diversi.»

«Perciò è probabile che l'omicidio resti impunito.»

«Altamente probabile. Ma Francesca, cambiando discorso, me la togli una curiosità?»

«Dimmi.»

«Perché hai tirato un pugno al tuo ex? Perché si era innamorato di un'altra?»

«No, perché me l'ha detto sette mesi dopo.»

Torino-Chivasso

Mezz'Italia sotto la neve o con temperature definite polari. Una calamità, una disgrazia epocale. Radiogiornali e telegiornali che non parlavano d'altro, come se neve e freddo fossero catastrofi imprevedibili d'inverno. Chi spalava davanti a casa un eroe da consegnare all'epica, frazioni di montagna assediate dai lupi, strade percorribili solo a rischio della vita!

D'accordo, la viabilità non era delle migliori, il gelo invitava molti a non uscire, ma non si tratta di una tragedia, pensava Camilla, un weekend agostano fa più morti in macchina e in moto. Non aveva telefonato al marito in trasferta a Berlino la disavventura di Livietta perché preferiva parlargliene a quattr'occhi, e non gli aveva raccontato la serata con Francesca e Gaetano perché preferiva non parlargliene affatto.

Livietta decise di dedicarsi veramente al ripasso di inglese e ostentò per l'intero fine settimana un'aria quasi neutra, in attesa della rampogna che sapeva immancabile, ma che si risolse semplicemente in un "cerca di essere meno sventata e sta' attenta alle amicizie".

Francesca, sfidando i notiziari, si affidò alle Ferrovie dello Stato e andò a trovare sua madre a Bordighera. Ritardo di due ore all'arrivo, ma vissuto allegramente insieme con i compagni di viaggio, che si beavano di tutto quel bianco visto dai finestrini.

Gaetano telefonò a Vitello proponendo a lui e a tutta la squadra due giorni di riposo: al punto in cui erano le indagini, cioè in stallo, quarantotto ore di inattività non avrebbero fatto gran danno. E l'ispettore stupì la moglie invitandola a un aperitivo in centro e poi a pranzare insieme dove voleva lei.

A Chivasso il capitano Sartori cercò inutilmente Francesca con cui avrebbe volentieri cenato sabato o domenica sera, ma per via di vari guasti ai ripetitori trovò sempre le linee sovraccariche e a malincuore si rassegnò a mangiare in solitudine.

Il maresciallo Giordano vide finalmente quattro film in dvd che aveva comprato mesi prima, scoprì che avrebbe fatto bene a non comprarli e per consolarsi cominciò a rileggersi *La vita istruzioni per l'uso.*

La vicebrigadiere Cavallari e il brigadiere Palmieri dedicarono una buona parte del tempo ad accoppiamenti giudiziosi affettuosi e fantasiosi, escludendo dalle posizioni quella del missionario.

Torino

«Dove le scova le sue fonti Berardi?» chiese il lunedì verso mezzogiorno Militello all'ispettore che stazionava con lui al distributore di caffè e bibite.

«Riguardo a chi?»

«Al nero sparato in Lungo Stura Lazio.»

«Il presunto pappone e pusher?»

«Proprio lui.»

«Non saprei. Che ti ha detto?»

«Mi ha dato le dritte giuste. Nome e cognome, probabilmente veri, e riscontri. L'avevano schedato a Chivasso insieme a una sua protetta, che è scomparsa, pare ammazzata da lui.»

«Come vi state muovendo?»

«Abbiamo chiesto la collaborazione dei caramba di là per rintracciare una certa Mama Kubra.»

«Una mezzana?»

«Mezzana maman aguzzina, chissà.»

«Be', buona fortuna.»

Vitello tornò nell'ufficio del commissario e porgendogli una bottiglietta di minerale non riuscì a trattenersi:

«La sua fonte privilegiata conosce anche papponi e prostitute?»

«Ispettore, ha voglia di rissa?»

«No, sono solo curioso.»

«La mia fonte privilegiata ha indotto chi sapeva a parlare. Le basta?»

«Mi accontento. E sempre seguendo i consigli della medesima, a che ora andiamo a sentire la vedova del muratore?»

«Alle quattro. L'ha avvertita la Mastropasqua. Mi piacerebbe saperne qualcosa di più però, prima di parlarle.»

«Adesso ricorro io a una mia fonte.»

«A Chivasso?»

«Sissignore. Sono extraterritoriale, io.»

«La vedo allegro, ispettore. Segno che il matrimonio gira bene.»

«Grazie alla neve. E a lei come gira la vita?»

«Mah, non lo so ancora. Staremo a vedere.»

Torino-Chivasso

L'ispettore si era rivolto alla Cavallari che si era rivolta a Giordano che aveva consultato un fascicolo, contattato un paio di conoscenti e poi, scavalcando la vicebrigadiere, aveva telefonato direttamente a Vitello.

Bernardo Marengo detto Dino era stato un muratore capace che non aveva mai fatto fatica a trovare lavoro. Finito un cantiere passava a un altro, e poteva anche permettersi di scegliere quello più vicino a casa o quello il cui impresario o direttore dei lavori gli risultasse più alla mano o pagasse meglio. Gli piaceva giocare a carte alla società di mutuo soccorso La Concordia e gli piaceva pure bersi un grappino e qualche volta due, per consolarsi se perdeva. Un grappino qualche volta se lo trincava anche sul lavoro, dopo il pasto del mezzogiorno, soprattutto se faceva freddo e si sentiva intirizzito. Ma sbronzarsi no, non era proprio da lui. Però quando era caduto giù dall'impalcatura di un cantiere a Settimo ci aveva dato dentro con la grappa più del solito, come era stato testimoniato dai compagni di lavoro e poi confermato dai risultati dell'autopsia. Forse perché aveva dei problemi in famiglia, ma chi non ne ha al giorno d'oggi? La moglie non ci aveva mai creduto alla faccenda dell'ubriachezza, però nella baracca del cantiere dentro all'armadietto del Marengo era stata trovata una fiaschetta di grappa quasi vuota, con sopra le sue brave impronte digitali, e i tecnici dell'ispettorato del Lavoro avevano accertato che il cantiere in fatto di sicurezza era okay. Insomma, l'inchiesta si era conclusa senza trovare un colpevole all'infuori del Marengo stesso.

Adelia, la vedova, faceva la bidella. Alta magra asciutta nei gesti e nelle parole. Si capiva subito che non aveva voglia di rievocare la morte del marito, forse perché l'aveva ripensata in solitudine troppe volte e con troppa amarezza. Sciolse il suo laconico riserbo solo quando l'ispettore le fece capire chiaramente che avevano intenzione di vederci più chiaro nella dinamica e causa di quel volo giù dall'impalcatura.

«Non c'era nessuna impalcatura, nessuna protezione dove Dino è caduto.»

«Però dalle indagini risulta...»

«Risulta quello che ha fatto risultare l'ingegner Quarello.»

«Ci racconti tutto, signora.»

«L'ho raccontato fino a sgolarmi quando c'è stata l'inchiesta, ma non è servito a niente, non mi hanno creduta. Le parole degli altri invece le hanno prese per oro colato.»

«Gli altri chi?»

«L'ingegnere, ovvio, che quel giorno era lì, e i due manovali albanesi. Il marocchino invece era sparito.»

«C'era anche un marocchino nel cantiere? Nei rapporti però non compare.»

«Tarik Samadi. Un povero diavolo, clandestino e in nero. L'ingegnere gli avrà dato un po' di soldi perché si togliesse dai piedi e non raccontasse la verità. Non ce l'ho con lui, era un disgraziato che aveva paura di essere rispedito al suo Paese.»

«E gli albanesi?»

«Loro erano in regola, o meglio quasi, cioè. Il Quarello aveva avviato le pratiche per fargli avere il permesso di soggiorno ma siccome gli mancavano ancora dei visti hanno preferito non rischiare e sono stati imbeccati.»

«Suo marito però, secondo l'inchiesta, aveva bevuto parecchio.»

«Ah già, l'inchiesta dice che era addirittura ubriaco. Io, in tanti anni di matrimonio, ubriaco non l'ho mai visto. Dice anche che forse quel giorno aveva bevuto più del solito perché la sera prima avevamo litigato.»

«E non è vero?»

«No. Tutte balle. È per via dell'omicidio dell'ingegnere che tornate sopra all'incidente di mio marito?»

«Sì.»

«Non posso dire di aver pianto per il Quarello. L'ho maledetto mille volte, lui e i due albanesi, che il diavolo se li porti. La volete una tazza di caffè? La caffettiera è già pronta.»

Berardi e Vitello accettarono, Adelia si alzò per accendere il gas.

«Ha idea di chi l'abbia ucciso?» chiese il commissario.

«No. Ma si vede che doveva averne combinate, di faccende sporche.»

«Secondo lei il Quarello avrebbe indotto gli albanesi a mentire.»

«Ha fatto anche di peggio, sempre secondo me.»

«Cioè?»

«Se mio marito, pace all'anima sua, aveva bevuto al massimo un cicchetto, com'è che invece risultava ubriaco?»

«Ce lo dica lei.»

«Non hanno chiamato subito il 118. Hanno messo le assi di protezione dove lui è caduto e intanto, mentre lui era lì insaccato e con le ossa rotte, l'hanno fatto bere con la scusa di rianimarlo un po'. Brutti bastardi tutti e tre.»

«Perché pensa questo, signora?»

«Per via dell'orologio. Mio marito lo teneva sempre al polso, ma quando è arrivato in ospedale non ce l'aveva più. Si vede che s'era rotto e segnava l'ora di quando lui era caduto. Mai più trovato.»

«Però sulla fiaschetta di grappa c'erano soltanto le sue impronte.»

Adelia scosse la testa, si alzò per controllare la caffettiera e poi, provocatoria: «Ma voi della polizia i gialli non li guardate mai?».

«Più che guardarli ci viviamo dentro, signora. Se hanno avuto l'accortezza di non lasciare impronte ed è andata come dice lei, sono stati davvero dei delinquenti.»

«Già, ma l'hanno passata liscia tutti quanti.»

«Nell'inchiesta c'è scritto – ma lei ce lo ha appena smentito – che la sera prima avevate litigato.»

Il caffè era pronto, Adelia lo versò nelle tazze, prese cucchiaini e zuccheriera e lo servì.

«Non avevamo litigato, ve l'ho detto» disse, dopo che si fu riseduta. «Adesso vi spiego. Non avevamo litigato ma discusso sì, come quasi ogni sera, per via di nostro figlio Giovanni. Mio marito pensava che se la prendesse comoda e non credeva tanto al parere dei medici, diceva che lui non ci metteva un po' di buona volontà per guarire.»

«Guarire da cosa?»

«Dalla depressione. Depressione anaclitica, si chiama. Toglie le forze, toglie la fiducia, toglie il coraggio di fare qualunque cosa. Giovanni era già malato da tanto, e dopo la morte di suo padre è diventato come una larva che passa ore e ore incantato o a piangere. Prende un sacco di medicine, ma servono a poco; a lavorare non ci riesce, non per colpa sua, ma perché proprio non ce la fa. Lo psichiatra che lo ha in cura dice che è difficile che si riprenda. Tre pomeriggi alla settimana, come oggi, li passa all'Argonautica, che è un centro per disturbati psichici gestito da una cooperativa di giovani, ogni tanto esce con dei suoi amici, il resto del tempo lo passa sul sofà a guardare il soffitto e a torcersi le mani. Vita disgraziata la sua, e anche la mia. Dino, che era forte di fisico e di carattere, non si capacitava della malattia di Giovanni, però sapeva che era una malattia e non se l'è mai presa con lui. Discuteva con me, ho detto discuteva e non litigava, perché vedere un ragazzone di venti, venticinque anni che è più indifeso di un bambino è un fatto che ti fa stramazzare ogni giorno.»

«C'è stato un risarcimento per la morte di suo marito?»

«Poca cosa. Era sì un infortunio sul lavoro, ma l'inchiesta ha concluso che la colpa era sua. Vi faccio vedere tutte le carte e anche quelle della malattia di mio figlio.»

Più tardi, prima di rientrare a Torino, Berardi e Vitello fecero una breve visita all'Argonautica, parlarono con un giovane operatore e si fecero indicare Giovanni Marengo. Che invece di modellare la plastilina come gli altri, guardava fisso davanti a sé torcendosi le mani.

Chivasso

«Chi si occupa di rintracciare questa Mama Kubra?» chiese il capitano Sartori al maresciallo.

«Deriu e Palmieri. Io invece volevo dirle che sabato sera ho fatto una capatina alla gastronomia da cui si serviva il Torasso.»

«Per la gola, presumo.»

«Non ci sono andato per la gola, anche se poi ci sono cascato. Mi sono preso tre *pes-coj*, cioè letteralmente "pesci cavolo".»

«Non sapevo che esistessero.»

«Infatti non esistono. Sono degli involtini di cavolo ripieni di carne fatti un po' a forma di pesce. Buonissimi e carissimi. Comunque c'ero andato per saperne di più sugli acquisti che faceva il Torasso, e mi hanno detto che il lunedì mercoledì e venerdì sera gli portavano a casa la cena pronta e calda.»

«Un garzone?»

«Sì, e questo spiega perché lui abbia aperto la porta all'assassino senza preoccuparsi.»

«Perché la cena non gliel'avevano ancora portata.»

«Esatto. Al garzone non ha poi aperto nessuno, ma lui non si è preoccupato più di tanto perché era già successo qualche altra volta e in quel caso il Torasso passava il giorno dopo a ritirare tutto.»

«Com'è che ci siamo occupati così tardi della gastronomia?»

«Senza offesa capitano, ma è a me che è venuto in mente di dare una controllata.»

«Vero, mi scusi. Adesso sappiamo un particolare in più, ma siamo sempre in alto mare.»

«Sappiamo anche che l'assassino deve aver studiato a lungo le abitudini della vittima.»

«Li abbiamo sentiti e controllati tutti i debitori del Torasso?»

«Quelli ancora incravattati sì, ma agli altri, a quelli del passato, la Cavallari non è riuscita a risalire perché le annotazioni erano troppo vaghe.»

«Nel passato c'era di sicuro quel suicida che si chiamava...»

«Airaudo.»

«E la vedova aveva capito giusto. Servirebbe risentirla?»

«Non ne ho idea. Però visto che st'indagine resta sempre al palo, si può tentare.»

«Se ne occupi lei, che l'ha già conosciuta, io voglio rivedermi il fascicolo di quel Nasir Achebe, tanto per cambiare argomento.»

Prima però di studiare quel fascicolo, forse per un'inconscia associazione di idee, il capitano telefonò a Francesca e l'invitò a cena per la sera dopo.

Torino

Lorenzo Quarello era finalmente tornato dal suo viaggio e, invece di presentarsi spontaneamente in questura, avevano dovuto andare a prenderselo a casa. Alle sette di mattina, tanto per rompere le scatole a lui e mammina. A lui, che smaltiva nel sonno gli effetti di quello che aveva tirato o fumato la sera prima, a lei che invece già sveglia aveva cercato di far valere con lo sdegno il rango sociale.

Alle nove il ragazzo stava ancora aspettando di essere interrogato, ed era sorvegliato in modo apparentemente discreto da un giovane agente che invece a intervalli se lo studiava con la fissità implacabile dei rapaci. Gli osservava le scarpe (mocassini Tod's), le calze (Armani?) che si intravedevano sotto l'orlo dei jeans (Calvin Klein? Fred Perry?), la camicia button down, il maglioncino di cashmere, e calcolava mentalmente il bottino che ne avrebbe ricavato stendendolo prima e poi spogliandolo nudo in un vicolo da film americano. Peccato non riuscire a vedergli l'orologio: un Rolex, segno distintivo dei componenti della banda della Magliana, o qualcosa di più discreto ed esclusivo? L'agente scartò un chewing-gum dal pacchetto sottomarca comprato al Lidl e incubò qualche sgangherato proposito rivoluzionario.

A mezzogiorno l'interrogando stava sempre seduto sulla stessa panca, mentre l'agente giovane, scocciato dalla sorveglianza, richiamava pigro alla memoria certe truculente scene di tortura viste nei fumetti dell'adolescenza.

«Fin quando lo lasciamo lì a mitonare?» chiese a Berardi.

«Mitonare?»

«Sì, cuocere a fuoco lento.»

«Da dove li prende sti verbi?»

«Dal dialetto. La *supa mitonà* è una minestra di pane uova brodo e parmigiano cotta a lungo sul bordo della stufa a legna. Una ghiottoneria, soprattutto con questo tempo. Ma chi la fa più...»

«Il fighetto lo mitoniamo fino alle tre. Noi ci prendiamo una pausa e andiamo al ristorante. Io la invito e lei sceglie il posto.»

«Cucina piemontese?»

«Ovvio. E non in una bettola.»

Quando furono di ritorno, verso le tre meno un quarto (dopo gli antipasti caldi – ma non c'era la tartrà – e dei succulenti agnolotti al sugo d'arrosto), il centralinista li avvertì che c'erano state sei telefonate da parte della vedova Molinari e che la medesima aveva ingiunto di farla richiamare dal commissario Berardi al più presto. «Se lo sogna» disse lui, e diede ordine di non passargliela per nessun motivo, nel caso si fosse fatta risentire.

Il rampollo minore dei Quarello era furibondo ma incapace di incanalare la rabbia in un comportamento coerente: di sfida, di annoiata indifferenza, di calcolata freddezza o di deferente remissività. Oscillò invece, nelle risposte, tra negazioni assurde di fatti assodati (l'incontro col fratellastro), spiegazioni confuse circa i motivi dei suoi viaggi, reazioni sdegnate all'insinuazione di importare droga, semimutismo indifferente sull'ipotesi di un ricatto al padre.

Lo congedarono verso le sei, dopo averlo fatto ancora aspettare per la firma del verbale: non avevano ricavato granché, in verità quasi niente, da quell'interrogatorio vendicativo, se non la decisione di segnalare il nome alla narcotici, perché i suoi movimenti fossero controllati con particolare attenzione.

Chivasso

Nasir Achebe: uno dei tanti nomi usati da un probabile gargagnano e spacciatore beccato e fermato qua e là in Italia e un paio di volte nei dintorni di Chivasso, ma poi rimesso in libertà per insufficienza di prove o per la farraginosità delle leggi. I tratti somatici del presunto Nasir, conservati nelle foto in archivio, corrispondevano abbastanza a quelli della vittima non identificata di cui gli aveva parlato il commissario Militello, vittima che aveva avuto però la buona idea, pensò il capitano Sartori, di farsi sparare a Torino e non a Chivasso. Un fastidio evitato forse. Forse, perché magari la faccenda richiedeva un supplemento di indagine, e rimettere le mani nella puzzolente melma di prostituzione protettori pusher era una delle ultime cose che lui si augurava.

Intanto il maresciallo Giordano era riuscito a combinare un appuntamento con Palmira Traversa, la vedova di Giacomo Airaudo, il piccolo industriale strozzinato e morto suicida.

La incontrò verso sera, nel bar del cognato che le aveva offerto lavoro come cameriera dopo il lutto e la rovina economica, perché le banche, come spiegò mentre finiva di mettere a posto tazze e bicchieri, si erano mangiate tutto, meno l'appartamento in cui vivevano che era intestato a lei, coniugata in regime di separazione dei beni, altrimenti avrebbe dovuto dormire con suo figlio sotto il ponte del Po.

Giordano ordinò un caffè corretto Fernet e si sedette a un tavolino appartato per poter chiacchierare con un po' di calma e discrezione, e Palmira lo raggiunse quasi subito, dopo un cenno di assenso del cognato.

Sa maresciallo, confidò immediatamente, perdere il marito dopo ventisette anni di matrimonio è un dolore terribile, ma perderlo in quel modo è stato quasi insopportabile. Credevo di non farcela a tirare avanti, e la tentazione di ammazzarmi anch'io l'ho avuta per mesi, poi per fortuna mi sono un po' ripresa, se no adesso chi penserebbe a mio figlio?

Perché è proprio vero che le disgrazie vengono a grappolo, un acino dopo l'altro finché in mano resta solo il raspo. La bancarotta e la morte di Giacomo: potevano bastare no?, e invece poi è arrivata la mazzata di Roberto, che faceva il militare e aveva deciso di andare volontario in Afghanistan per tirare su un po' di soldi, ché ne avevamo proprio bisogno. Io l'avevo scongiurato di rinunciare, che era una missione rischiosa, che di pace aveva solo il nome, che di morti ce n'erano già stati tanti, italiani inglesi americani francesi, che si arrangiassero o ammazzassero tra loro sti afghani, cosa c'entriamo noi... ma sa com'è, i giovani non lo vedono il pericolo, e se anche lo vedono lo sottovalutano, e poi forse a lui non erano ancora passati il dolore e la rabbia per la morte di suo padre e voleva scaricarli con l'azione... insomma è partito e gli è andata male, non come al compagno che era con lui e ci ha rimesso la vita, ma la sua disgrazia l'ha avuta bella grossa.

I dottori dicono che riprenderà a camminare, che ci vogliono tempo e forza di volontà, ma per intanto dopo le operazioni sono mesi che sta a Villa Gloria in riabilitazione. Lo vado a trovare tutte le sere, la direzione mi ha dato un permesso speciale, cerco di fargli coraggio, gli dico che in fondo l'ha scampata bella, questione di mezzo metro e sarebbe ritornato dentro una cassa. Con il tricolore sopra, sai che conforto per me! E purtroppo l'incidente gli ha cambiato il carattere, è diventato insofferente, ce l'ha con tutto e con tutti, non che non abbia le sue ragioni, ma gli è cresciuta dentro una rabbia che lo divora, che gli toglie il sonno e l'appetito. Qualcuno, non so chi, qualche tempo fa, prima che la cosa saltasse fuori con l'omicidio, gli aveva detto che il Torasso era davvero uno strozzino e da allora gli era venuta voglia di fargliela pagare, perché secondo lui è stato la causa di tutte le nostre tribolazioni, del suicidio di suo padre, della perdita della fabbrica e della decisione di andare tra quei selvaggi.

Parlava di vendicarsi, e sa maresciallo cosa le devo dire?, che quando ho saputo che il Torasso l'avevano ammazzato, per un momento ho pensato che nella disgrazia c'era la fortuna che Roberto non c'entrava niente e che quando si fosse rimesso non avrebbe più potuto fare chissà quale pazzia.

«Con chi parlava di vendicarsi?» chiese Giordano.

«Con me, quasi tutte le sere.»

«Solo con lei?»

«Non lo so, io non sto da lui tutto il giorno. Ma come le ho detto, per fortuna sono state solo parole.»

Chivasso

Il capitano l'aspettava sotto casa e Francesca, che aveva la puntualità nel sangue, era scesa puntuale al minuto. Puntuale pure lui, ma ci mancherebbe: è un carabiniere, è la prima volta che usciamo insieme, un ritardo anche minimo sarebbe imperdonabile.

«Buonasera dottoressa.»

«Buonasera capitano.»

«Ho la macchina qui dietro l'angolo. O preferisce fare due passi prima di cena?»

«Dipende da dove andiamo.»

«A Crescentino, che ne dice? C'è giusto un tempo da panissa e il maresciallo mi ha raccomandato il ristorante giusto. Sempre che a lei, dottoressa, la panissa piaccia.»

«Mi piace tantissimo, ma se andiamo avanti tutta la sera con "dottoressa" e "capitano" temo che mi risulti indigesta.»

Lui sorrise.

Bel sorriso, con un piccolo scintillio negli occhi. Ma a lei tornò subito in mente quello avaro di Guido e avvertì la solita contrattura al petto.

«Mi chiamo Stefano.»

«Lo so. C'è scritto sulla porta del tuo ufficio: capitano N. Stefano Sartori. La N sta per cosa?»

«Sta per Narciso e ti permetto di ridere.»

Lei rise.

«Però è un bel fiore» disse. «Anche profumato.»

«Certo, ma non sai gli sfottimenti. A partire dalla prima elementare.»
«Ci hai patito?»
«Sì. Non per niente cerco di nasconderlo dietro l'iniziale.»
Un uomo, un militare, che confessa una sua debolezza. Non è affatto macho, pensò lei.
«Chi era Narciso, tuo nonno?»
«Quello materno. Quello paterno faceva Modesto. Scelta difficile, vero?»
«Per me, meglio Narciso. Chiamarsi Modesto mi sembra immodesto.»
«Però chiamami Stefano. Per te va bene Francesca o c'è un diminutivo?»
«Francesca o Franci, come preferisci. Onomastica a parte, come va l'indagine sul Torasso?»
«Arranca. Perdipiù sto perdendo tempo dietro a un magnaccia o pusher nero assassinato a Torino.»
«Come mai?»
«Mah... pare esercitasse qui a Chivasso. E c'è una coincidenza di date sospetta.»
«Relativa a cosa?»
Lui si voltò un istante verso di lei, ma nel buio dell'abitacolo non ne colse lo sguardo divertito.
«Alla sua sparizione.»
«Avvenuta poco dopo la mia denuncia?»
Leggera sbandata dell'auto. Sulla strada c'era ghiaccio, oppure lui era stato colto alla sprovvista.
«Come fai a saperlo?»
«Non lo so, lo suppongo.»
«Davvero? Bella capacità intuitiva, saresti un'ottima detective.»
«Ma figurati! Piuttosto, davvero nessun progresso sul Torasso?»
«Poca roba, passi da formica, una situazione confusa. E poi ho una sensazione strana.»
«Cioè?»
«Che l'omicidio del Torasso abbia qualcosa a che vedere con quello di Torino.»

«Del magnaccia, vuoi dire?»

«Sì, ma non riesco a intravedere un legame. Però cambiamo argomento: adesso c'è qualcosa che mi interessa di più.»

«Sarebbe?»

«Sapere tutto di te.»

Un anti-Guido. Un uomo che ha interesse per me e vuole conoscermi a fondo. Ma anche Guido all'inizio...

E del tutto inaspettatamente l'umore virò sulla malinconia e due lacrime silenziose le scesero lungo le guance.

Torino

I due albanesi che lavoravano al cantiere del Quarello al tempo dell'incidente erano irreperibili. Spariti nel nulla, ombre di passaggio. Tornati in patria, forse, ma contattare la polizia albanese sarebbe stato utile come fare un buco nell'acqua, dal momento che su di loro, o meglio contro di loro, c'erano soltanto i sospetti di una vedova esacerbata dalla disgrazia.

Invece, contro ogni previsione, il marocchino Tarik Samadi, che nel frattempo aveva ottenuto il permesso di soggiorno, viveva e lavorava a Torino, regolarmente assunto in uno dei pochi cantieri edili in attività.

«Che dice commissario, lo convochiamo o ce lo andiamo a prendere?»

«Mi dica lei piuttosto: da quanti anni lavoriamo insieme?»

«Sette.»

«E secondo lei sarebbe troppo presto per passare al tu?»

«Be'... il tempo, secondo le abitudini di qui, potrebbe già essere giusto.»

«Bene, allora proviamoci. Comunque col marocchino è meglio andare noi a parlarci: non vorrei che con una convocazione si spaventasse, anche se è incensurato.»

In effetti Tarik Samadi ebbe un moto di spaurita sorpresa quando i poliziotti, all'uscita del cantiere, lo intercettarono, gli mostrarono i tesserini e dissero che avevano bisogno di fargli qualche domanda. Per prevenire ogni possibile guaio, estrasse subito dal portafoglio il documento d'identità e il permesso di soggiorno e li esibì senza che glieli avessero chiesti, con un disagio indice di sedimentata diffidenza o timore non ancora superato. Sui quarant'anni, magro, con un viso segnato dalla fatica e uno sguardo vigile.

Per rassicurarlo e parlare con comodo, lo invitarono a salire in macchina o a entrare al bar di fronte, come preferiva. Scelse il bar: la macchina gli doveva sembrare poco tranquillizzante e probabilmente infida.

E per sgelare la sua ritrosia ci vollero tutta la pazienza e la consumata perizia dell'ispettore, mentre il commissario a tratti si distraeva pensando ai fatti suoi. Superato il muro dei no, non c'ero, non so, non ricordo, qualcosa cominciò a filtrare: l'assenza – o quanto meno l'insufficienza – delle assi di protezione nel punto in cui l'Airaudo stava lavorando, una certa discrepanza tra l'ora vera della caduta e quella risultante dai verbali, e soprattutto il frettoloso e concitato congedo che l'ingegner Quarello gli aveva imposto. Con il pretesto, si capisce, della clandestinità, che sarebbe stata foriera di guai per entrambi. E con l'aggiunta, pensarono Berardi e Vitello, di una mazzetta propiziatoria dell'opportuno silenzio.

A Tarik Samadi le parole erano uscite suo malgrado e quando si rese effettivamente conto di ciò che aveva detto, iniziarono a tremargli le mani, bevve d'un fiato il Crodino che aveva ordinato e li fissò con aria incerta.

«Adesso cosa mi fate?» chiese.

«Niente. Prepareremo un verbale e dovrà venire a firmarlo.»

«E poi?»

«Poi può darsi che avremo ancora bisogno di lei, ma non deve preoccuparsi.»

«Io... il lavoro... ne ho bisogno. In Marocco, vicino a Kourighba, ho mia moglie, e Fatima e Nabil.»

«Figli?»

«Sì, tredici e nove anni. Vanno a scuola.»

«Come aveva fatto a trovare lavoro dal Quarello?»

«Sono andato con un paesano in un bar. Lì un capo mi ha detto dove andare.»

«In cambio di cosa?»
«Soldi. Un tanto al mese.»
«Glieli portava dove?»
«Stesso bar.»
«E scommetto che il capo si era fatto consegnare il passaporto come garanzia.»
«Sì.»
«Si ricorda il suo nome?»
«Signor Giuliano. Il cognome non lo so.»

Chivasso

Chi erano gli amici, se c'erano, a cui Roberto Airaudo aveva manifestato propositi di vendetta?, si erano chiesti il capitano e il maresciallo, e come fare a individuarli? Ottenere informazioni dal personale di Villa Gloria non sembrava una buona idea, non solo a causa della variabilità dei turni di infermieri e inservienti, ma anche per la dubbia riservatezza dei medesimi, che avrebbero potuto avvertire l'Airaudo e compromettere così l'esito della ricerca.

Mettere un appuntato di guardia nelle ore di visita era troppo dispendioso in termini di forza-lavoro: c'erano state in settimana due rapine in villette isolate con le solite violenze gratuite ai malcapitati abitanti e bisognava impedire, con una più visibile presenza in strada e frequenti pattugliamenti, che se ne aggiungessero altre.

Ripiegarono perciò su una più comoda indagine riguardo il cellulare dell'Airaudo: quali numeri chiamava e da quali era chiamato, riservandosi poi come ultima mossa quella di interrogarlo di persona, sicuri com'erano che se non avessero avuto qualche asso in mano, lui avrebbe negato tutto. Le prime informazioni, però, non sarebbero arrivate che dopo qualche giorno e intanto bisognava armarsi di pazienza e aspettare: non la pazienza, ma la fretta e l'avventatezza sono da sempre le prime responsabili di ogni fallimento nelle indagini.

Intanto Mama Kubra, da fantasma evanescente menzionato con timore da qualche prostituta, andava acquisendo contorni più nitidi e finalmente, dopo essere riusciti a localizzare la sua abitazione, i carabinieri misero sotto osservazione lei e chi la frequentava. Lei: un donnone nero sui cinquant'anni, permesso di soggiorno valido, professione ufficiale collaboratrice domestica, contributi regolarmente versati da un altro nigeriano titolare di un money transfer, nella cui casa Mama Kubra aveva fatto una sola fugace visita nell'arco di una settimana. In compenso, a casa sua, soprattutto di pomeriggio, c'era un certo andirivieni di uomini e donne di colore: insomma, un quadro che nel suo insieme puzzava forte di attività illecite.

«Ce la impacchiamo, sta Mama Kubra?» chiese il maresciallo al capitano.

«Andiamo a controllare il suo datore di lavoro. Anzi, mandiamoci la Finanza, che di sicuro qualche irregolarità la trova e contemporaneamente noi rompiamo le scatole a lei.»

«Chi mandiamo a fermarla?»

«La Cavallari e Palmieri. Io e lei, maresciallo, sentiamo poi cos'ha da dirci.»

Lui, il capitano, era in preda a una certa svagatezza, di cui aveva capito benissimo la causa – anche se cercava di negarla a se stesso – e la causa era Francesca. Si era accorto, andando in macchina da Chivasso a Crescentino, delle sue lacrime silenziose e aveva preferito non chiedere nulla. Per discrezione, e anche per evitare a lei una possibile menzogna. Perché quelle lacrime? Una malinconia improvvisa, il ricordo di una perdita? Quella del padre forse, avvenuta mesi prima, oppure un momento di disagio emotivo? Il lavoro di lei contemplava la malattia e la morte, era difficile mantenere sempre il distacco necessario per non esserne infettati. Già, ma anche il suo di lavoro comprendeva morte e violenza, eppure di fronte all'una e all'altra aveva sempre reagito razionalmente, con un rigore morale che comprendeva la pietà ma non una condivisione profonda.

Durante il resto della serata Francesca si era però ripresa e come per rinnegare quelle lacrime nascoste era stata brillante, aveva raccontato con ironia qualche episodio dell'infanzia sua e del fratello, gli aveva fatto domande sul suo lavoro e sulla sua vita. Da quei conversari si erano rivelati a vicenda, con molta circospezione e qualche tortuosità, di essere sentimentalmente liberi, e con più franchezza di trovarsi simpatici, ma in lei il capitano aveva avvertito una specie di timore, quasi una ritrosia all'abbandonarsi al piacere di stare insieme, come se le lacrime fossero state la spia di una recente e cocente delusione amorosa. Eppure proprio da quell'istante di fragilità lui era stato colpito, tanto da proporle subito una nuova uscita insieme, cui lei aveva acconsentito. E a quel futuro incontro il pensiero del capitano tornava con allarmante frequenza. Che mi stia innamorando?, si chiese, ma mise tra parentesi il sospetto, perché secondo il suo metro di giudizio era irrazionale innamorarsi così all'improvviso.

Torino

Di tessere nel puzzle dell'omicidio Quarello ce n'erano molte, ma non riuscivano a incastrarsi in un disegno coerente. Alcune ipotesi si erano rivelate sufficientemente fondate e il commissario le riconsiderò con l'ispettore nel loro abituale incontro mattutino.

Primo: la teoria di un ricatto a danno dell'ingegnere era suffragata dai prelievi in contante sul conto corrente e dalla reticenza della vedova circa la causa dei medesimi.

Secondo: il ricatto non riguardava la relazione extraconiugale, ma con ogni probabilità l'incidente sul lavoro di cui era stato vittima Bernardo Marengo.

Terzo: Giuliano Misasi, il caporale di manovali e muratori che aveva procurato il lavoro al marocchino Tarik Samadi, conosceva l'ingegnere e quasi sicuramente gli erano note le vere modalità dell'incidente e il successivo depistaggio.

Quarto: Misasi e Ruffini si frequentavano, erano entrambi pregiudicati e il ricatto gli si attanagliava.

Quinto: Lorenzo Quarello e il fratellastro Carlo avevano entrambi mentito ed erano verosimilmente implicati nel commercio di droga.

Ma riguardo al punto quarto il quadro investigativo era intralciato da un macigno: non si uccide la vittima del proprio ricatto, perché può sempre continuare a pagare. A meno che...

A meno che dopo una prima rata la vittima si rifiuti di

versare altro denaro e faccia a sua volta una minaccia ritenuta pericolosa: in questo caso il movente dell'omicidio può essere la vendetta.

«Però contro il Misasi non abbiamo niente di solido in mano, e il Ruffini non ha mai avuto contatti telefonici con l'ingegnere» bofonchiò Berardi.

«Diretti no. Ci sono le chiamate da telefoni pubblici, ma non dimostrano niente» aggiunse Vitello.

«Scaviamo ancora sui due compari: possibile che due lenze così non facciano proprio nessuna cazzata?»

«Chi sono le due lenze?» chiese Militello che si era affacciato alla porta.

«Due che ci piacerebbe incastrare, ma per il momento non c'è verso» rispose il commissario.

«Senti Berardi, la tua fonte circa Nasir Achebe non potrebbe sbottonarsi un po' di più? Meglio ancora, non è che mi ci fai parlare?»

«Provo a chiedere, ma mi sa di no. E poi avevo dato la mia parola.»

«Non voglio mica fotterti i tuoi contatti, però se mi dai una mano...»

«D'accordo, ci provo subito.»

Militello si allontanò e Berardi alzò la cornetta del telefono.

«Mentre chiami la tua fonte, vado a prendermi il terzo caffè» sospirò Vitello.

«Ti farai venire l'ulcera.»

«Eh, cosa non si rischia per la discrezione!»

Il cellulare di Camilla era acceso, nonostante lei fosse a scuola.

«Che cattivo esempio dai ai tuoi allievi, prof!» scherzò lui.

«Per niente. Ho un'ora buca. Come ti va?»

«Così così. Ho bisogno di parlarti.»

«Parla.»

«Di persona. Aperitivo? Pranzo?»

«Aperitivo.»

«Da Mulassano allora, come ai vecchi tempi. Ce la fai per l'una?»

«No. Facciamo l'una e mezzo.»

«D'accordo, a dopo.»

Dopo, lei si arrovellò sul significato della parola "bisogno". E si concesse un po' di bovarismo mentale, che in dosi modeste, stabilì, non fa un gran male e non è neppure peccato.

Chivasso

È stata una serata piacevole, quella con il capitano, rifletteva tra sé Francesca. Ma il pensiero di Guido continua a tormentarmi, è una spina sotto un'unghia che come muovo la mano spara le sue fitte. Eppure devo rassegnarmi, è finita punto e basta, si è chiusa una parentesi che negli ultimi tempi era diventata addirittura mortificante. Dicono che l'amore bisognerebbe viverlo con più leggerezza, ma allora che amore sarebbe? Una bibita analcolica, aranciata o gazzosa che solletica appena il gusto, che una volta trangugiata te la scordi; un film di quelli visti alla tele tra uno spot e l'altro, tra una telefonata e una sosta al gabinetto; una cena con conoscenti gentili che non t'importa però di rivedere. Amori così li hanno le mie amiche e amici, che si prendono e si lasciano senza troppa convinzione e senza strascichi, amori fast food, amori Upim Esselunga e Postalmarket, di acetato bemberg lycra e nylon. Come galleggiare vicino a riva con le braccia larghe o con un salvagente attorno alla vita, invece di nuotare al largo o immergersi a testa in giù.

Amori così non mi interessano, meglio sostituirli con lo sport allora, che mi fa sentire leggera e scattante, che in cambio della fatica mi regala la sensazione della pienezza fisica, della vitalità di muscoli e nervi, della sintonia tra questi e il cervello.

Stefano Sartori: come potrebbe essere un amore con lui?

Un Crodino o un vino rosso corposo? Una barretta dietetica o una costata di chianina?

Sergio Cena: un incontrarsi e scontrarsi, una relazione muscolare, o una serie di rilassanti e mute scopate?

Sergio non se l'è presa per la mia fuga dal suo letto, è stato così civile da non rinfacciarmela, mi ha fatto delle telefonate neutre e ha proposto per lunedì prossimo un altro incontro, sperando, credo, che dopo l'antipasto si arrivi sino al dessert. Incontro che ho dovuto rifiutare perché sarò di guardia. Allora quello dopo, ha detto, e io ho accettato.

Però in programma si possono mettere le scopate, ma non l'amore. Quello arriva quando arriva, se arriva, e manda un lampo un flash per annunciarsi, che si avverte anche a occhi chiusi. Uno spasmo allo stomaco da colite addominale, una tachicardia da tiroide fuori controllo, un crollo o un picco pressorio. Non cammina su zampe di gatto l'amore, ma è chiassoso come un luna park.

Torino

Arrivarono davanti al bar Mulassano quasi contemporaneamente e Gaetano rilanciò subito:

«Sicura di non voler pranzare?»

«Proprio sicura no» rispose lei, per due buoni motivi: un discreto appetito e la certezza che Livietta avrebbe mangiato un hamburger vicino a scuola, prima del corso facoltativo di teatro. Ce n'era anche un terzo, di motivo, su cui preferì non soffermarsi.

«Allora andiamo da Baratti» decise lui prendendola sottobraccio con un gesto di improvvisa e rinnovata confidenza.

Seduti a un tavolo un po' defilato, in attesa che un cameriere sussiegoso e deferente come imponeva la classe del locale arrivasse per le ordinazioni, Gaetano entrò subito in argomento:

«Non sai qualcosa di più su Nasir Achebe e la prostituta che avrebbe ammazzato?»

«No. Quello che so mi è stato riferito da Francesca, che l'ha riferito anche a te. Ti devi rivolgere a lei.»

«Non conosco neppure il suo cognome.»

«Quello posso dartelo, anche il numero di cellulare e l'indirizzo. Come mai ti occupi del caso?»

«Non me ne occupo, ma il mio collega è nelle peste.»

«E tu?»

«Anche.»

«Mi racconti qualcosa?»

«Indiscreta come sempre.»
«Ricordati, come già ti avevo detto, che sono l'unica testimone e quindi parte in causa.»
«Qui a Torino abbiamo parlato con un marocchino che lavorava nel cantiere del Quarello quando ci fu l'incidente del muratore, e a Chivasso con la vedova, e adesso sappiamo per certo che l'ingegnere aveva taroccato non poco l'accaduto.»
«Nel senso che il muratore non era ubriaco?»
«Esatto.»
«Come avevo supposto parlando con l'ispettore.»
«Bella intuizione, devo riconoscere. Ne hai altre?»
«Una ce l'avrei.»
Pausa per le ordinazioni: bianchetto di vitello all'antica con contorno di carote e due bicchieri di dolcetto.
«Allora?» incalzò lui subito dopo.
«Io ci vedo un legame tra i due delitti.»
«Figurarsi! Che ci azzecca l'ingegnere col pappone?»
«Niente. Intendo l'ingegnere e lo strozzino di Chivasso.»
«Ah! Io di legame ci vedo solo quello geografico.»
«E ti pare poco? Chivasso è l'epicentro, come nei terremoti. Ma c'è anche il fattore tempo: un delitto compiuto una sera e l'altro il mattino dopo, a soli trenta chilometri di distanza.»
«Non ti seguo. Le armi usate sono differenti: spranga e pistola.»
«Siete troppo razionali voi uomini, raro che ragioniate con l'emisfero destro.»
«E ti pare un difetto?»
«In linea generale no, però qualche volta dovreste incrociare razionalità ingegneresca e intuizioni pindariche.»
«Tirale fuori, ste intuizioni.»
«Entrambi colpiti alla testa. Eccolo, un altro legame.»
«Camilla! Con una spranga, se vuoi sbrigarti ad ammazzare uno, dove colpisci? A un gomito, a un ginocchio così la vittima urla a più non posso? E se spari da una moto dentro a un'auto col finestrino abbassato, dove vuoi che arrivi il colpo?»

«Chi ha colpito alla testa lo ha fatto intenzionalmente, non per facilitarsi il compito.»

«E perché?»

«Per punire, secondo me. L'ingegnere e lo strozzino si erano macchiati di colpe e meritavano una punizione.»

«Allora ipotizzi un serial killer.»

«Non so. Non sono una psicologa che traccia i profili dei criminali. Ipotizzo una punizione. Oppure una vendetta, ma in questo caso è quasi la stessa cosa.»

Arrivarono il vino e le ordinazioni, mangiando passarono ad altri argomenti.

«Hai ricucito con la tua donna?» chiese lei.

«No.»

«Per orgoglio?»

«Per stanchezza, credo. E tu con tuo marito?»

«Non c'è stato un vero e proprio strappo. C'è un po' di opacità nel rapporto.»

«Vale la pena di conservarlo?»

«Credo di sì.»

«Credi o sei sicura?»

«C'è una figlia di mezzo, che sta attraversando l'età più difficile di tutte. E ci sono tante altre cose.»

«La casa, le questioni economiche...»

«Anche, ma non solo.»

«Così accetti l'opacità.»

«Che può anche dissolversi. Accetto la difficoltà del presente. La realtà, se preferisci. Dovresti accettarla anche tu.»

«Cosa vuoi dire?»

«Che dovresti venire a patti con le imperfezioni dei rapporti amorosi. Quelli perfetti esistono solo nell'immaginazione.»

«Stai parlando di noi?»

«Sto parlando in generale. Mi esercito per tenere una rubrica di posta del cuore, caso mai qualcuno pensasse di propormela.»

Chivasso

Francesca, finito il turno, se lo trovò all'uscita dell'ospedale.

«Salve, che ci fai tu qui?»

«Ti aspettavo. Imprevisto o annunciato dalle trombe di Gerico?»

«Imprevisto.»

«Un tè, un caffè?»

«Volentieri. Ma se il tuo scopo è farmi sbottonare su Nasir Achebe, ti avverto subito che perdi il tuo tempo, caro commissario.»

«Di scopi ne ho più d'uno, compreso quello che pensi tu.»

«Ti ho già detto quello che so.»

«Tutto?»

«Quasi. Va' a parlare col capitano Sartori, ma tienimi fuori da questa storia. In altre parole, non fargli il mio nome, non dirgli che ci siamo parlati.»

«Ma perché?»

«Per evitarmi complicazioni. Ti va questo bar?»

Più tardi, dopo aver accompagnato Francesca davanti alla palestra, Berardi fece di nuovo una capatina all'Argonautica, per fare qualche domanda a Giovanni Marengo, che trovò impegnato in una seduta di terapia di gruppo insieme con una mezza dozzina di compagni. Aspettò pazientemente che finisse, si fece assistere da una giovane volontaria dall'aria efficiente, ma strappare qualche parola dall'inerte indifferenza di Giovanni si rivelò un'impresa alquanto difficile.

Dovevo chiedere la consulenza di uno psicologo, rifletté il commissario, e invece oggi mi sono mosso improvvisando, senza un minimo di preparazione, senza un piano definito, usando l'emisfero destro del cervello, direbbe Camilla. A quel pensiero, sorrise involontariamente, e in modo del tutto inaspettato Giovanni Marengo ricambiò il sorriso, si rianimò un po' e uscì dal suo mutismo.

L'ingegner Quarello? Sì, aveva saputo che era morto. Morto ammazzato, a essere precisi. Be', muore tanta gente, certi sotto una macchina, certi in fabbrica o in cantiere, come mio padre, tanta brava gente che non ha mai fatto niente di male, mentre il Quarello era un bastardo di prima classe, come anche quell'altro che è stato ucciso qui, lo strozzino, non so se l'ha saputo. Certo che l'ho saputo, ma nessuno merita di essere ammazzato. Il fatto è che voi non li mettete in galera i bastardi, oppure soltanto per poco e con i bravi avvocati escono subito, perché loro i soldi ce l'hanno per pagarli, non come quelli che lavorano onestamente e ci rimettono sempre. Erano in tanti, secondo lei, ad avercela con l'ingegnere? Come faccio a saperlo, non vedo tanta gente io, solo qualche amico, ma credo che il Quarello come ha rovinato la mia famiglia ne avrà rovinate anche altre, e lo stesso vale per il cravattaro, il Torasso, insomma tutti e due sono stati puniti per quello che hanno fatto.

Puniti, punizione: lo stesso termine usato da Camilla, rifletté dopo Berardi, anche questo sciroccato connette i due delitti, sempre come Camilla. Ci faremo dare i tabulati del suo cellulare, chissà che con un po' di fortuna non salti fuori qualcosa, e già che sono qui, vado davvero a parlare col capitano Sartori, così, solo per non lasciare nulla di intentato...

Nel frattempo, nel primo pomeriggio, i carabinieri avevano fermato e portato in caserma Mama Kubra, mentre la guardia di finanza visitava il money transfer. Osso duro la nigeriana, capace di fornire risposte abbastanza accettabili alle varie domande che le erano poste, ma ai nomi di Nasir Achebe e Zainab Okri qualche crepa nella sua corazza cominciò ad aprirsi. E quando, approfittandone e azzardando, le dissero che da un pusher erano venuti a conoscenza del ruolo attivo da lei avuto nell'omicidio della ragazza, la corazza si sfaldò quasi del tutto.

«Io fatto niente, io conosciuto poco Zainab.»

Altro azzardo: «Tanto poco che avevi il numero del suo cellulare».

«Lei chiesto qualche volta consigli per mal di testa.»

«Zainab non è morta per il mal di testa, è morta accoltellata. E tu hai aiutato Nasir.»

«No no! Io mai ucciso ragazze.»

«L'hai nascosta quando era ferita, non hai chiamato un dottore, hai lasciato che morisse. Sei complice nell'omicidio, ti aspettano vent'anni di galera solo per questo. Se poi ci aggiungiamo la droga, lo sfruttamento della prostituzione, le minacce con cui terrorizzi le ragazze e l'accusa di riduzione in schiavitù, in galera ci crepi, cara Mama.»

«Io fatto niente. Niente.»

«Davvero? Ti faremo sentire le testimonianze contro di te, andremo a vedere cosa nascondi in casa.»

«Io voglio avvocato.»

«Per adesso non vuoi un cazzo» si spazientì Giordano, «e invece ci molli subito la borsetta e il cellulare.»

Mama Kubra cercò di difendersi, capì che non ce l'avrebbe fatta, si arrese e cominciò a raccontare qualcosa.

Quando arrivò Berardi, aveva appena finito, ma il commissario e il capitano parlarono soprattutto dei rispettivi casi di omicidio.

Torino-Chivasso

Le tessere del puzzle iniziavano lentamente a combaciare. Scava e scava: qualcosa era saltato fuori, e precisamente che Giuliano Misasi, il caporale di manovali e muratori, quattro giorni dopo la terza telefonata fatta da una cabina e indirizzata all'ingegner Quarello si era comprato un'auto nuova. A prima vista niente di eccezionale, se non per tre particolari: a) il conto in banca del Misasi era prossimo allo zero (evidentemente negli ultimi tempi gli affari giravano male); b) l'auto, un'Alfa MiTo, era stata acquistata presso un concessionario chiuso un paio di volte per traffici illeciti; c) non esisteva traccia bancaria dell'acquisto, il che significava che era stata pagata in contanti, cioè in modo illegale.

Convocato in questura, il Misasi non riuscì a fornire una spiegazione plausibile circa la provenienza del denaro e negò di conoscere il defunto ingegnere, ma fu smentito in una successiva testimonianza dal figlio del medesimo, Michele, il quale rivelò che il padre, anni addietro, si serviva appunto di lui per reclutare manovalanza.

L'auto come frutto del ricatto? L'ipotesi era fondata, tanto più che il suo costo si avvicinava alla metà della cifra presumibilmente richiesta e pagata (cinquantamila euro); l'altra metà doveva essere finita nelle tasche del Ruffini che, un po' più accorto del socio, non aveva commesso una rintracciabile cazzata.

«Ci intampiamo sui due soci o li lasciamo mitonare un po'?» chiese Vitello a Berardi.
«Chiudiamo prima, se ci riesce, la faccenda dell'omicidio. Dopo, passiamo a loro e li inchiodiamo. Ma tu pensi davvero che il nostro caso e quello dello strozzino possano essere collegati?»
«Ipotesi Baudino?»
«Già. Mi inquieta la parola "punizione".»
«Rimettiamoci in contatto con i carabinieri. Ci facciamo dire se l'hanno sentita anche loro.»
A Chivasso nessuno aveva parlato di punizione, ma di vendetta sì. I due termini, però, nei casi Torasso e Quarello quasi si equivalevano: qualcuno poteva essersi incaricato di uccidere i responsabili di due decessi, esercitando così una specie di occhio per occhio dente per dente, punizione e vendetta nello stesso tempo.
Intanto erano arrivati i tabulati del cellulare di Roberto Airaudo: la Cavallari cominciò a setacciare le chiamate in entrata e in uscita dal momento del ritorno di lui dall'Afghanistan e quando un numero compariva più volte lo annotava per rintracciare a chi era intestato. Rintracciò una decina di intestatari, di cui alcuni le parvero particolarmente interessanti, e richiese anche i loro tabulati in attesa di andare a riferire al capitano.

Torino

Aprendo la porta di casa, Camilla ha un momento di terrore paralizzante: serratura solo col mezzo giro (lei l'ha chiusa con tutte e quattro le mandate, ne è certa al novanta per cento, un'ottima percentuale), luce accesa nel soggiorno (da lei lasciata spenta, certezza assoluta al cento per cento). Indugia sulla soglia, chiede a voce alta: «C'è qualcuno?», rendendosi conto della stupidità della domanda nell'istante stesso in cui la pone.

Un centinaio di spezzoni di film si srotolano nella sua mente: colpo di spranga manganello mazza da baseball calato sul cranio (cuoio capelluto squarciato e sangue come elementi opzionali); foulard calza di nylon cintura cappio stretto intorno al collo; punteruolo rampino da ghiaccio kriss malese a lacerare il petto; rasoio taglierino stiletto a recidere la carotide; sicario di Scarface o di Vito Corleone a puntare una pistola alla tempia; i peggio latitanti ricercati dall'FBI o dalle nostre forze dell'ordine (Matteo Messina Denaro Attilio Cubeddu Francesco Matrone) rintanati in casa come Humphrey Bogart e Mickey Rourke e compari in *Ore disperate*.

«C'è qualcuno?» ripete ancora con voce stridula, scivolando nella totale idiozia.

Poi fa un lungo respiro, lo trattiene come per una radiografia ai polmoni, lo libera e si sente meno scema, ma ugualmente impaurita. Che faccio?, si chiede. Suono il campanello ai vicini di pianerottolo che di sicuro a quest'ora non ci sono, mi rivolgo alla polizia nella persona di Gaetano per permettergli quattro sghignazzate su di me, chiamo Renzo che sta a Roma e non può intervenire in alcun modo? Già, Renzo: mai che sia a portata di tiro quando occorre, che mi sostenga nelle asperità della vita (litigi con Livietta, grane condominiali, auto che non parte...), che compaia al mio fianco in calzamaglia blu, in perizoma di leopardo, in smoking da sarto di grido. Sempre da sola me la devo cavare, prezzo amaro dell'emancipazione, frutto avvelenato della parità. Meglio bustini che tolgano il fiato e favoriscano la tisi, meglio abiti lunghi e ingombranti che raccolgano pattume e merde di cane, meglio boccoli e *cannellon* per ingaggiare pidocchi: meglio, perché c'è sempre un uomo aitante e premuroso (non quel lumacone di Ashley) che ti sorregge mentre svieni, che ti prende in braccio per farti attraversare il ruscello, che anticipa ogni desiderio espresso con la boccuccia a cuore...

Entro o non entro? Entro, e vada come vuole.

Lascia la porta aperta, si spinge nel soggiorno, studio, pranzo, camere da letto, bagni: nessuno, neppure dentro agli armadi, sotto ai letti o dietro alle tende. Ispeziona per ultima la cucina, e lì sul tavolo trova un biglietto.

Mai che si abbiano sicurezze con te. Hai il cellulare spento o scarico o scassato: settecento euro buttati nel cesso, non per rinfacciare. Tra un aereo e l'altro volevo farti una sorpresa e invece nisba, solo avanti e indietro da Caselle a Torino e viceversa. Vabbè, sarà per un'altra volta. Fatti viva. Ciao, Renzo.

Fatti viva! A momenti schiattavo, perché tu, non per rinfacciare, hai lasciato la luce accesa e la porta chiusa alla cazzo di cane. E sto cellulare miliardario che esala l'ultimo respiro senza nemmeno dire ahi, tecnologia da cavernicoli contrabbandata come roba da NASA, *Guerre stellari* e quarto millennio. Ma fatemi il piacere.

Ho bisogno di un aperitivo, anche se non è l'ora giusta. Me ne sbatto dell'ora giusta. Campari o Punt e Mes.

Chiude a quattro mandate la porta di casa, apre quella del frigo e le viene una ridarella improvvisa.

Chivasso

Francesca era stata convocata da Alina (Dottoressa puoi venire? Hai tempo per me?) e dopo qualche istante di perplessità aveva accettato. Di tempo ne aveva, anche se l'aveva già programmato per altro – lettura di relazioni scientifiche che la interessavano, spuntino veloce in caffetteria, incontro letterario sul tema del viaggio al Teatro Civico –, ma il timore che l'appello riguardasse la salute di Alina aveva prevalso.

Ritrovò uno scenario immutato: stratificazione di odori, ninnoli e peluche, nonnetta seduta davanti allo schermo della tele muta come lei.

«Tieni, un po' di cioccolatini» disse ad Alina posando sul tavolo uno dei piccoli omaggi dei pazienti al momento delle dimissioni. Nonnetta volse la testa e gli occhi le brillarono di desiderio, il desiderio goloso e infantile dei vecchi davanti ai dolciumi.

«Non puoi, dottore dice no cioccolato» intervenne Alina, cercando di sottrarle alla vista il sacchetto di cellophane.

«Nonnetta ha il diabete?»

«No.»

«Allora il dottore è disinformato. Il cioccolato fondente non ha nessuna controindicazione e la teobromina è nociva solo per cavalli cani e altri piccoli animali. Dagliene un paio, falla contenta.»

«Tu dici?»

«Dico.»

Alina liberò dalla stagnola due quadrotti, e li porse a nonnetta che, prima di inghiottirli, le elargì un sorriso di gratitudine e felicità pura.

«Tu vuoi tisana?» chiese poi a Francesca.

«Quella energetica.»

«Quale?»

«Quella che tira su. E magari qualche cucchiaiata delle erbe che ci metti da portare via.»

«Per te?»

«Per me e una mia amica di Torino.»

«Okay, vado a preparare. Tu guarda tele.»

Alla tele c'era un documentario sui pinguini che appassionò Francesca al punto da voler inserire l'audio, ma nonnetta non mollò il telecomando (possesso privato, dicevano gli occhi) e del resto, anche se avesse aperto la mano, sarebbe stato inutile, perché il telecomando era finto, di quelli per i bambini.

Arrivò la tisana, insieme con un pacchetto abbastanza cospicuo in carta di giornale. Abitudine africana, pensò Francesca, i retaggi sono difficili da abbandonare, ma se io non diffido delle erbe misteriose perché mai devo temere una lieve trascuratezza igienica? Mise il cartoccio nello zaino aspettando che la tisana si raffreddasse.

«Saputo di Mama Kubra?» chiese Alina.

«No.»

«Arrestata. Tam tam di puttane.»

«Contente?»

«Sì.»

«E tu?»

«Io anche. Tam tam dice arrestata per via di Nasir ammazzato.»

«Probabile» convenne Francesca, anche se la pensava un po' diversa. Arrestata perché ho fatto l'informatrice anonima. Anonima mica tanto, almeno col commissario Berardi. E speriamo che non mi incasini col capitano, che sia di parola. A naso direi di sì, sembra uno su cui contare. Amico di Camilla, amico come? Troppo indiscreto chiederglielo? Ma perché chiederglielo?

«Arrestata per tanto, secondo te?»

«Non lo so.»

«Tu chiedi, puoi?»

«Penso di sì.»

«Se Mama Kubra sta in prigione tanto e io parlo con carabinieri, loro mi danno permesso di soggiorno?»

«Sì che te lo danno.»

«Tu fai domanda. Io compro per te e amica tante erbe.»

Torino

«Dai tabulati di Giovanni Marengo non ci ho ricavato granché» disse Vitello a Berardi.

«C'era da aspettarselo. Uno stonato così, difficile che abbia relazioni planetarie.»

«Tutta gente di Chivasso e dintorni, al massimo Torino.»

«Fatto i controlli?»

«Certo. Brave persone, nessun precedente, nessuna denuncia, neppure per omessa rimozione di escrementi del cane.»

«Possiamo confrontare i nostri dati con quelli dei carabinieri. Anche loro avranno fatto delle ricerche.»

«Ipotesi Baudino?»

«Sì. A ripensarci non è poi così sballata. Però se è giusta un po' mi rode.»

«Ti rode darle ragione?»

«Mi rode che non sia venuta in mente prima a me.»

«Le donne ragionano diverso.»

«Già, con l'emisfero destro del cervello, e in modo pindarico.»

«Pindarico?»

«Sì, il poeta greco, Pindaro.»

«Quello che saltava di palo in frasca.»

«Appunto.»

«Be', con tutto il rispetto, non mi pare il modo di ragionare più adatto al nostro lavoro.»

«Se lo dici alla Baudino, lei ti risponde che i poeti ci vedono sempre giusto e in anticipo.»

«Ce l'hai sempre in testa, vedo.»

«Sì e no.»

«Sarebbe?»

«Sarebbe che se ci penso è con un certo distacco, non so spiegarti bene... come se tutto fosse dietro a un vetro, sfumato...»

«Bel paragone. Poetico.»

«Sfotti?»

«Solo un po'. Solo per non sembrare due femmine in attesa della messinpiega.»

«Ma i caramba dici che collaborano?»

«Hai voglia! Con tutte le dritte che ho passato alla Cavallari e ai suoi superiori!»

«Allora telefona e fatti dire.»

«Secondo me è meglio se gli facciamo una visitina e mettiamo le nostre carte in tavola.»

«Ma abbiamo solo scartine.»

«Le carte contano solo a metà. Il resto è come giocarle.»

«Mai giocato a carte io, neppure a rubamazzetto. Mai piaciuto.»

«Era solo un modo di dire.»

«Una metafora.»

«Ecco. Una metafora pindarica.»

Ce l'ho fatta. A me non ci arrivano più. Non dopo tutto questo tempo. E comunque.

Alibi? Chi si ricorda di cosa ha fatto a una certa ora anche solo di tre o quattro giorni fa? Nessuno, se non ha un'agenda di lavoro e la segretaria che gli segna gli impegni.

Io di agende non ne ho, mi tengo tutto in testa, e di giorni ne sono passati sedici, o diciassette, dipende da quando cominciano a contarli.

Il cellulare non li aiuta. Acceso e lasciato a casa, fermo immobile. Nessuna chiamata senza risposta, nessun sms, mi è andata di lusso. La fortuna aiuta gli audaci.

Di rischi ne ho corsi, ma calcolati e comunque inevitabili.

Incontrare qualcuno sulle scale di casa del vecchio: faceva freddo, avevo berretto cappuccio sciarpa e occhialoni, difficile ma non impossibile riconoscermi dopo, e invece sulle scale non c'era nessuno.

La moto: avevo taroccato la targa, ma se mi fermavano i vigili o la stradale all'andata, era morta lì, non se ne faceva più niente. Se invece mi bloccavano dopo, non ne venivo fuori.

I testimoni: praticamente sarebbero serviti a zero. Sì, sulla moto c'era uno con tuta e casco integrale nero: vallo a riconoscere se sei capace!

Le precauzioni sono stato attento a prenderle tutte. I due li ho sorvegliati per mesi ma da lontano; la spranga l'ho trovata in un deposito di immondizie e poi buttata in Po; la pistola anche lei in Po e mi dispiace, perché ce l'avevo da anni, comprata da un tossico perso poi schiattato di overdose. E mi sono liberato pure di tuta e casco, perché non si sa mai.

Come fanno a risalire sino a me? Quei povericristi dovrebbero stare più abbottonati e non toccare mai l'argomento, ma li capisco, finalmente hanno avuto giustizia quando non ci speravano più e si invelenivano contro il mondo.

Io ho fatto giustizia. Ho liberato la mia terra da due assassini subdoli, due sfruttatori senza pietà né rimorsi.

Io omicida? No, perché non l'ho fatto per interesse personale o per tornaconto, io l'ho fatto per rimettere in pari i piatti della bilancia. È dalla parte della giustizia che sto io.

Chivasso

«Un bel triangolo. Amici dall'infanzia, vacanze insieme, scambi di telefonate, qualche cena al ristorante. Uno, fuori di melone totale dopo l'incidente del padre; l'altro, incattivito dopo l'attentato in Afghanistan; tutti e due che vaneggiano di vendetta o punizione e il terzo che forse si incarica di metterla in atto. Ma a incastrarlo come si fa?» domandò (retoricamente) il maresciallo al capitano e ai due venuti da Torino.

«Tracciato del cellulare» suggerì Vitello.

«Ovvio, ma non basta» osservò Sartori.

«La moto» si inserì Berardi.

«In che senso?» chiesero un po' tutti.

«Forse non l'ha rubata. Forse l'ha presa in prestito. Magari di nascosto.»

«Da un amico, da un parente, chissà da chi» ipotizzò Giordano.

«Magari da un parente o amico di uno degli altri due» precisò Berardi.

«Com'era sta moto?» chiese Sartori.

«Nera, non troppo grossa.»

«La vostra testimone non può essere più precisa?»

«Non si intende di moto.»

«E non è neppure troppo sveglia, dato che non ha preso la targa» s'incaponì Giordano.

«Sveglia è sveglia, e la targa al novantacinque per cento era falsa» intervenne Vitello.

«Ci ha fornito delle buone dritte» completò Berardi.

«Allora com'è che siete ancora in alto mare?» polemizzò Sartori.

«Dritte che ci hanno fatto escludere o accantonare per il momento altri reati connessi» chiarì Vitello.

«Vabbè: il Cena sotto sorveglianza congiunta e indagini sulla moto, c'è lavoro per tutti» chiuse Sartori.

Uscendo dalla caserma, a Berardi venne in mente Francesca: amica di un buttafuori e Cena faceva il buttafuori. La chiamò al cellulare: «Conosci un certo Sergio Cena?».

«Sì, abita sotto di me, perché?»

«Te lo dico dopo. A che ora esci dall'ospedale?»

«Tra venti minuti.»

«Vengo a prenderti.»

Amleto Vitello lo guardò con un mezzo sorriso: «Da qui a Torino c'è un treno ogni mezz'ora. La macchina tienila tu».

Chivasso

«Sergio Cena? Non ci posso credere!» disse Francesca.

«È un'ipotesi, non una certezza, ma un'ipotesi non sballata» chiarì Gaetano.

Stavano camminando fianco a fianco, alla ricerca di un bar, perché si era levato un vento fastidioso, cartacce e borse di nylon che mulinavano in aria, polvere che entrava negli occhi e li faceva lacrimare.

«Cosa devo fare?» chiese lei.

«Niente. O meglio: non parlarne a nessuno e stai alla larga da lui. Non ti ricordi qualcos'altro che possa esserci utile?»

«Delle foto dei suoi amici te ne ho già parlato... credo di averti detto tutto.»

«Non c'è stato nulla di memorabile in quelle due serate?»

Be', ci sarebbe, pensò lei. Ma non mi va di raccontargli che subito dopo gli antipasti e i preliminari mi sono catapultata via scarmigliata e senza mutande. Che senza l'intervento del caso adesso sarei qui a rodermi all'idea di aver fatto sesso con un presunto assassino.

«Mah... forse c'è una frase...»

«Cioè?»

«Chivasso è la mia terra, una cosa così, che mi aveva un po' stupita.»

«E siccome è la sua terra, si è autoincaricato di liberarla dai cattivi.»

«Tipo Charles Bronson in quei vecchi film?»

«Tipo.»

Eppure Sergio si è sempre dimostrato compito e gentile, rifletté lei. Ha un gatto, tiene bene la casa... troppo bene forse? Troppo ordinata, troppo lustra per un single senza colf? Uno che si stira le camicie, che si fa le lavatrici, e poi così capace in cucina!, un perfetto pretendente al matrimonio o alla convivenza, uno che darebbe una mano, anzi una mano e mezza alla moglie o alla compagna nel disbrigo delle faccende domestiche. Le compri tu le scatolette per Rambo? Certo cara, ci penso io, e porto anche a lavare la tua macchina, che è inzaccherata da far schifo, e ti va se per stasera preparo una guancia di vitello brasata con contorno di purè... Sono i tipi così, quelli della porta accanto o di sotto che poi insidiano bambini e bambine, che massacrano le prostitute, danno fuoco ai barboni, fanno le pulizie etniche o morali?

Il marciapiede, assediato e ristretto dalle auto parcheggiate in sosta vietata, non consentiva di procedere affiancati, lei camminava mezzo passo davanti a lui, con gli occhi socchiusi per evitare bruscoli e polvere. Inciampò malamente, sovrappensiero com'era, in un lastrone sconnesso e si sbilanciò in avanti, ma lui fu pronto a passarle un braccio intorno alla vita, a sorreggerla e a indugiare in quel gesto di protezione e confidenza. Restarono qualche secondo così, una stretta non più necessaria, un rilasciarsi imprevisto della tensione, odori che si mescolavano, i tepori dei fiati che si confondevano.

«Vado a dormire a Torino, stasera» disse lei con una voce un po' incerta.

«Ho la macchina qui, vuoi che ti accompagni?»

«Sì.»

Chivasso

Il capitano Sartori ebbe un sussulto e si diede del cretino. Come ha fatto a non associare gli indirizzi? Sergio Cena e Francesca abitano nello stesso stabile, quasi sicuramente non si frequentano, ma è comunque una coincidenza inquietante e pericolosa. Si affrettò a chiamarla al cellulare: dieci dodici quattordici squilli ma lei non rispose e la linea cadde. Provò all'ospedale: no, la dottoressa Gariglio è già uscita, ha finito il turno mezz'ora fa. In quella mezz'ora lui aveva rivisto insieme col maresciallo alcuni punti oscuri, stabilito i turni di lavoro, rimuginato sulle informazioni fornite da Berardi e Vitello, sulla storditezza della loro testimone incapace di riconoscere una moto e memorizzarne almeno due numeri di targa...

Richiamò nel suo ufficio Giordano: «Dov'è adesso Sergio Cena?» gli chiese infuriato.

«Troppo presto per saperlo. Cos'è che la preoccupa?»

«La dottoressa Gariglio. Abita nella stessa casa.»

«Già.»

«Lei lo sapeva?»

«Sì. Ma ci sono altri sei appartamenti e non credo che il Cena intenda fare una mattanza condominiale.»

«La dottoressa vive sola, è più esposta di altri.»

«Mi sembra in grado di badare a se stessa. E poi con tutta la boxe che fa...»

«Boxe?»

«Tre volte alla settimana in palestra.»

«Lei come lo sa?»

«Dei testimoni mi studio tutto. Può sempre tornare utile.»

«Contro una spranga e una rivoltella, i pugni servono a poco. Faccia rintracciare la dottoressa, voglio avvertirla del pericolo.»

«E quelli degli altri appartamenti no?»

Il capitano gli scoccò un'occhiata al veleno: «Vada maresciallo, vada, e mi trovi la Gariglio».

«Agli ordini» chiuse Giordano. E pensò: sta' a vedere che si è preso una bella scuffia.

Torino

Trovare l'Honda era stato un vero colpo di fortuna. Il Cena, contrariamente al solito, aveva accompagnato a casa, verso le quattro e mezzo del mattino, uno dei baristi del locale in cui lavorava, l'aveva mollato davanti al cancello che chiudeva il cortile e si era allontanato. Il poliziotto che stava di fianco al guidatore dell'auto civetta era un appassionato di moto e a proposito di quella usata per l'omicidio del Quarello si era fatto una sua personale lista, che comprendeva una Honda 250. Come quella che, nella scarsa illuminazione del cortile, stava appunto lì, protetta dalla sporgenza di un balcone del piano rialzato.

A chi apparteneva? L'ispettore Vitello si mise alla ricerca non appena la notizia gli fu comunicata e scoprì che il proprietario non era il barista, ma un certo Denis Sorrenti, suo cognato, cioè marito della sorella. Che ci faceva allora lì la moto? Ipotesi n° 1: il cognato non aveva un posto relativamente sicuro e gratuito dove tenerla e l'aveva parcheggiata in quel cortile; ipotesi n° 2: l'aveva ceduta al barista senza fare la voltura. Da questa seconda ipotesi si apriva uno scenario promettente, ma puramente congetturale e assai azzardato: che il barista (Bruno Navone) l'avesse prestata al Cena.

La stessa sera il Navone era andato al lavoro ed era poi tornato con la propria Mini (il passaggio concessogli dal Cena come fatto sporadico, dovuto a un qualche contrattempo), e poche ore dopo, alle sette, quando era appena entrato nel primo sonno, la polizia andò a tirarlo giù dal letto.

La presero un po' alla larga, e approfittando del suo lieve intontimento vennero a sapere che no, lui non aveva mai prestato la moto a nessuno, che d'inverno non la usava perché pativa di mal di gola, che non aveva mai notato che qualcuno l'avesse presa a sua insaputa, anche perché era protetta da una catena grossa tre dita.

Ma le chiavi, della catena e dell'avviamento, le aveva solo lui?

Sì certo, il cognato gli aveva consegnato quelle originali e il mazzo di riserva.

Mai perse?

Bruno Navone (che aveva chiesto inutilmente il perché di tanta curiosità sulla sua moto) restò un momento interdetto. Be' sì, una volta, ma non proprio perse.

Cioè?

Un mattino, smontando dal lavoro, non le aveva più trovate nella tasca del giubbotto, ma gli erano semplicemente cadute, erano andate a cacciarsi dietro alla roba della Gina e lui non aveva guardato bene, ma la sera stessa stavano lì, era stata proprio la Gina a fargliele notare.

Chi era la Gina?

La donna delle pulizie, Gina Marchionni.

(Rapido controllo: incensurata, sessant'anni. Le avrebbero parlato dopo.)

Quando erano avvenuti perdita e ritrovamento?

Boh, in autunno, tre mesi, tre mesi e mezzo fa.

Aveva mai attaccato degli adesivi sui parafanghi della moto?

Adesivi? Mai. Ma si può sapere...

Saprà a suo tempo, adesso dobbiamo analizzare la sua Honda.

Ma porcomondo avrò ben il diritto...

Era intervenuto il commissario a tacitarlo: forse l'Honda, a sua insaputa, era stata usata per un crimine, altro non gli potevano dire, e se non voleva avere delle grane, magari grosse, era meglio molto meglio che si tenesse tutto per sé e non ne facesse parola con nessuno.

«Ma tu pensi che quello stia zitto?» chiese Vitello a Berardi quando il barista fu congedato.

«Figurarsi! Lo dirà a cani e porci, che è quello che vogliamo, no?»

«Così al Cena prende un po' di sbigola.»

«Sarebbe?»

«Apprensione. Lessico da sbirri.»

Chivasso-Torino

Giorni grigi e freddi.

Grigi e freddi climaticamente.

Una lastra di nuvole scure a nascondere il cielo. Alle cinque del pomeriggio buio pesto, come nelle lande iperboree; temperatura sempre al di sotto delle medie stagionali. Aria velenosa per l'apparato respiratorio, dopo il sollievo delle nevicate: Torino maglia nera nella classifica, città più inquinata d'Italia. (E Taranto? A Taranto le centraline di rilevazione di smog e polveri sottili non ci sono, oppure non funzionano. Ah be', allora...)

Grigi e freddi per le indagini.

Telefoni sotto controllo, ma nessuna conversazione compromettente, tutti i sospettati di un qualunque reato connesso con il Torasso o il Quarello a condurre la solita vita, come svogliati travet del catasto o delle poste, e l'indiziato principe più prevedibile nei suoi spostamenti e orari del filosofo di Königsberg. Roba da sbattere la testa contro i muri, per polizia e carabinieri.

Grigi e freddi per Francesca.

Che aveva rinviato a data da destinarsi l'invito a cena di Sergio, adducendo come scusa la riorganizzazione del reparto in cui lavorava e i turni di lavoro continuamente variati, per cui non intendeva ripetere una fuga sgradevolmente precipitosa e imprevista. Lui ci aveva creduto? In apparenza sì, e si era dichiarato desideroso di ricombinare appena le fosse possibile.

Con il capitano dribblare l'invito era stata più dura. Era comparso in ospedale per renderla edotta della probabile pericolosità del coinquilino Sergio Cena, per scusarsi del ritardo nell'informarla (ma non era colpa sua, il telefono di lei squillava sempre a vuoto, come mai? E lei ad autoaccusarsi di storditaggine, lo dimenticava spesso di qua e di là, e inoltre era sempre in pensiero per la salute della madre, tanto che appena poteva la raggiungeva al mare, una sfacchinata andare tornare e poi riprendere il lavoro, sarebbe stato tanto più semplice riportarla a Torino, ma dopo una certa età le persone diventano cocciute, refrattarie al più elementare buonsenso, insomma per lei era un periodo nero, ma intanto come procedevano le indagini? Stentatamente, erano in ballo accertamenti e controlli, anche per lui era un momento difficile, ma aveva piena fiducia che eccetera eccetera).

Sto diventando una ballista compulsiva – aveva riflettuto lei dopo –, e neppure tanto abile: è vero che dopo il lavoro mi catapulto in macchina, ma per andare a Torino e non a Bordighera, e mia madre sta benissimo, cioè come al solito, con il suo catalogo di doglianze vedovili. A Torino ci vado per scambiare quattro chiacchiere con Camilla, per uscire la sera con il vecchio giro, per scancellare i ricordi dell'infame, per tenere a bada un'irrequietezza fastidiosa. Che però è sempre sotto pelle.

Grigi e freddi per Camilla.

Stava mandando maledizioni assortite e fantasiose ai suonatori di clacson transitanti sul corso quando squillò il telefono.

«Che stai facendo?» chiese Gaetano.

«Un solitario al computer.»

«Non pensavo fosse una tua abitudine.»

«Non lo è. Ma oggi ho fatto stranezze.»

«Cioè?»

«Ho letto tutti gli oroscopi sul supplemento del giornale. Vuoi sapere il mio?»

«Dimmi.»

«Parecchi demoni sono vostri fan e sanno che con voi possono giocare emozionanti partite. Non è una scena neoclassica di algido marmo quella in cui volete sistemarvi: voi volete avere di fronte una Giuditta dipinta da Artemisia Gentileschi, che non si farebbe problemi a circuirvi per poi decapitarvi. Ma voi vi piacete. Vi baciate alla finestra dopo aver appannato il vetro, vi ricongiungete alle parti più profonde dell'*akasha*, l'essenza base del mondo materiale, mettete in connessione le energie dell'universo, le fate volare su un filo teso e invisibile. Non dovete scendere in miniera per trovare le soluzioni, perché voi riportate le strutture eccentriche verso il centro.

Dopo la lettura il mio umore è virato sull'atrabiliare, perché se tanti credono a ste stronzate, forse stronzate non sono, e a essere stronza sono solo io.»

«Hai provato col Punt e Mes, per migliorare l'umore?»

«Risultati zero. Non insisto perché il fegato dice no.»

«Cosa ti capita?»

«Ordinaria amministrazione. Litigio con la preside, dice che ho pretese eccessive con la terza, che i genitori si sono lamentati perché faccio leggere Dante, che sarebbe meglio leggere qualcosa di più leggero, tipo per esempio i testi delle canzoni, che sono poesia pure quelli. Quali, ho chiesto io – polemicamente, lo ammetto –, quelli di Sanremo? Perché no, ha detto lei, bisogna essere vicini agli interessi dei ragazzi, invece di proporgli la solita roba trita e ritrita. Dante roba trita e ritrita? Ho ribattuto che se la pensava così, era meglio che cambiasse mestiere. Apriti cielo: riceverà una nota di biasimo scritta, professoressa Baudino. L'ho guardata in modo che fosse chiaro quale uso avrei fatto della sua nota di biasimo e me ne sono andata sbattendo la porta.»

«Tutto qui?»

«No. Conversazione telefonica al vetriolo con Livietta, in montagna con la scuola per la settimana bianca. Me l'hanno scambiata in culla, mia figlia, e mi hanno rifilato un'aliena dell'asteroide B612.»

«B612?»

«Sì, quello dei piccoli principi intinti nella melassa e delle adolescenti velenose che con le parole sputano fiele corrosivo. Sono piena di escoriazioni purulente e ho urgenza di un intervento ricostruttivo del derma.»

«Ceniamo insieme?»

«Meglio di no.»

«Perché no?»

«Perché con l'umore che mi ritrovo e i Punt e Mes di rinforzo finiremmo a letto.»

«Sarebbe una catastrofe?»

«Non una catastrofe ma un errore, e tu lo sai benissimo. Tipo una tartina al caviale beluga scaduto, un vinile del cuore suonato su un giradischi che rantola o miagola. Time out, sono passati quasi tre anni. Anche se su di te ho fatto tante fantasie.»

«E me lo dici adesso?»

«Lo hai sempre saputo. Ma adesso posso confessarlo.»

«Per via del time out?»

«Certo, e non fare il marpione, che è time out anche per te. Passando ad altro, perché mi hai chiamata?»

«Per farti vedere la foto di un'altra moto. Anche se probabilmente è inutile.»

«Perché sono una testimone scema, vuoi dire.»

«Mai detto e mai pensato. Apri Outlook, te l'ho appena mandata, è un'Honda CBR 250.»

Breve attesa.

«È quella!»

«Sicura?»

«Sì. Ragionevolmente sicura. Dimensione e profilo giusti. Ma ce l'ha il lampo rosso?»

«No, però ha qualcosa sui parafanghi. Ci sta già lavorando la scientifica. Sta' su con la vita.»

«Facile dirlo!»

Ma difficile a farsi, rimuginò lei dopo. Perché c'è anche altro. C'è il groviglio dei miei rapporti con Renzo, di cui non capisco più niente. C'è la paura che nella sua vita si sia insinuata un'altra. Mai stata così confusa e così insicura, e quando ci penso sono tentata dalla voluttà delle lacrime.

Come un'eroina dei poemi cavallereschi alla partenza dell'amato.

Come una fanciulla dei romanzi dell'Ottocento al cospetto della bellezza di un tramonto.

Come un'ospite truzza delle trasmissioni tivù pomeridiane.

Torino

Dopo decise di fare un fioretto, cioè un piccolo atto masochistico. Quando si è malmostosi al massimo, aveva pensato, o ci si premia o ci si punisce, tanto per vedere come butta. Premio: un taglio di capelli rivoluzionario e azzardato (che può anche virare nel disastro), una spesa perfettamente inutile e kitsch ma dispendiosissima; punizione: preparare tracce e documentazione per il saggio breve da appioppare agli sciamannati di terza, oppure saltare la cena per smaltire venti grammi dei chili superflui.

Optò per il digiuno, soprattutto perché non aveva voglia di cucinarsi qualcosa e il frigo era sguarnito di cibo da frigo, tipo prosciutto formaggio e yogurt. Ma per rendere più sopportabile il fioretto si mise in poltrona a leggere. Maeve Brennan: *Il principio dell'amore*, una raccolta di racconti. Bellissimi, ma quanto mai inappropriati al momento: storie di mariti e mogli prigionieri in matrimoni logorati dal tempo e raggelati dalle abitudini.

Intorno alle otto la scampanellata tipica di Francesca le interruppe la lettura, andò ad aprire senza guardare dallo spioncino e al di là della porta c'era effettivamente Francesca, ma di fianco a Gaetano.

«Già cenato?» chiese lui con uno scintillio divertito negli occhi.

«No, ho optato per un salutare digiuno.»

«Dopo un'overdose di Punt e Mes?»

«Niente affatto, sono astemia dalle due.»
«Vieni a cena con noi?» si intromise Francesca.
«Se vengo, il mio fioretto va a farsi fottere.»
«Non sei un po' attempata per i fioretti?»
«Eccole, le amiche! Ti danno dell'attempata senza pensarci due volte. Con affetto, per carità...»
«Dài, che ti sveleni! Una tranquilla cena a tre senza tentazioni e conseguenze...» insinuò Gaetano.
«Senza tentazioni e conseguenze?» si incuriosì Francesca.
«Certo, le controlleremo cibo e vino, permessa solo la modica quantità!» precisò lui.
Mi sta sfottendo allegramente, pensò Camilla. E a parte il filo di acidità gastrica che mi provoca, non è neppure un gran male. Vuol dire che è tutto finito, credo. E allora vada per la cena.
«Entrate. Io rinuncio all'aperitivo, ma voi fate pure. In frigo trovate bollicine e Punt e Mes, nella credenza taralli e pistacchi. Ci metto due minuti a cambiarmi.»
Andarono al Ruràl, che in antitesi col nome non era affatto un ristorante campagnolo: semiperiferia in via di riqualificazione, comodità di parcheggio, ambiente ex industriale riadattato da un bravo architetto, arredi di buon design, personale efficiente e cortese, cucina da chef in marcia verso le stelle. Camilla seduta da un lato, gli altri di fronte a lei, conversari amabili e rilassati, l'umore in rapido miglioramento.
«Sai che Alina si è finalmente decisa?» disse a un certo punto Francesca.
«A testimoniare?»
«L'ho convinta e poi accompagnata dai carabinieri. Ha raccontato quel che sa di Nasir, Mama Kubra e del giro, così a lei daranno il permesso di soggiorno e io mi libero dalla fama di visionaria. Ah, a proposito, ho un regalo per te!», e così dicendo estrasse dalla borsa e posò sul tavolo una scatola di metallo.
«Tè Darjeeling?» sospirò Camilla.
«Ma no, lo so che non sei una fanatica del tè. Dentro ci sono le erbe per la tisana, quella energetica di Alina. Conservare in luogo fresco e asciutto.»

«Ragazze, io fingo di non esserci e quindi non mi domando che erbe sono» dichiarò Gaetano.

«Tranquillo, tutto regolare. Erbe africane, niente di proibito. Smettila di fare lo sbirro, siamo brave ragazze» chiosò Francesca voltandosi a guardarlo in faccia.

Riconosco quello sguardo, è inconfondibile, pensò Camilla, e le venne in mente un verso dell'*Eneide*, libro quarto, ma si impedì di recitarlo, sia pure mentalmente e solo per sé.

Chivasso

Non si allontanano a falcate olimpioniche il magone l'incazzatura e l'amarezza per il tradimento di Guido, pensa Francesca, ma a passettini da signora su tacco dodici sì. Non mi aggrediscono più al mattino quando apro gli occhi, né alla sera quando spengo la luce, resistono ancora, certo, ma in sottofondo, come un brusio non troppo percettibile nel rumore della vita. Il lavoro, coi pazienti da risuolare rammendare e rabberciare perché la sfanghino ancora un po', la palestra, gli amici ritrovati e quelli nuovi, le fughe sempre più frequenti a Torino: tutto aiuta.

Se si riesce a osservare un po' di sbieco quello che ci è successo (ma ci si riesce solo quando si è lievemente defilati, cioè in parte fuori, con un piede ancora dentro e l'altro oltre la linea di confine), il panorama del passato cambia non dico totalmente, ma in buona parte. Si vedono particolari prima inavvertiti, si scoprono dettagli che erano avvolti dalla nebbia dell'autoinganno, le montagne si riducono a collinette, quello che ci sembrava il rumore del mare risulta essere soltanto lo scroscio di una tubatura liberata dall'ingorgo.

È stata un fallimento totale la mia relazione con Guido? No, perché qualche balenio di felicità l'ho avuto, qualche momento degno di ricordo l'ho vissuto e comunque il fallimento ha coinvolto solo un aspetto della mia vita, non mi ha fatto rimettere in discussione tutto il resto.

Ma adesso cosa mi devo augurare? Di essere colpita dal guizzo di un altro lampo con i suoi bravi effetti collaterali di spasmi allo stomaco tachicardia eccetera o sarebbe meglio una lunga rilassante stagione di vacanza emotiva?

Serate in compagnia, libri, film, concerti, boxe e ogni tanto ecco una puntura di smarrimento o di angoscia, ma la siringa è di quelle monouso con l'ago sottile, e il liquido iniettato non brucia più tanto e viene subito assorbito.

E in quanto a lui, al fedifrago vigliaccamente dilazionatore, io adesso cerco di perdonargli tutto: la freddezza, la supponenza, le meschinità, l'egoismo e arrivo addirittura ad augurargli di essere felice con l'esperta di poesia, la fine esegeta di versi in langue d'oc e d'oïl, urdu sanscrito mandarino swaili amarico e yiddish che mi ha soppiantata, l'anima bella che citava Villon al nido, declamava Ronsard all'asilo e imitava Du Bellay alle elementari.

Però... però spero che il naso gli rimanga un po' storto e rincagnato. E che nessun chirurgo plastico abbia il coraggio di metterci mano.

Torino

Nonostante le promesse di collaborazione, i carabinieri di Chivasso non furono informati del ritrovamento della moto sospetta. Del resto, che bisogno c'era?, aveva detto Berardi a Vitello, la moto c'entrava solo con l'omicidio di Torino, difficile che Sergio Cena, ammesso che fosse lui il colpevole, l'avesse usata per andare da casa sua a quella del Torasso. Mi sembra un comportamento un po' sleale, aveva osservato l'ispettore, e oltretutto, sempre se Cena è l'assassino, ha colpito prima a Chivasso e solo il giorno dopo da noi. Però a scoprire il crimine siamo stati noi i primi, aveva insistito Berardi. Scoprire è una parola grossa, Cena o chi per lui aveva agito in mezzo alla strada, non c'era niente da scoprire, era stata l'obiezione. Comunque, collaborazione coi caramba sì, ma solo fino a un certo punto: passargli certe informazioni d'accordo, ma scodellargli la pappa già fatta no, si era ostinato il commissario.

Vitello s'era arreso e aveva intuito che, in quel caso, nella competizione con i carabinieri c'entrava un elemento che non era la semplice rivalità professionale.

Sull'Honda non c'erano impronte digitali del sospettato, ce n'erano solo alcune e parziali del barista, ma la moto risultava troppo poco impolverata per essere stata inutilizzata da mesi, e soprattutto le minuscole tracce presenti sui parafanghi (invisibili a occhio nudo e impalpabili al tatto) erano di una colla comunemente usata sul retro degli adesivi.

Che l'omicida ne avesse applicati due per fissare su di loro l'attenzione di eventuali testimoni? Una precauzione astuta ma forse eccessiva, e l'eccesso di precauzioni può talvolta rovesciarsi nel suo opposto. Anzi si rovescia, se le poche tracce di colla rimaste non sono incompatibili con il profilo di un lampo.

«Che facciamo, dottore?» chiese il commissario al piemme.

«Lo invitiamo a presentarsi o lo becchiamo e poi lo interroghiamo.»

«Come persona informata sui fatti?»

«Sì.»

«Sarà dura. Informata su che?»

«Si inventi qualcosa. Bisogna farlo cedere prima dell'avviso di garanzia, se no con i pochi elementi che abbiamo un avvocato qualunque è in grado di imbeccarlo e di lasciarci con un pugno di mosche.»

«Inventarmi qualcosa: bel consiglio, grazie!» si sfogò poi acido Berardi con l'ispettore. «Come faccio ad arrampicarmi sugli specchi?»

«Chiedilo alla tua confidente-consulente» suggerì scherzando Vitello.

Gaetano stette allo scherzo, chiamò Camilla al telefono e le girò la domanda:

«Come fai ad arrampicarti sugli specchi?»

«Usa le ventose» rispose lei.

Torino

A Chivasso no, non potevano andare a prenderlo, sarebbe stata una violazione troppo grossolana e palese del fair play. A Torino allora, ma prima o dopo il lavoro? Aspettarlo ai Muri e bloccarlo prima che cominciasse, oppure portarlo in questura intorno alle quattro del mattino del sabato? Alle quattro, propose Berardi, e pazienza per il weekend che comincia da schifo, ma al mattino sarà un po' intronato e con il solo desiderio di fiondarsi nel letto, quindi con le difese abbassate e più vulnerabile. Può anche darsi il contrario, replicò il piemme, magari a quell'ora ha l'adrenalina al massimo, perché uno che fa il buttafuori mica ha i ritmi circadiani come i nostri. Allora facciamo a testa o croce: testa alla sera, croce al mattino, azzardò il commissario, che non aveva voglia di tirarla per le lunghe. Non mi sembra un modo razionale di decidere, fu la risposta piccata. Infatti non lo è, ma siccome i ritmi circadiani del Cena non li conosciamo né io né lei, tanto vale affidarci al caso.

Il piemme gettò in aria una moneta da un euro e uscì croce: si sarebbe dovuto svegliare nel cuore della notte senza accendere le luci per non disturbare il sonno di moglie e figlio, di sicuro avrebbe sbattuto contro qualche spigolo con conseguenti ematomi, dal momento che aveva i capillari da femmina e gli bastava un niente per procurarsi lividi bluastri grossi come frittelle. Ma perché cazzo era entrato in magistratura, invece di accettare l'incarico all'ufficio legale di quella banca lussemburghese?

Per presunzione, ecco perché, e per idealismo idiota, convinto com'era che le banche fossero più o meno istituti di rapina e che invece come magistrato avrebbe potuto raddrizzare qualche torto. Alle quattro di mattina lui era uno zombie, a meno che non si sbronzasse di caffè, nel qual caso il bruciore di stomaco era assicurato per tutta la giornata, nonostante la compressa preventiva di lansoprazolo. Porcomondo, imprecò tra sé andandosene dopo aver salutato con un "arrivederci" stitico, potevo almeno barare nel lancio della moneta!

Sergio Cena, quando arrivò in questura – dove c'erano ad attenderlo piemme commissario ispettore e due rinforzi –, sfoggiava un'aria più scocciata che ansiosa. Aveva avuto quattro giorni di tempo per preparare il copione della recita, quattro giorni da quando il barista, tra il furibondo e lo stranito, gli aveva raccontato il sequestro della moto e il terzo grado da parte degli sbirri. Quattro giorni in cui si era dapprima meravigliato, poi preoccupato e infine rinfrancato ripassando minuto per minuto le mosse passate e soprattutto future: negando sempre tutto e dicendo "non ricordo" dove il non ricordare era più che plausibile, avrebbe respinto i prevedibili calci di rigore con tranquillità e scioltezza.

Invece fu attaccato con le rimesse laterali da oltre metà campo, in modo abbastanza subdolo. Perché nella notte tra domenica e lunedì aveva accompagnato a casa il collega Bruno Navone? Perché Bruno aveva la macchina in panne (che domanda cottolenga!, aveva pensato di striscio). Gli capitava spesso di accompagnarlo? No (un no secco, senza fronzoli). Era proprio sicuro che l'auto del Navone fosse in panne? Sì, altrimenti l'avrebbe usata (ma dove vogliono andare a parare?). Navone fa uso di coca? No (ma ce l'hanno con lui?). Oppure spaccia, al lavoro o fuori? No (dovevo stare più chiuso e dire "no, che io sappia"). Invece a noi risulta di sì, strano che lei affermi il contrario. Perché strano, mica lavoriamo fianco a fianco e poi fuori dai Muri ognuno ha il suo giro (quel coglione dovrebbe starci più attento con la bamba). Secondo lei, è più facile che spacci in moto o in macchina? Vi ho già detto che non ne so niente di quello che fa Navone. No, lei ci ha detto che Navone non tira e non spaccia, è una cosa lievemente diversa.

Andarono avanti per più di un'ora con domande sul Navone (perché aveva chiesto uno strappo proprio a lui? / non erano più sulla strada Giacomo, l'altro barista, o Gloria, la ragazza dei cocktail? / quanto guadagnava Navone? / come faceva a permettersi quell'appartamento e gli altri sfizi con il solo stipendio? / da quanto lo conosceva? / quanti erano i clienti abituali che si facevano servire solo da lui? / eccetera eccetera); poi virarono bruscamente sul suo amico Giovanni Marengo detto Johnny e il Cena ebbe una visibile contrazione della mascella.

Eh ragazzo, pensarono all'incirca Berardi e Vitello, ce ne vuole di allenamento per restare impassibili, per dominare tutti i muscoli della faccia insieme con l'espressione degli occhi! Bisogna essere attori consumati e non dilettanti allo sbaraglio, comparse televisive di seconda fila o habitué sfigati dei casting!

Anche il piemme aveva percepito il momentaneo smarrimento del Cena, ma troppo concentrato com'era ad agognare una sorsata o una compressa di Maalox, non si perse in commenti interiori.

Il suo amico Johnny era anche amico di Bruno Navone? Si frequentavano? Si telefonavano?

Perché Johnny ce l'aveva tanto con l'ingegner Quarello?

Di cosa parlava con lui quando si vedevano all'Argonautica o a cena?

Perché Johnny riguardo alla morte dell'ingegnere parlava di giusta punizione?

Punizione per cosa?

Chi avrebbe dovuto punirlo?

Invece Roberto Airaudo, detto Bobo, parlava di vendetta, ma a proposito di un altro morto ammazzato, il dottor Torasso.

Lui, Sergio Cena, era amico di entrambi, vero?

Amici sin dai tempi delle elementari, amici intimi.

Sfigati entrambi, Johnny e Bobo!

E tutti e due attribuivano la causa della loro sfiga a qualcuno.

Qualcuno che in un modo o nell'altro li aveva ridotti a rottami umani.

Qualcuno che era stato ammazzato.

Si ricordava di quando Bruno Navone aveva perso le chiavi della moto?

L'aveva accompagnato a casa anche quella notte?

Era presente quando le chiavi erano state ritrovate?

Come aveva fatto il mazzo di chiavi a cadere dietro alla roba della Gina?

Era caduto da una tasca del giubbotto di Bruno?

Oppure l'aveva fatto cadere qualcuno?

Oppure ancora qualcuno l'aveva preso per farne un duplicato?

La moto di Bruno era stata usata dal killer dell'ingegner Quarello.

Con il permesso del proprietario o no?

Forse Bruno aveva voluto fare un piacere a qualcuno. Un piacere che si configurava come complicità in omicidio.

E quel qualcuno aveva già ammazzato il Torasso.

Erano ormai le nove ed erano passate quasi quattro ore da quando l'interrogatorio era iniziato.

Berardi e Vitello erano usciti due volte a tracannare caffè e a farsi salire la pressione.

Il piemme, oltre al bruciore, avvertiva nello stomaco trafitture come da coltello.

Sergio Cena si sentiva formicolare le dita dei piedi e delle mani. Anche se non aveva l'abitudine di fumare, desiderava intensamente una sigaretta come diversivo, ma non voleva abbassarsi a chiederla.

La tensione di tutti era visibile, si respirava insieme al pulviscolo che un raggio di sole sbiadito illuminava diagonalmente nella stanza.

Quale ventosa poteva funzionare?

Due omicidi a poca distanza di tempo e di luogo l'uno dall'altro.

Due omicidi che avevano come punto focale Chivasso.

Perché per entrambi c'era stato un antefatto che aveva riguardato Chivasso.

Ma Johnny e Bobo, in qualche modo vittime dell'antefatto, non li avevano commessi.

Almeno materialmente.

Ma certo se li erano augurati.

Forse più che augurati.

E sicuramente ne avevano parlato con lui che gli era tanto amico.

Bisognava ripulire la faccia della terra da due bastardi.

Fare giustizia.

«Chivasso è la tua terra, vero Cena?»

Una specie di esplosione. Come una pentola a pressione con le valvole guaste, come una moka col filtro intasato.

«La mia terra, sì! Voi ve ne sbattete di quello che succede. Di quello che la rovina. Che fotte la vita a due ragazzi. Ve ne sbattete della giustizia!»

«Tu invece...»

«Io... IO LA MIA TERRA LA TENGO PULITA!»

Inquirenti e piemme si scambiarono uno sguardo: la soddisfazione professionale lasciava affiorare un fondo di inquietante amarezza.

Un "bravo ragazzo" diventato assassino.

La giustizia fai da te come scorciatoia e semplificazione.

Una concezione barbarica del territorio.

Una regressione di secoli della coscienza civile.

Parole irresponsabili e subdole di politici da strapazzo.

Rambo e i protagonisti dei fumetti come modelli da imitare.

Un "bravo ragazzo" diventato assassino.

Torino

Intorno alle sei del pomeriggio Camilla sta affettando una cipolla per il sugo all'amatriciana, il concerto per violino e orchestra di Brahms tampona un po' la malinconia. Risponde lacrimosa al cellulare:

«Sì sono a casa, perché?»

«Aspettati una sorpresa.»

«Che sorpresa, Renzo?»

«Aspetta.»

Cosa mi devo aspettare? Faccio come gli orientali che si prospettano il peggio per allontanarlo? Cartella esattoriale no, perché è sabato; ispettore ministeriale in visita a domicilio no, perché in Piemonte ce ne sono soltanto due e non fanno straordinari prefestivi; Livietta fino a mezz'ora fa era viva, carognesca ma viva; o mioddio no, in mezz'ora può esserle successo di tutto, gamba rotta botta in testa ospedale coma...

Stupida! Renzo me l'avrebbe detto con un altro tono e un'altra voce. Allora? Una sorpresa che riguarda lui, o lui e me. Noi. Il nostro rapporto, il matrimonio... cosa mi devo aspettare, delle scuse imbarazzate, una confessione, un colpo sanguinoso all'altezza del cuore?

Preparare il soffritto, stare attenta che non bruci e non attacchi. Rifugiarsi nella quotidianità, far espellere il grasso al guanciale, aggiungere la cipolla affettata, aprire la lattina di pelati...

Suonano alla porta. Ma è la scampanellata di Renzo! Va ad aprire trattenendo quasi il respiro.

«La sorpresa sono io. Ma hai una faccia...»

«Non ti aspettavo.»

«Sarebbe come dire che disturbo?»

«Ma figurati. Entra piuttosto, ché dal pianerottolo entra una bisa artica.»

Si abbracciano un po' impacciati. Lui si avvia verso la cucina e annusa l'aria.

«Sugo all'amatriciana?»

«Sì.»

«Per chi?»

«Era previsto per me, ma se vuoi favorire...»

Si avvicina ai fornelli, esamina a che punto è la cottura.

«Buttaci i pelati, che è ora.»

«Come stai?»

«Ho freddo fin nelle ossa.»

«Un tè, un caffè?»

«Non so...»

«Una tisana allora. Speciale.»

«Da quando in qua bevi tisane?»

«Da qualche giorno.»

«Vada per la tisana. Poi siediti che parliamo.»

Ahi, pensa lei facendo scaldare l'acqua, i discorsi da seduti sono sempre preoccupanti se non esiziali. Si sieda signora, e poi via a sciorinare la disgrazia: l'incidente di moto macchina treno pullman, il cavo della funivia spezzato, la nave da crociera che s'incaglia, il colpo di pistola che centra il bersaglio sbagliato. Intanto prepara l'infuso, cerca un tazzone, la zuccheriera, il miele...

Lui invece si aggira per la cucina, apre il frigo – il controllo delle provviste è un'abitudine –, vede la bottiglia di bollicine che avevano aperto Gaetano e Francesca.

«Stai tradendo il Punt e Mes» osserva.

«Solo sporadicamente.»

«Siediti adesso. Le bollicine le teniamo per l'aperitivo. Insieme con tocchetti di parmigiano.»

«Per favorire la linea.»

«Esatto. Così rimani un po' abbondante.»

«Sei venuto da Roma per dirmi che sono abbondante?»

«Per dirti che mi manchi. Per dirti che do un calcio all'incarico al ministero con i benefici connessi e torno qui. In pianta stabile e definitiva. (Pausa.)

Voglio invecchiare con te, giorno dopo giorno e non a sprazzi. Voglio che ci contiamo le rughe, condividiamo le grane, ci scazziamo ogni tanto e ci confessiamo gli acciacchi, quando verranno. Perché prima o poi verranno, ma insieme saranno sopportabili. È una dichiarazione d'amore, caso mai non te ne fossi accorta.»

Un colpo all'altezza del cuore che libera da un macigno. Una leggerezza nuova, ma anche un inaspettato impaccio nelle parole.

«Me ne sono accorta» dice lei. «E... condivido... e ricambio...»

«Buona sta tisana, rimette in forze. Adesso soffiati il naso, che se no smoccoli.»

«Colpa della cipolla.»

«Bugiarda! Vieni in braccio, fammi delle carnalità.»

Ringraziamenti

Grazie ad Antonio Franchini e Giulia Ichino per l'amicizia e la fiducia.
Ad Alessandra Maffiolini per l'intelligente e appassionata revisione del testo.
A tutte le persone che mi sono state e sono vicine.
Grazie di cuore.

«Un colpo all'altezza del cuore»
di Margherita Oggero
Oscar bestsellers
Arnoldo Mondadori Editore

Questo volume è stato stampato
presso ELCOGRAF S.p.A.
Stabilimento - Cles (TN)
Stampato in Italia. Printed in Italy